SVARLEN EDHOR

NICHT AUF SYLT

Mord im Rest des Nordens

Buch 1

TODESWUNSCH

Impressum

Bibliografische Information der Deutschen Nationalbibliothek:
Die Deutsche Nationalbibliothek verzeichnet diese Publikation in der Deutschen Nationalbibliografie; detaillierte bibliografische Daten sind im Internet über http://dnb.dnb.de abrufbar.

Lektorat, Korrektorat: Rohde
Selfpublished
Autor: Sven Rohde
Königstraße 12, 16831 Rheinsberg

Inhaltsverzeichnis

Kapitel 1

Es rauschte, als ein Auto mit überhöhter Geschwindigkeit an ihnen vorbeifuhr und dabei die sich auf der Straße angesammelten Wassermassen gegen den Einsatzwagen schleuderte.

Silke Petersen fühlte die Anspannung in sich steigen. Mit flacher Atmung und höchster Konzentration überdachte sie alle möglichen Ausgänge ihres Vorhabens und verstrickte dabei ihren Geist in Eventualitäten.

Der Wind presste den allgegenwärtigen Regen gegen die Windschutzscheibe und erfasste die Karosserie des Wagens, wodurch diese leicht zu schwanken begann.

»Wie auf einem Schiff«, kommentierte eine Stimme neben ihr und holte sie damit gleichzeitig aus ihren Gedanken.

Kriminalkommissarin Doris Fischer blickte aus dem Beifahrerfenster in die verregnete Nacht. »Typisch Flensburg. Es hätte ja auch trocken sein können.« Sie zuckte die Achseln, als wolle sie sagen, es sei nicht ihre Schuld, dass das Wetter seit Tagen miserabel war. »Aber passt ja irgendwie zum Fall«, schloss sie.

Silke nickte.

Drei Wochen waren vergangen seit dem ersten Anruf.

Ein Juweliergeschäft hatte sich darüber beschwert, dass vor dem Ladeneingang systematisch Taschendiebstahl begangen wurde. Nicht selten wurden dabei eben erst gekaufte Stücke entwendet. Dann kam ein zweites Geschäft dazu, bis nicht lange danach ein Drittes und Viertes folgte.

Die Kommissarinnen Silke Petersen und Doris Fischer wurden schließlich darauf angesetzt, den Vorkommnissen nachzugehen und die Hinweise an die Direktion weiterzuleiten.

Anfänglich hatten sich beide darüber beschwert, dies sei eigentlich Sache der Streifenpolizei. Ihr Vorgesetzter hatte ihnen aber mit den Worten »Seien Sie sich nicht zu schade für die kleinen Fälle, sonst gibt es für Sie beide nur noch Papierkram« schnell klargemacht, dass dies nicht zur Debatte stand.

Gekleidet in Zivil und mit verdeckter Waffe waren sie heute den sechsten Tag in Folge auf verschiedenen Shoppingmeilen in Flensburg auf Streife gegangen. Doch weder auf den großen Einkaufsplätzen im Citti Park, noch im Förde Park oder in der Fußgängerzone am Holm hatten sie etwas Verdächtiges beobachtet.

Doris hatte vor lauter Langeweile bereits angefangen zu scherzen, sie hätte ja auch nach neuen Hosen für sich Ausschau halten können, wenn sie vor so vielen Läden auf und ab marschierten - als ihnen an diesem Nachmittag in der Stadtmitte tatsächlich jemand aufgefallen war.

Es hatte sich um einen jungen, freundlich aussehenden Mann vielleicht um die 20 gehandelt, der meist älteren Leuten dicht gefolgt war und seine Hand bei der erstbesten Gelegenheit in deren Jacken und Handtaschen vertieft hatte. Das einzige, halbwegs auffällige Merkmal war dabei eine jeansfarbene Schiebermütze auf seinem Kopf gewesen.

Kein ungewöhnlicher Stil in einer Studentenstadt wie Flensburg. Wenn er in der Menge untertauchte, würde ihn kaum jemand mehr ausmachen können.

Nun standen sie vor der Wohnung des Mannes, die sich in einem Mehrfamilienhaus in der Westlichen Höhe befand. Sie waren ihm bis hierher unauffällig gefolgt, wobei Silke, als sie sicher waren, wo der Verdächtige sich aufhielt, ihren Dienstwagen nachgeholt hatte.

Das war vor vier Stunden gewesen.

Beide warteten seitdem auf den Durchsuchungsbeschluss, da sie aufgrund ihrer Beobachtungen davon ausgehen konnten, dass sich in der Wohnung aussagekräftige Beweise befanden, um den Verdächtigen zu überführen. Doch nun verlangsamte der zuständige Ermittlungsrichter den Fortschritt.

»Ich würde sagen, wir regeln das jetzt und dann können wir uns wieder wichtigeren Sachen widmen«, murrte Doris und säuberte ihre Fingernägel vor dem Beifahrerfenster, wofür sie das Licht einer Straßenlaterne nutzte.

Im Wagen war es empfindlich kühl geworden und die Temperaturen waren, selbst für einen Tag Anfang November, überraschend schnell in den einstelligen Bereich gesunken. Immer wieder schalteten sie den Motor an, um die Heizung benutzen zu können, doch auch Silke spürte, wie die Kälte so langsam ihre Glieder zu lähmen begann. Sie versuchte es noch einmal und schnappte sich das Funkgerät von der Ablage.

»KP-FL/620 von KP-FL/01, bitte kommen.«

»Hier KP-FL/01, was gibts? Kommen.«

»Ist der Durchsuchungsbeschluss schon ergangen? Kommen.«

»Negativ«, rauschte es im Funkgerät. »Der Beschluss ist noch nicht ergangen. Ich hake noch einmal nach. Ende.«

Silke hielt einen Fluch zurück und zerdrückte dabei fast das Funkgerät in ihrer Hand.

Doris stöhnte, als die Leitung still wurde. »Wie lange soll das noch dauern?«, murrte sie unzufrieden und streckte sich umständlich im Wagen, was jedoch aufgrund der beengten Platzverhältnisse nicht funktionierte.

»Ich wette, wir sitzen übermorgen noch hier, während der Typ zwischendurch mit den geklauten Wertgegenständen rein und raus marschiert«, gab ihr Silke recht und verdrehte die Augen.

»Jetzt geht das Licht aus im zweiten Stock«, meinte Doris, die das Gebäude beobachtet hatte.

Beide waren sich einigermaßen sicher, dass es sich dabei um die Wohnung des Verdächtigen handeln musste. Nur dort war das Licht angegangen – kurz nachdem dieser das altertümliche Mehrfamilienhaus mit mehreren Etagen betreten hatte. »Falls der abhaut, war es das mit der Aufklärung für heute«, beschwerte sich Doris missmutig.

Silke zögerte, dann rauschte das Funkgerät.

»KP-FL/01 von KP-FL/620, bitte kommen.«

»Hier KP-FL/620«, sagte Silke und drückte den Sprechknopf. »Bitte sagt mir, dass es einen Beschluss gibt. Kommen.«

»Negativ, ich kann den zuständigen Ermittlungsrichter gerade nicht erreichen. Kommen.«

Wütend haute Doris mit der flachen Hand gegen die Innenverkleidung des Einsatzwagens. Dieser sah von außen aus wie ein gewöhnliches Stadtfahrzeug - mit der Ausnahme, dass es alle Annehmlichkeiten eines Streifenwagens besaß.

Inklusive Funkgerät.

Silke wusste nach diesen Worten, dass ihre Entscheidung im Grunde längst gefallen war. Dennoch hätte man in ihrer Stimme leicht die Unsicherheit erahnen können, wenn man sie länger kannte. Sie wechselte einen Blick mit ihrer Kollegin, dann drückte sie erneut die Sprechtaste.

»In Ordnung, Leitstelle. Haltet uns auf dem Laufenden. Ende«, sagte sie, bevor sie das Gerät zurück in der Halterung verstaute. Noch einmal atmete sie durch, dann drehte sie sich nach hinten und schnappte sich eine schusssichere Weste mit der Aufschrift »POLIZEI« vom Rücksitz.

»Okay. Lass uns das selbst in die Hand nehmen.« Sie sah ihre Kollegin an, die sich in der Enge des Wagens ebenfalls ausrüstete. »Den Durchsuchungsbeschluss reichen wir nach«, fügte sie an.

Doris nickte und sie stiegen aus. Sofort traf sie der schräg stehende Regen und Silke klebten innerhalb von wenigen Augenblicken alle Haare am Kopf. Auf dem Bürgersteig vor der Wohnung sammelten sie sich kurz und prüften ihre Dienstwaffen, dann richteten sie ihre Aufmerksamkeit auf die Eingangstür des Mehrfamilienhauses.

Diese war, wie bei vielen dieser alten Gebäude in der Westlichen Höhe, nicht abgeschlossen und öffnete sich nach leichtem Druck ins Innere. Die Luft, die ihnen entgegenquoll, war mit einem Geruch von modrigem Mauerwerk und stockendem Stein erfüllt.

Stille lag über dem Flur.

Kein Radio lief, kein Hund bellte und nicht einmal ein Gespräch durchbrach die vollkommene Geräuschlosigkeit des dunklen Treppenhauses.

Kurz scannte Silke mit den Augen die Namen an den Briefkästen, dann nickte sie und folgte Doris nach oben. Eine unausgesprochene Abmachung befolgend, vermieden sie es vorerst, auf dem Weg in die zweite Etage das Licht im Treppenhaus anzuschalten.

Silke war die Erste, die vor der Wohnungstür des Verdächtigen zum Stehen kam. Sie blickte nach hinten und erkannte ihre Kollegin, die ihre Hand auf dem Griff ihrer Dienstwaffe ruhen ließ.

Sie nickte ihr zu, woraufhin Silke erst auf einen Lichtschalter im Flur drückte, bevor sie sich nach vorn beugte und mit klopfendem Herzen darauf hoffte, keinen Fehler zu begehen.

Sie klingelte.

Kapitel 2

Ein unangenehm quietschendes Rasseln ertönte. Dann erkannte man Licht unter der Tür, doch mehr regte sich nicht.

Zudem schien es, als habe die vollkommene Lautlosigkeit innerhalb des Treppenhauses noch zugenommen. Wie ein dicker, schwerer Vorhang legte sie sich zwischen sie und löste Beklemmungen aus.

Das Gebäude schien geradezu verlassen zu sein.

Silke widerstand dem Drang, sich zu Räuspern oder sonst ein Geräusch von sich zu geben, um die Stille zu durchbrechen, stattdessen betätigte sie die Klingel noch einmal und klopfte auch kräftig an die Tür.

»Polizei, aufmachen!«, forderte sie unnachgiebig, ihre Worte in dem leeren Treppenhaus unheimlich widerhallend.

Als sich noch immer nichts regte, drückte die Kommissarin zunehmend frustriert ein drittes Mal auf die Klingel und ließ den Finger darauf ruhen.

Wieder presste der durchdringend quietschende Ton sich durch die Ritzen der alten Holztür. Im Anschluss waren jedoch auch Worte zu vernehmen: »Alter, was sind das für Wichser?«

Silke nahm den Finger von der Klingel und stellte sich seitwärts.

»Jetzt haben wir seine Aufmerksamkeit«, flüsterte Doris zufrieden und grinste.

Dann riss jemand die Tür auf.

Es war der Verdächtige.

Und er hielt Silke ein Messer vors Gesicht.

Die Kommissarin überlegte nicht lang, sondern reagierte reflexartig. Mit einem kräftigen Schub aus dem nach hinten gestellten Bein katapultierte sie sich mit der Schulter voran regelrecht durch die Tür und riss den Mann rückwärts zu Boden. Laut klappernd fiel ihm das Messer aus der Hand und rutschte auf der dunklen Dielung unter eine nahestehende Kommode.

Sofort trat auch Doris hinter ihr in die Wohnung und sah sich aufmerksam um, während sie die Umgebung sicherte. Sie hatte die Waffe in die Hand genommen und hielt sie nun locker vor sich, den Finger neben dem Abzug ausgestreckt.

Sie befanden sich im Flur. Dieser war spärlich möbliert und, bis auf die Kommode und einen offenen Kleiderschrank aus Metallstangen, leer.

Ein Geruch nach altem Fett lag in der Luft.

Der Verdächtige wusste kaum, wie ihm geschah, als Silke ihn mit dem Ellbogen auf den abgenutzten Dielenboden drückte. Schnell entfernte sie die Handschellen von ihrem Hüftgürtel und sicherte ihn mit hinter dem Rücken gekreuzten Händen.

»Was wollt ihr von mir?«, röchelte er, wobei seine Wange gegen den Boden gedrückt wurde. »Ich habe nichts getan!«

Ohne zu antworten bahnte sich Doris derweil einen Weg durch den Flur. Zu ihrem Glück handelte es sich nur um eine ungepflegte Einzimmerwohnung, die schnell überblickt war. Ein Wohnzimmer gab es nicht, nur eine Küche, ein winziges Bad und ein Schlafzimmer.

Silke half dem Mann auf die Beine und verfrachtete ihn dort hinein, wo sie ihn kurzerhand aufs Bett drückte.

Während ihre Kollegin den Verdächtigen im Blick hatte, nahm Doris in aller Ruhe ihr Funkgerät von der Schulter. In knappen Worten schilderte sie der Leitstelle den Zugriff und forderte eine Verstärkung zur Tatortabsicherung an. Die Frage nach dem Durchsuchungsbeschluss ignorierte sie.

Silke hatte sich unterdessen vor dem Verdächtigen postiert und musterte ihn, während er sie feindselig anstarrte.

»Ihr verfick -«, spuckte er, als ein Schrei aus dem Flur seine Worte verstummen ließ.

Doris sah um die Ecke und erkannte eine junge Frau, die in Minirock, T-Shirt und mit Fellhandtasche behängt in der noch offenen Eingangstür stand.

»Wo ist Leo?«, verlangte sie, zu wissen. Doch anstatt eine Antwort abzuwarten, näherte sie sich geradezu auffordernd weiter der Polizistin. »Wo ist mein Freund?«, fragte sie. Offen feindselig starrte sie Doris an.

»Ich bin hier, Schatz«, brüllte der Dieb aus dem Schlafzimmer. »Diese Bullenschweine haben mich in Ketten gelegt!«

Silke wunderte sich noch über die Ausdrucksweise, als die junge Frau Anstalten machte, zu ihm zu laufen.

Bevor sie die Schlafzimmertür erreichte, stoppte Doris sie mit einer Hand vor der Brust. »Sie gehören zu diesem Mann?«, fragte sie ernst.

»Ja, lass mich zu ihm!«, forderte das Mädchen wütend und bemühte sich erneut, sich an der Kommissarin vorbeizudrängen.

Diese wechselte einen schnellen Blick mit Silke, bevor sie zur Seite trat und ihre Hand erhob. »Setzen Sie sich aufs Bett«, wies sie sie an, aber als die junge Frau daraufhin direkt neben ihrem Partner Platz nehmen wollte, korrigierte Doris ihre Aussage amüsiert. »Auf die andere Seite.«

Silke ließ ihren Blick durch den Raum schweifen und erkannte auf einem winzigen Schreibtisch in der Ecke drei Geldbörsen und eine Plastiktüte. Als sie diese öffnete, konnte sie ein zufriedenes Schnauben nicht unterdrücken. Hier waren sie, die nötigen Beweise für eine strafrechtliche Verfolgung.

»Wir sind goldrichtig«, nickte sie gelassen und hielt ihrer Kollegin mehrere Schmuckstücke hin, die diese anerkennend begutachtete. Dann verstaute sie ihren Fund wieder in der Tüte und schlug die Portemonnaies auf.

»Nicht seine, habe ich recht?«, fragte Doris, die die beiden im Auge behielt.

»Entweder das - oder der junge Mann hier hat, verteilt auf drei Brieftaschen, in seinem Alter schon acht Kinder mit unterschiedlichen Müttern gezeugt, die allesamt auch noch andere Nachnamen haben.« Sie grinste, während sie eine Geldbörse wertschätzend aufgeklappt in der Hand hielt. »Nette Passfotos.«

»Wahrscheinlich wird er das dem Strafrichter erklären wollen. Ist doch so?«, fragte Doris und sah den Verdächtigen an.

»Halts Maul«, knurrte der.

»Nicht frech werden«, antwortete die Kommissarin, als das Mädchen auf dem Bett im gleichen Moment bitterlich zu weinen begann.

»Ich habe damit nichts zu tun!«, schluchzte sie mehrmals, dann wiederholte sie ihre verzweifelte Äußerung. »Ich habe doch damit nichts zu tun!«

»Sie können dir nichts, Tanja,« rief der Mann, wobei er sich gegen seine Fesseln wehrte.

»Ich will nicht schon wieder ins Gefängnis!«, jaulte sie auf und schlug die Hände vors Gesicht. Dicke Tränen und Speichelfäden rannen unter den Fingern an ihrem Kinn hinab.

Doris ging zu ihr und hockte sich vor sie hin. »Sie holen jetzt einmal Luft und beruhigen sich wieder«, wies sie sie freundlich an.

Doch die Frau konnte sich noch nicht fassen. Erst nach mehreren Ansprachen, bei denen Silke leichte Ungeduld in der Stimme ihrer Kollegin erkannte, seufzte die junge Frau und schniefte hörbar.

»Ich ... ich ... ich brauche ein Taschentuch«, erklärte sie und fuhr fort, in ihrer Handtasche danach zu kramen.

Doris beobachtete sie, als sie sich anschließend geräuschvoll die Nase putzte. Aufreizend laut tönte der Klang durch das spärlich möblierte Zimmer. Dann steckte die Frau das benutzte Taschentuch zurück in ihre Handtasche.

Wieder sah Doris ihr dabei in die Augen, reagierte aber zu spät, als sie mit einer schnellen Bewegung eine Handfeuerwaffe daraus hervorzog und den Abzug drückte.

Es knallte, als der Schuss die Polizistin direkt vor Silkes Augen in die Stirn traf.

Doris wurde zurückgeschleudert, während das Blut hinter ihr gegen die Wand spritzte.

Silkes Ohren rangen. Innerhalb von Sekundenbruchteilen zwang sie sich, den Schock zu überwinden und ihre Augen von ihrer toten Kollegin zu lösen, dann erwischte sie sich, wie sie ebenfalls ihre Dienstwaffe aus dem Holster zerrte.

Doris!

Silke verwarf den mechanischen Gedanken, die junge Frau aus Notwehr zu erschießen, als diese sich die Pistole nun selbst an die Schläfe presste.

Ein Augenblick verging, der wie in Zeitlupe an ihnen vorbeizog.

Silke zögerte zu lang.

Ein zweiter Schuss erklang, während sich der Mann vom Bett aufstemmte und sich, im Verlangen, das Unausweichliche zu verhindern, auf seine Freundin stürzte, die in diesem Moment blutüberströmt seitwärts auf sein Kopfkissen sackte.

Aus der Bewegung heraus schleuderte der Verdächtige einen Wecker auf den Boden. Nun schrie auch er und weinte, wovon Silke jedoch nicht viel mitbekam.

Ihre Ohren waren taub durch die Schüsse, als sie im Tunnelblick zu ihrer Kollegin stürmte und sich zu ihr auf den Boden warf.

Doris!

Der Wecker neben ihnen tickte, obwohl die Zeit stehen zu bleiben schien.

Klack.

Pause.

Klack.

Nur dumpf vernahm sie das Geräusch.

Silkes Puls schnellte in die Höhe, als sie versuchte, den ihrer Kollegin zu ertasten.

»Doris!«, schrie sie. »Doris, nein!«

Unermüdlich tickte der Wecker, während sich die Ohren der Kommissarin erholten und das Geräusch immer näher kam.

Sie suchte.

Und suchte.

Doch Doris Puls war verschwunden.

Kapitel 3

Zwanzig Jahre später

Der Regen hatte sich zu einem wahren Wolkenguss entwickelt. Als würde man unter einer Dusche stehen, suchten die Tropfen schwer und unnachgiebig ihren Weg in Richtung Erde. Laut prasselten sie an seinem Regenschirm hinab und erstickten damit bis auf das Rauschen der Wellen jegliches Geräusch um ihn herum.

Unterdessen spürte er die Kälte des Windes, der im Norden, wie so oft, allgegenwärtig war. Schräg trieb er die Feuchtigkeit an eine Laterne.

Ihr Licht schien mit dem Zunehmen des Regens zu verblassen. Verloren kämpfte sie gegen die drängende Schwärze der Nacht.

Neben ihr stand eine verwitterte Holzbank, die aufs Meer hinausblickte. Dunkle Wolken ballten sich am vom Mond beschienenen Horizont zusammen und der Mann, der auf der Bank unter einem Schirm Zuflucht vor dem Ansturm des Regens gesucht hatte, konnte spüren, dass ein Gewitter in der Luft lag. Wenn die Schlechtwetterfront nicht bald in Richtung Dänemark abdrehte, würde sie ihre ganze Wut über Flensburg und den umliegenden Gebieten entladen.

Seine Gedanken gingen auf Wanderschaft und er fasste den Regenschirm fester. Die Knie hatte er zusammengepresst und die Füße Schutz suchend unter der Bank postiert, um sie möglichst trocken zu halten.

Seine Finger wurden klamm.

Er drehte das Handgelenk und sah auf seine Armbanduhr. Dunkelbraunes Holz, goldenes Zifferblatt. Stetig tickend bewegten sich die Zeiger vorwärts, unermüdlich vollführten sie Runde um Runde. Es waren noch fünf Minuten. Vielleicht war das die falsche Entscheidung.

Seufzend fasste er über den Griff des Schirms hinweg an den Rand seiner Uhr und drückte gleichzeitig zwei Tasten. Das Gerät piepte, dann lief der Sekundenzeiger rückwärts, als der Wecker sich einschaltete.

Er wusste, auf was er sich eingelassen hatte.

Er musste einen klaren Kopf bekommen. Koste es, was es wolle. Es wurde ihm nicht einfach gemacht, aber jetzt musste er auch einmal an sich denken. Vielleicht würde der Abstand mehr Klarheit bringen.

Die hohe Luftfeuchtigkeit hatte sich auf seiner Stirn gesammelt und er wischte mit der Handfläche darüber, wobei die Bewegung in einem Kratzen endete. Schmerzhaft pulsierte seine Haut, doch als wären seine Nervenbahnen betäubt, reagierte er nicht auf das Gefühl.

Unruhig glitten seine Augen auf der Wasseroberfläche hin und her.

Aufgepeitscht vom Wind trug das Meer weiße Schaumkronen, die man selbst im Dunkeln erkannte.

Rastlos beugte sich der Mann vor und fasste unter die Bank, wobei er einen beigefarbenen Stoffbeutel zwischen seinen Füßen hervorzog. Die Ecken des Stoffes hatten sich mittlerweile voll Wasser gesaugt.

Hoffentlich war der Inhalt trocken geblieben.

Den Regenschirm zwischen Kopf und Schulter geklemmt, zog er ein braunes Briefkuvert ohne Fenster hervor und faltete es auf. Etliche Geldscheine wurden von der Laterne beleuchtet.

Alles trocken.

Aufatmend ließ er den Umschlag zurück in den Beutel gleiten und wickelte dessen Henkel um sich selbst, bevor er ihn vorsichtig wieder auf seine Füße stellte.

Das stetige Geräusch des Regens weckte Erinnerungen. Urplötzlich fand er sich in ihnen gefangen, denselben, die ihn seit dem verhängnisvollen Ereignis immer wieder heimsuchten. Wie ein Film spannte sich das Chaos vor ihm auf, zerfetzte die Ränder seiner Gedanken und ließ ihn zusammenfahren, als ein reißendes Geräusch ertönte.

Orientierungslos blinzelnd sah er sich um. Nach wie vor war er allein. Doch im schwachen Licht der Laterne erkannte er, dass er unbemerkt so heftig an seiner Hosentasche gezerrt hatte, dass der Stoff gerissen war.

Es war eine Erinnerung gewesen. Das wusste er, doch für einen Moment, einen klitzekleinen Moment, als der Tagtraum ihn umgarnt hatte, hatte es Hoffnung gegeben.

Hoffnung, dass das, was geschehen war, nur einem Hirngespinst von kurzer Dauer entstammte.

Er schrak zusammen, als seine Uhr einen Ton von sich gab.

Es war so weit.

Der Mann tippte auf einen der Schalter neben der Glasfassung und schaltete den Alarm ab.

Etwas wackelig stand er auf und richtete sich seine Jacke, dann drückte er den Stab des Regenschirms an die Brust und angelte unter der Bank nach dem Stoffbeutel. Noch einmal warf er dem menschenleeren Strand und dem tosenden Meer dahinter einen letzten Blick zu, dann wandte er sich um und lief an der Bank vorbei in Richtung eines kleinen Tores, das auf einem Steg angebracht war.

Der holzbeplankte Weg führte auf das Gelände eines Yachthafens und war an beiden Seiten von trockenem Schilf eingerahmt. Das Gitter überragte den Steg rechts und links nur um wenige Zentimeter, was ihm erlauben würde, seinen Fuß daran vorbei und auf die andere Seite zu stellen.

Etwas widerwillig klappte er den Regenschirm zusammen und legte ihn über das Gitter auf den Steg. Anschließend zog er die Kapuze seiner Jacke über den Kopf, doch in der Bewegung spürte er schon, dass diese dem Dauerregen kaum lange standhalten würde. Der Mann schwang den Stoffbeutel über seine Schulter, fasste mit beiden Händen ans Gitter und ließ sich nach rechts fallen.

Die Nässe des Regens erschwerte es, Halt zu finden, und er spürte, wie seine Finger anfingen, auf dem Metall des Gitters zu rutschen. Für einen winzigen, erschreckenden Augenblick hing er im Nichts, bis er es etwas ungelenk doch noch schaffte, seinen Körper auf die andere Seite zu hangeln. Beim Aufkommen jedoch stieß er versehentlich seinen Regenschirm an, der daraufhin von den Planken rollte und mit einem Platschen im Wasser versank.

Missmutig sah er ihm nach und wischte sich die Hände an der feucht werdenden Hose ab, dann kniff er die Augen zusammen. Von hier aus erkannte er eine kleine Buntglaslampe, die weiter hinten an einem Segelschiff hing.

Sie leuchtete schwach.

Dort lag sein Ziel.

Wie auf ein unsichtbares Zeichen hin, setzte sich der Mann in Bewegung. Als er an einigen vertäuten Booten vorbeihastete, glühte in der Dunkelheit unvermittelt das Ende einer Zigarette auf einem von ihnen auf.

Erschrocken erstarrte er auf der Stelle.

Noch ein Mal glühte es, dann hob eine Frau mittleren Alters grüßend die Hand.

Er erwiderte die Geste nicht. Stattdessen zog er sich die Kapuze tiefer in das Gesicht und lief voran. Der Wind trieb ihm die Gischt in die Augen und das Salz brannte trotz des anhaltenden Regens darin. Als er das Ende des Stegs erreicht hatte, sah er auf. Er stand vor dem Segelboot mit der Buntglaslampe. Doch nun erkannte er, was ihm bis jetzt nicht bewusst gewesen war.

In der Kajüte brannte ebenfalls Licht.

Bevor es sich sein Kopf anders überlegte, trat er mit einem Fuß auf eine hölzerne Planke und stolperte gleich darauf in das Heck des Bootes hinein.

Der Wind hatte zugenommen und das Gefährt schaukelte an seinem Ankerplatz.

Er hätte nicht gedacht, dass man sein Ankommen bemerkte, doch als er die Tür zur Kajüte aufstieß, wurde er längst erwartet.

»Da bist du ja.«

Erleichtert spiegelte er das Lächeln seines Gegenübers.

Kapitel 4

Kriminalkommissarin Silke Petersen schaute in den Kühlschrank. »Das gibt es doch nicht!«, fluchte sie und warf ihn entsetzt wieder zu.

Sofort fiel ihr Blick auf die Uhr.

Ihre Augenbrauen zogen sich zusammen.

»Dem werd ich was erzählen«, murmelte sie, eilte erbost aus der Küche heraus und in den Flur. Ihr Haus war ebenerdig angelegt und so war es nur ein kurzer Weg bis zu ihrem Ziel. An der ersten Tür links klopfte sie an und wartete.

Nichts geschah.

Sie klopfte ein zweites Mal, wobei es diesmal kaum von einem Trommelwirbel zu unterscheiden war, und öffnete schließlich mit einem Ruck die Zimmertür.

Stockdunkel war der Raum dahinter. Lediglich auf dem Monitor eines mit bunten Farben beleuchteten Computers wechselte ein dynamisches Hintergrundbild von einer hypnotisierenden Lichtschleife zur nächsten.

»Niklas!«, bellte Silke in ihrem besten Befehlston und registrierte sogleich eine schwache Bewegung auf einem Boxspringbett in der Raumecke. Unzufrieden über die mangelhafte Reaktion wandte sie sich dem Fenster zu und zog die Gardinen schwungvoll auf, wobei sie sich bemühte, so viel Lärm wie möglich zu machen.

Das hatte den gewünschten Effekt.

Auf dem Bett erhob sich der verwuschelte Kopf ihres 31-jährigen Sohnes. Ein Dreitagebart zierte sein Gesicht, dessen runde Form dem seiner Mutter ähnelte. »Mama?«, lallte er schläfrig und richtete die Bettdecke so, dass sie seine Unterwäsche bedeckte. »Wir hatten uns doch über Privatsphäre unterhalten …« Seine Augen fielen zu und er machte Anstalten, zurück in die Kissen zu sinken.

Silke stemmte die Arme in die Hüften. »Sag mal, was fällt dir ein, mein Mittag für die Arbeit zu verputzen?«

»Was?«, nuschelte Niklas, wobei er sichtbar Mühe hatte, seine Augen offen zu halten.

»Aus dem Kühlschrank!«, rief sie, packte einen Zipfel seiner Bettdecke und zog sie von ihm herunter.

Ein zur Beleibtheit neigender, weißer Körper in Boxershorts kam darunter zum Vorschein. Trotzdem er Unterwäsche trug, schlug er peinlich berührt die Hand vor den Schritt und grapschte nach der Decke.

»Was soll denn dieser Terror am frühen Morgen? Warum hast du so schlechte Laune? Hat Papa wieder angerufen? Ich hab ihm doch schon tausendmal gesagt, dass ich nicht zu ihm ziehen will …«

Silke verdrehte die Augen und zeigte in Richtung seines Schreibtischs.

»Oh«, sagte er, als ihm endlich zu dämmern schien, wieso sie so wütend im Zimmer stand. Sein Blick fiel auf vier ineinandergesteckte, dreieckige Plastikverpackungen, die neben der Tastatur lagen.

»Also zu meiner Verteidigung muss ich sagen, dass ich mir sicher bin, es hätte dir eh nicht geschmeckt, Mama«, murmelte er und richtete sich mit in Falten gelegter Stirn mühsam auf. »Seit ... seit wann isst du fertig abgepackte Sandwiches vom Discounter?«

»Das kann nicht dein Ernst sein. Da stand drauf: *Für Mama - für die Arbeit!*«, gab sie zurück. »Ich habe dir gestern gesagt, dass ich erst heute einkaufen gehe! Für jeden waren zwei davon! Du hättest nur einmal zuhören müssen!«

»Ja ... aber ich hatte Hunger und ... also wir -«

»Wir?«

»Na ja ... meine Onlinekollegen und ich, wir haben die Nacht durchgemacht und diesen Dungeon geraidet ... ich war der Heiler, Mama! Da brauchte ich etwas Schnelles zum Essen! Meine Jungs verlassen sich auf mich«, erklärte er.

Doch seine Mutter schüttelte nur den Kopf. »Was auch immer dieses *Raiden* bedeuten soll. Niklas, es wäre schön, wenn du mal dein eigenes Leben heilen und auf die Reihe kriegen würdest! Sieh dich an. Würdest du bei deinem Vater wohnen, hätte der dich um fünf Uhr morgens aus dem Bett gescheucht!« Bedeutungsvoll ließ sie einen Arm durch den Raum schwingen. »Wenn du dein Leben so führen möchtest, dann hindere bitte nicht auch noch andere am Arbeiten.«

Frustriert verließ sie nach dieser Ansprache das Zimmer, ohne eine seiner zahlreichen Rechtfertigungen abzuwarten, und schlug die Tür hinter sich zu. Wie viele solcher Gespräche sie bereits geführt hatten, konnte sie nicht mehr aufzählen.

Und es war immer dasselbe.

Sie schnaubte. Egal, sie wollte sich nicht schon wieder über ihren Sohn und seine Onlinewelten aufregen. Es gab genügend Stress im echten Leben.

Doch als sie bereits einen Meter von seinem Zimmer entfernt war, drang ein »Entschuldigung, ich koche uns heute Abend etwas Schönes« an ihr Ohr, was sie dazu veranlasste, die Tür sofort wieder aufzureißen.

»Auf gar keinen Fall«, wies sie ihn an und erhob mahnend den Zeigefinger. »Weiß du nicht mehr, was letztes Mal passiert ist, als du Spaghetti kochen wolltest?«

Er zuckte die Achseln. »Dafür konnte ich nichts! Mein Computer schaltet sich bei Abwesenheit alleine aus, wenn ich ihn mal anlasse. Das nennt sich *Sicherheitsfunktion*! Du solltest mal darüber nachdenken, deinen Herd auch mit so etwas aufzurüsten - oder gleich einen Neuen zu kaufen. Per App steuerbar. Bluetooth! Verstehst du?«

Das Maß war voll.

»Du fackelst mir nicht das Haus ab«, schrie sie ihn an.

»Ist gut, ist gut«, lenkte er schnell ein. »Aber ich kann kochen. Eines Tages wirst du das schon sehen, Mama ...«, murmelte er trotzig, wobei er selbst wusste, dass dieser Tag wohl nie kommen würde.

Sie schüttelte den Kopf. »Niklas ... Nudeln haben nicht die Konsistenz von Gelee, wenn sie aufgetischt werden.«

»Jetzt möchte ich dir helfen und dann willst du das auch wieder nicht.« Beleidigt zog er sich die Decke über den Kopf und wandte ihr den Rücken zu.

Sie verkniff sich eine Antwort und schloss seine Zimmertür, während sie die Augen rollte. Dann eilte sie zurück in die Küche.

Viel zu spät.

Die Uhr an der Mikrowelle erinnerte sie daran, dass sie in zehn Minuten auf der Arbeit sein musste - bei einem Fahrtweg von gut zwanzig Minuten.

Falls alle Ampeln auf Grün standen und der Verkehr sich in Grenzen hielt.

Fluchend schnappte sie sich ihre Handtasche und riss auf dem Weg nach draußen ein letztes Mal den Kühlschrank auf. Eine angefangene Tüte Milch, zwei verschrumpelte Radieschen und drei XXL Packungen Batterien mit der Aufschrift: *»Für meinen Spielecontroller! Bitte liegen lassen! Kühl halten sie länger. Niklas«*, schauten ihr entgegen.

Im untersten Gemüsefach jedoch hatte sich tatsächlich noch eine halbe Gurke versteckt.

Seufzend griff Silke danach, spürte aber bereits beim Anfassen, dass das Gemüse längst über seine Lagerzeit hinaus war, als die Oberfläche unter dem Druck ihrer Finger sofort nachgab.

Sie schnaubte. Dann hastete sie zur Haustür, klopfte ihre Jacke nach dem Autoschlüssel ab und verließ schließlich mit der Handtasche in der einen und der Gurke in der anderen Hand das Haus.

Auf dem Weg zu ihrem VW Polo, der auf der Einfahrt parkte, warf sie das Gemüse in die Mülltonne, bevor sie sich insgeheim schwor, um den Kühlschrank herum eine Kette samt dazugehörigem Schloss anzubringen.

Kurz darauf ließ Silke die Autotür hinter sich zufallen und machte sich bereit, loszufahren, als ihr ihr Handy auffiel, das sie gestern in der Ablage des Cockpits vergessen hatte. Und natürlich blinkte eine neue Benachrichtigung im Display.

Als sie das Gerät entsperrte und diese las, verfinsterte sich ihr Blick zusehends.

Silke Petersen steckte den Autoschlüssel ins Schloss und drückte aufs Gas, als ihr erschöpft entfuhr:

»Na toll, auch das noch.«

Kapitel 5

»Denken Sie daran, Herr Hansen«, mahnte Herr Koopmann mit finsterer Miene und lehnte sich auf seinem Schreibtisch in der Kriminalinspektion Flensburg Norderhofenden nach vorn, »fahren Sie mit Ihrer Kollegin sofort los, sobald sie zurück ist vom …?«

»Kaffee … sie holt Kaffee, Herr Koopmann«, log Kriminalkommissar Hans Hansen, der ihm gegenüber stand, wobei seine Wangen brannten. Er hatte die Hände hinter dem Rücken verschränkt und bemühte sich, eine souveräne Haltung zu wahren, die die Integrität seiner Aussage untermauern würde. Hoffentlich musste er nicht hier warten, bis Silke mit dem vermeintlichen »Kaffee« aufkreuzte …

»In Ordnung, dann bitte ich Sie, diesen nach dem Auftrag zu trinken und sich alsbald auf den Weg zu machen.«

Erleichtert sanken Hans Schultern hinab.

Sein Vorgesetzter strich sich den weißen Schnauzer glatt, bevor er seinem Kommissar zunickte und sich mit einem Kugelschreiber bewaffnet über ein Schreiben beugte. Damit war Hans entlassen.

Zurück in ihrem eigenen Büro fuhr sich Kommissar Hansen in aller Ruhe durch die Haare. Er hatte sich heute Morgen für eine hellbraune Cordhose und einen grün gestreiften Rollkragenpullover entschieden. Doch jetzt bemerkte er, dass dieser ihn unangenehm im Nacken kratzte.

Der Besuch bei Koopmann war überraschend gekommen. Zusätzlich waren zwei weitere Dinge ungewöhnlich:

Erstens regnete es heute einmal nicht in Flensburg - und zweitens war Silke nie zu spät.

Hans hatte bereits dreimal versucht, sie auf ihrem Telefon zu erreichen, bis er ihr, mangels Erfolg, sie an die Strippe zu bekommen, eine Textnachricht gesendet hatte.

Die Zeit lief ihnen davon.

Und das nicht nur, weil Koopmann sie beide mit einem neuen Fall beauftragt hatte. Zusätzlich hatte sich Kommissar Hansen ein paar Worte gemerkt und war schon gespannt, was seine Kollegin erwidern würde. Sein Erinnerungsvermögen arbeitete jedoch gegen ihn, weswegen er sicherheitshalber einen dazugehörigen Spickzettel in seiner Hose versteckt hielt.

Gut, vielleicht war das gerade nicht der richtige Augenblick, wenn sie hier später als üblich eintraf, aber den perfekten Zeitpunkt gab es ja bekanntlich nie.

Der Sekundenzeiger der großen, runden Uhr, die über dem Türrahmen hing, tickte noch weitere 34 Male, bis Silke endlich schwitzend das Türblatt aufschlug. Mit ihrer Tasche unter dem Arm trat sie in den Raum und sah Kommissar Hans Hansen mit weit aufgerissenen Augen an. »Moin! Was gibt es für einen Notfall?«

Ihr Kollege nickte ruhig. Er entschied sich dafür, sein Vorhaben jetzt gleich in die Tat umzusetzen. Tief luftholend ließ er seine Frage so undeutlich wie möglich klingen: »Hvordan går det med deg?«

Silke blickte ihn ungläubig an.

Hans starrte zurück.

Dann schüttelte sie verständnislos den Kopf.

Er seufzte anklagend. »Du hast gesagt, du unterstützt mich dabei, Dänisch zu lernen.«

Es stimmte. In Anbetracht der Tatsache, dass sich Kommissar Hansen bereits seit 22 Jahren glücklich in einer Ehe mit einer Dänin befand, jedoch kaum ein Wort ihrer Sprache beherrschte, hatte Silke nichts dagegen gehabt, als er sein neues Vorhaben letzte Woche angesprochen hatte. Endlich wolle er Dänisch lernen und dann bei der nächsten Familienfeier in Krusau so richtig punkten.

Auch wenn Silke leider selbst nur der deutschen Sprache mächtig war, hielt sie es für eine gute Idee, ihren Kollegen bei dieser Aufgabe zu unterstützen. Nur war jetzt, ausgehend von der SMS, die sie von ihm erhalten hatte, definitiv keine Zeit dafür.

Silke sackte förmlich in sich zusammen, als sie ihre Tasche auf den Tisch stellte. »Hans, jetzt sei mir bitte nicht böse. Du hast von einem Notfall gesprochen?«

»Jo.«

»In Flensburg?«

»Jo.«

»Mensch, nun rede doch einmal in einem Satz mit mir!«

»Denn mach Butter bei die Fische. Sag mir doch, was du alles wissen willst«, gab er bedächtig zurück.

Am liebsten hätte sie erfragt, in welchem Stock im Gebäude das höchste ungesicherte Fenster lag, um sich anschließend daraus zu stürzen. Stattdessen setzte sie sich erst einmal hin und atmete tief durch.

»Hans, jetzt bleib bei der Sache«, versuchte sie es erneut.

»Besser ist das wohl«, gab er zu. »Hamburg ist Hamburg und Flensburg ist Flensburg. Ich hätte nicht *Butter bei die Fische* sagen sollen.«

»Hä?« Sie blinzelte.

»Ach so und außerdem: Herr Koopmann hat uns beauftragt, sofort loszufahren.«

»Wohin auch immer!«, rief Silke etwas zu laut und haute mit der flachen Hand auf den Schreibtisch. »Anscheinend willst du mir das nicht sagen.« Der Stress des frühen Morgens schien sich nun auf ihrem Kollegen zu entladen.

»Alles gut«, sprach Kommissar Hansen gemächlich. Er hatte nicht erwartet, seine Kollegin an diesem Mittwochmorgen dermaßen genervt zu erleben. »Heute Morgen ist ein Schiff unbemannt in der Förde angetrieben worden«, erklärte er. »Wir beide sollen uns das ansehen, hat Koopmann gesagt.«

Silke runzelte die Stirn und nahm sich ein Pfefferminzbonbon aus einer Schublade ihres Schreibtisches. »Das ist doch kein Notfall. Sicherlich hat die Wasserschutzpolizei das Ding mittlerweile an Land geschleppt«, antwortete sie.

Dafür also der ganze Stress beim Herfahren.

Missmutig kaute sie auf ihrem Pfefferminz.

Doch diesmal klärte ihr Kollege sie direkt auf: »Der Notfall ist, dass Herr Koopmann bereits fünf vor acht an unserem Büro wartete, um mich dann zu seinem mitzunehmen. Da dachte ich, es wäre gut, wenn du rechtzeitig da bist.« Schelmisch grinste er sie an.

»Aha«, resümierte Silke trocken. Viel Wind um nichts, dachte sie, sagte dann jedoch: »Tolle Auslegung deinerseits, Hans. Doch lass mich dich um etwas bitten: Falls demnächst der Kaffee in der Cafeteria anbrennt, schreibe mir nicht, bevor ich von zu Hause losfahre, dass es im Revier gebrannt hat.«

Eingeschnappt verzog Kommissar Hansen die Lippen zu einem Schmollmund.

Sie seufzte und lenkte ein. »Na gut. Der Morgen war bis jetzt nicht der Einfachste ... lass uns am besten losfahren.« Silke stand auf, schnappte sich nach einem Blick nach draußen ihre Windjacke mit der Aufschrift »Polizei« vom Haken und verließ das Büro, ohne auf ihren Kollegen zu warten.

Als sie sich beide in Richtung Ausgang entfernten, bemerkten sie nicht, dass das Schnurtelefon auf ihrem Schreibtisch klingelte.

Und der Anrufer hielt eine Nachricht für die Kommissare bereit, die ihre Arbeitswelt für die nächsten Wochen komplett auf den Kopf stellen würde.

Kapitel 6

Entgegen Silkes erster Vermutung waren sie letztlich doch nicht mit dem Auto gefahren. Vielmehr waren sie einfach aus dem Revier Norderhofenden getreten und hatten den Weg zur Hafenspitze eingeschlagen.

Knappe einhundert Meter an der Kailinie in Richtung Norden entlang, erreichten sie nach nur wenigen Gehminuten den Anleger, an dem normalerweise Ausflugsboote für Förderundfahrten ankerten.

Der Wind war frisch und wehte Silke die hellblonden Haare aus dem Gesicht, die sie wie immer offen trug. Als Jugendliche hatte sie die vielen winzigen Locken gehasst, die stets störrisch auf ihre Versuche reagiert hatten, sie zu bändigen, doch über die Jahre hatte sie sie schließlich lieben gelernt. Beim letzten Friseurbesuch hatte sie sie kinnlang schneiden lassen und fand, dass sie nun hervorragend ihre Augen betonten und von ihrem runden Gesicht ablenkten.

Silke Petersen kämpfte mit den Kalorien - ein Kampf, der wohl nie so recht zu gewinnen war. Auch jetzt hatte sie das unbestimmte Gefühl, dass ihre beigefarbene Stoffhose zu heiß gewaschen worden war und das dunkelblaue T-Shirt an der Hüfte klemmte - oder hatte sie schon wieder zugelegt? Heute Abend würde sie dieser These mit einem Schritt auf die Waage auf den Grund gehen müssen.

Sie verschob den Gedanken an ihr Gewicht, als sie rot-weißes Absperrband erreichten, das quer über den Anleger geführt worden war. Rechts von ihnen gurgelte die Förde an der Kaimauer und ein Blick nach unten verriet ihr, dass es zur Zeit offenbar wieder einiges an Ohrenquallen gab.

Hans hatte bereits den Kollegen von der Wasserschutzpolizei zugewinkt und hielt Silke das Flatterband hoch, während sie sich darunter hindurch bückte.

Noch sah alles ganz normal aus.

Rechts von ihnen führte ein hölzerner Steg über das Wasser, an dessen Ende man das gefundene Boot vertäut hatte. Vor dem Absperrband wimmelte es bereits von Schaulustigen, auch ein Feuerwehrauto und ein Taucher waren vor Ort.

In diesem Moment kam ihnen geschäftig jemand von der Wasserschutzpolizei entgegen. Das Namensschild an seiner Brust wies ihn als Herrn Jürgensen aus.

»Moin die Herrschaften«, sagte er, als er sie beide mit einem kräftigen Händedruck begrüßte. »Ich habe die Kriminaltechnik schon verständigt ... aber sehen Sie sich das am besten selbst einmal an.«

Silke rutschte das Herz in die Hose.

Kriminaltechnik?

»Das klingt nicht gut«, sprach Kommissar Hansen den Gedankenzug seiner Kollegin laut aus und folgte Herrn Jürgensen auf den Steg.

Silke verzog den Mundwinkel, zwang jedoch ihre Beine vorwärts und ging den Männern in Richtung des Segelschiffs nach.

Es war eine mittelgroße Yacht. Dunkelbraunes Holz-Exterieur, akzentuiert mit beigefarbenem Leder und weiß gestrichenen Leisten verlieh ihr ein gediegenes Aussehen. Der Mast war mahagonifarben, das Segeltuch daran eingeholt und verschnürt. Unzählige Leinen führten von der Spitze bis hinunter zu den Klampen, an denen sie befestigt worden waren.

Weder Silke noch Hans hatten Ahnung vom Segeln, dabei hätte man das bei ihrem Wohn- und Arbeitsort durchaus vermuten können.

Als sie das Boot betraten, das gut und gerne acht Meter lang war, wackelte es leicht. Haltsuchend griff Silke an eine Leine und erwartete schon, dass diese nachgab - doch sie hielt.

Ungelenk machte sie einen Satz ins Innere des Segelboots, rammte dabei mit der Schulter gegen Hans und wäre fast wieder rückwärts gestolpert, hätte ihr Kollege sie nicht am Arm gepackt. Dankbar nickte sie ihm zu und versuchte, diese Peinlichkeit zu überspielen.

Herr Jürgensen reichte ihnen zwei Schuhüberzieher, dann deutete er wortlos in Richtung der offenen Kajütentür. Im Inneren des Bootes schien jemand auf einem Polster in sich zusammengesunken zu sein. Es war ein Mann, doch er drehte ihnen halb den Rücken zu.

Umsichtig bückte sich Silke unter der oberen Kante der Kajüte hindurch und wollte schon hineingehen, da tippte ihr Kommissar Hansen auf die Schulter.

»Warte«, sagte er leise. Er drängte sich an ihr vorbei und murmelte: »Es reicht, wenn einer von uns heute Abend schlecht schlafen kann.« Dann griff er in seine Hosentasche und holte ein Paar Gummihandschuhe heraus, die er sich überstreifte. So geschützt nahm er die letzten Schritte ins Boot, stützte sich mit einer Hand an der Decke ab und blickte den Toten an.

Schwarz-graue, kurz geschnittene Haare und ein ungepflegter Dreitagebart zierten das Gesicht des Mannes. Er hatte die Augen geschlossen und den Mund zu einem Strich zusammengepresst. Sein Kinn lag auf der Brust. Er trug eine Jeans und eine schwarze Regenjacke ohne Aufschrift, deren Schultern immer noch feucht waren. Die Hände hatte er im Schoß gefaltet. Es sah aus, als wenn er schliefe.

Wäre da nicht die klaffende Wunde auf der linken Seite seiner Stirn, in der das Blut geronnen war.

Kommissar Hansen richtete sich auf und sein Rücken knackte. »Kopfwunde«, rief er nach draußen, ohne eine weitere Erklärung folgen zu lassen.

Silke steckte die Hände in die Hosentaschen. »Ich ... kann mir das genauso ansehen, Hans.«

Ein Seitenblick auf Jürgensen von der Wasserschutzpolizei sagte ihr, dass dieser das auch erwartet hätte.

Doch wieder rettete ihr Kollege sie, indem er prompt aus der Kajüte trat, sich die Handschuhe abstreifte und den Kopf schüttelte. »Wir haben nur ein Paar Latex-Handschuhe«, log er, dann beugte er sich zu ihr und sprach leise weiter, ohne dass Herr Jürgensen ein Wort vernahm. »Wir wissen beide, dass du so etwas schwer verarbeitest. Alles gut.«

Silke nickte vorsichtig und erleichtert. Sie war nicht gut mit Leichen - eine seltsame Begebenheit, wenn man bedachte, was ihr Job war. Anfänglich hatte es ihr nichts ausgemacht, doch seit der verhängnisvollen Nacht, in der sie die Entscheidung getroffen hatte, nicht auf den Durchsuchungsbeschluss zu warten, war sie nicht mehr dieselbe gewesen. Jahrelang hatte sie dieser Fall nicht losgelassen. Umso dankbarer war sie nun, dass Hans ihr den Rücken freihielt.

»Ich schlage vor, wir warten so lange draußen, bis die Forensiker eingetroffen sind«, sagte er jetzt laut und kletterte an ihr vorbei auf den Steg zurück.

Silke folgte ihm. Auch Herr Jürgensen verließ das Boot, schien jedoch anderen Aufgaben nachgehen zu wollen und verabschiedete sich von den beiden Kommissaren. Wortlos blieben diese vor der Yacht stehen und betrachteten sie nachdenklich.

Eine Buntglaslampe hing an einem Haken und schaukelte im Wind.

Hans kramte in seiner Jackentasche, bevor er ein silberfarbenes Etui daraus hervorzog und ihm eine Zigarette und ein Feuerzeug entnahm. Er wandte sich mit dem Rücken gegen die allgegenwärtige Brise, hatte jedoch sichtlich Mühe, seinen Glimmstängel anzuzünden. Kurz überlegte Silke, ihm zu helfen, doch da hatte ihr Kollege es bereits geschafft und paffte eine Rauchwolke in die Luft, die sofort wegwehte.

»Der ist vielleicht um die 45 gewesen«, versuchte der Kommissar schließlich, zu analysieren.

»Sünde. Kein Alter, um zu sterben«, gab Silke zurück und zog die Stirn in Falten. Auf dem Gehweg an der Schiffbrücke fielen ihr zwei schwarze Vans der Spurensicherung auf.

»Da sind sie schon.« Kommissar Hansen wies mit dem Finger in Richtung Kaimauer, wo sie beobachteten, wie Herr Jürgensen drei Forensiker in weißen Einmalanzügen einwies.

»Bin ich froh, dass ich nicht so etwas machen muss«, kommentierte der Kommissar leise, als er noch einen Zug von seiner Zigarette nahm und Silke stimmte ihm stillschweigend zu.

Zwei der weiß gekleideten Männer kamen kurz darauf auf sie zu und grüßten freundlich, wobei jeder von ihnen einen schwarzen Koffer schleppte. Der dritte war hinten in einen der Vans eingestiegen und schien dort etwas zu suchen. In den nächsten Stunden würde es erste Ergebnisse geben.

Hans machte schon Anstalten, wieder zum Revier gehen zu wollen, da hielt seine Kollegin ihn am Ärmel zurück. »Lass uns mal noch kurz warten, vielleicht wissen wir gleich Genaueres,« bat sie und ließ eine Pause entstehen, bevor sie weitersprach. »Und noch etwas ... sorry, dass ich heute Morgen bisschen überspitzt reagiert habe.«

Doch ihr Kollege winkte ab. »Passiert, ne?«

Sie nickte stöhnend. »Niklas macht mich fertig mit seinem PC-Kram«, erklärte sie schließlich und wischte sich mit dem Ärmel die Haare aus dem Gesicht. Dann sah sie Hans an und rollte die Augen. »Er meint, er will jetzt *Stemmer* oder *Stremmer* oder sowas werden.«

»Was soll das sein?«, fragte er und runzelte die Stirn.

Sie hob die Hände und nickte wichtig. »Hat er mir erklärt: Er möchte sich dabei filmen, wie er am Computer sitzt und dort seine Videospiele spielt.«

Hans schnaubte. »Nichts für mich.«

»Wem sagst du das?«, seufzte Silke erneut und schob mit der Schuhspitze einen Stein ins Wasser.

Eine Möwe landete auf einem Poller neben der Anlegestelle und beobachtete die Aufregung, in der Hoffnung, jemand ließe etwas Essbares fallen.

»Hast du mal mit Reiner gesprochen?«, nahm Hans den Faden wieder auf. »Vielleicht kann er mal mit ihm reden.«

Sie lachte tonlos. »Der Mann hat genug Probleme in meinem Leben verursacht. Darauf kann ich gut verzichten. Er meldet sich sowieso nur an Pflichttagen. Und oft nicht mal an denen.« Ihre Stimme hatte einen bitteren Ausdruck angenommen.

Hans nickte, während er den Blick über die aufgewühlte Förde schweifen ließ. »Na ja, aber mit etwas Glück hilft das dann doch.«

»Glaube mir«, schnaufte die Kommissarin und winkte ab. »Niklas hat gar keine Lust, mit seinem Vater zu sprechen. Und ich kann mir auch denken, warum: Würde er dort wohnen, müsste er schon um fünf Uhr aus dem Bett und auf dem Bauernhof aushelfen.« Sie drehte sich zu ihrem Kollegen und warf hilflos die Hände in die Luft. »Aber mit mir kann er es ja machen, weißt du? Das muss sich ändern.«

»Kinder sind nicht immer einfach«, sagte Hans vorsichtig. »Ich habe Glück mit meiner Rasselbande.« Er drückte seinen Zigarettenstummel auf dem Steg aus, dann bückte er sich und warf ihn in einen Mülleimer am Kai. Als er wieder zu Silke aufschloss, deutete er mit einer Hand auf die Kriminaltechniker, die im Inneren der Yacht arbeiteten: »Mal sehen, ob die schon was wissen.«

Ohne ein Wort von seiner Kollegin abzuwarten, drehte er sich um und lehnte sich über die Reling, um hineinzuspähen.

Kriminalkommissar Hans Hansen würde nun einen erneuten Vorstoß in die skandinavischen Gefilde wagen. Er bedeutete Silke, genau zuzuhören, wahrscheinlich, damit sie seinen glorreichen Moment nachher in der Mittagspause gemeinsam besprechen konnten.

Als er einen der Techniker erblickte, der soeben die Kajüte verließ, verschluckte er vor Aufregung leider viel zu viele Buchstaben, als er hervorstieß:

»Skrækkelig!«

»Gesundheit«, wünschte ihm der Mann freundlich, ohne ihn anzusehen.

Hans Gesichtszüge entgleisten vor Enttäuschung. Er würde sich seine CD fürs Dänisch lernen noch einmal genauer anhören müssen.

Nun näherte sich Silke ebenfalls der Reling und rief über seine Schulter hinweg: »Habt ihr schon etwas herausgefunden?«

»Bis jetzt ein Segelboot mit einem verstorbenen Mann. Ein Notsegel liegt hier herum und auch die Verpackung einer Rettungsinsel. Oh, und einen Beutel mit Geld haben wir auch gefunden. Knapp eintausend Euro«, gab der Forensiker zurück und steckte mit der Pinzette irgendetwas in eine Tüte.

»Der Tote hat eine Kopfwunde, vielleicht mit einem stumpfen Gegenstand zugefügt. Spuren, die zeigen, was hier vorgefallen ist, haben wir nicht gefunden ... also ich würde gerne zaubern, aber das hat bisher noch nicht geklappt.«

Kommissar Hansen verzog das Gesicht.

»Das heißt?«

»Das heißt, mehr als Sie gesehen haben, haben wir auch noch nicht. Alles andere dauert ein bisschen länger.«

»Verzeihen Sie bitte, dass wir da sind«, meinte Hans säuerlich.

»Unverzeihlich!«, gab der Forensiker grinsend zurück. Dann winkte er und schloss die Tüte in seiner Hand mit einem Druckverschluss, bevor er wieder im Inneren des Bootes verschwand.

Hans wandte sich Silke zu und öffnete den Mund, um etwas zu sagen, als ihr Diensttelefon klingelte.

Sie hob die Hand und bat um einen Moment, während sie es hervorzog und stirnrunzelnd den Anruf entgegennahm. »Kriminalkommissarin Silke Petersen«, meldete sie sich förmlich.

»Hier ist Koopmann. Wissen Sie schon etwas über den Fall mit dem Segelboot?«, schnarrte ihr Vorgesetzter ihr ins Ohr.

»Wir sind noch vor Ort -«, begann sie, wurde jedoch von ihrem Chef ohne Vorwarnung unterbrochen.

»Ich würde Sie gern in 30 Minuten unter vier Augen sprechen.«

Kapitel 7

Silke wartete vor dem Büro von Kriminaldirektor Koopmann.

Hans hatte sich zu ihrer Freude bereit erklärt, schon einmal den Bericht zur Yacht auszufüllen. Auch er wusste nicht genau, welchen Grund es gab, dass ihr Vorgesetzter Silke so überraschend zu einem Gespräch lud.

Unbehagen kroch ihren Rücken hinauf. War es wegen der Verspätung heute Morgen? Sicher hatte es etwas damit zu tun. Was sollte es sonst sein? Im Geiste war sie bereits die letzten Wochen durchgegangen, doch es war ihr nichts aufgefallen, das eine Zitierung ins Chefbüro gerechtfertigt hätte.

Auch wenn sie schon geklopft hatte und seit fünf Minuten auf einem Stuhl im Gang vor dem Büro wartete, stand sie nun wieder auf und klopfte zur Sicherheit noch einmal - nur um zweifelsfrei zu bestätigen, dass Herr Koopmann nicht doch schon drinnen auf sie wartete. Sobald ihre Hand das Holz der Tür berührte, schrak sie zusammen, als hinter ihr jemand raunte:

»Ist offen.«

Herr Koopmann war wie aus dem Nichts erschienen. Er nickte freundlich, als sie ihn anstarrte, und bat sie mit einer Handbewegung, einzutreten.

Silke lief voran und ließ sich in einem von drei ledernen Besuchersesseln nieder, die vor seinem ausladenden Schreibtisch standen. Das Büro ihres Vorgesetzten war altmodisch eingerichtet. Der Kriminaldirektor hatte während der letzten Modernisierung wenig Wert auf neue Möbel gelegt, stattdessen versprühten seine Räumlichkeiten den Charme eines Arbeitszimmers aus den 50ern.

Alte, dunkelbraune Aktenschränke säumten die Seiten und über ihnen drehte sich träge ein Deckenventilator. An den Wänden hingen Bilder mit Küstenszenen.

Stille senkte sich zwischen sie.

Das Leder unter Silkes Gesäß knarzte leise, als sie unbewusst ihre Lage änderte. »Ich ... ich komme normalerweise nie zu spät, aber -«, begann sie schließlich, wurde jedoch sofort mit einer Handbewegung unterbrochen.

Herr Koopmann rollte seine Lippen nach innen und wischte einen imaginären Krümel von seiner Schreibtischplatte. »Da machen Sie sich mal keine Sorgen. Ich war zu spät.«

Silke wertete das als gutes Zeichen. Anscheinend hatte ihr Vorgesetzter wirklich nichts von ihrem Fauxpas heute Morgen bemerkt. Auch wenn es sich nur um zwölf Minuten gehandelt hatte.

»Ich möchte mich zuerst entschuldigen, Ihre Ermittlungen zu stören ...«, sprach er schließlich zögerlich und richtete etwas umständlich seine Krawatte.

»Alles ... alles gut«, murmelte Silke und winkte ab. Sie lächelte gequält.

»Mir ist bewusst, dass Sie sehr sauber arbeiten und auch Hauptkommissar Hansen ... also Sie beide bilden ein gutes Team.«

»Danke ...«, sagte Silke langsam. Sie wusste nicht, auf was diese Ansprache hinauslaufen sollte.

Vor dem Revier kreischten die Möwen.

Nach einer Pause, die ihr gefühlt so lang wie eine Halbzeit im Handball vorkam, schien sich ihr Vorgesetzter einen Ruck zu geben. Er atmete aus und sah sie direkt an. »Nun, aus diesem Grund wende ich mich auch an Ihre Person ... als Stellvertretung für Sie beide.«

Und wieder entstand eine Pause.

Anscheinend war das, was er ihr mitzuteilen hatte, schwerer als zuvor vermutet. Ein Gefühl von Unsicherheit wuchs in Silke und sie drängte es tapfer zurück. Doch ihr Gehirn arbeitete auf Hochtouren.

Herr Koopmann stand auf und lief zum Fenster, von dem aus er die Hafenspitze und die Polizeiautos vor dem Revier überblicken konnte.

»Ist alles in Ordnung?«, fragte Silke nach und war sich im selben Moment nicht sicher, ob sie hier eine Grenze übertrat. Doch zu ihrer Erleichterung erkannte sie, dass er nickte.

»Wie geht es Ihrem Sohn?«, fragte Herr Koopmann letztlich, stand aber immer noch mit dem Rücken zu ihr.

»F-fantastisch«, stotterte Silke überrumpelt.

»Das hört man gern«, nickte der Kriminaldirektor zufrieden und drehte sich nun doch zu ihr um. Seine graublauen Augen musterten sie unter buschigen, weißen Brauen. »Arbeitet er noch bei der Bank?«

Silke kniff sich mit dem Fingernagel des Daumens in die Kuppe ihres Zeigefingers. Sie musste aufpassen, nicht rot anzulaufen. Schon spürte sie, wie ihr wärmer wurde, als sie an die Szene heute Morgen dachte.

Hastig murmelte sie: »Ja ... Ja, da ist er noch.«

Herr Koopmann nickte förmlich, wobei sein stechender Blick sie regelrecht zu sezieren schien. »Ich habe tiefsten Respekt vor Ihrem familiären Erfolg. Auch wenn mir das peinlich ist, muss ich Ihnen leider gestehen, dass mein Enkel da von einer ganz anderen Sorte ist.«

Silke blies die Wangen auf.

Wenn der wüsste.

Herr Koopmann jedoch deute ihre Geste als aufrichtige Anteilnahme. »Ja, genau so. Ich muss auch immer nach Luft schnappen.« Er ordnete zwei wahllose Zettel auf seinem Tisch und kam dann schließlich mit der Sprache heraus. »Es geht um Folgendes: Ich brauche Ihre Hilfe - als Polizistin und auch als Mutter eines erfolgreichen jungen Mannes.«

»Ähh ...«

Der Boden unter Silke schien einzubrechen, als ihr Herz verzweifelt versuchte, genügend Blut durch ihre Adern zu pumpen. Das Gefühl, dass in diesem Büro die Temperatur weiter am Steigen war, verhärtete sich.

Herr Koopmann schien ihre Situation zu bemerken. »Keine falsche Bescheidenheit«, sagte er großzügig und nickte. »Mutter zu sein, ist eine hohe Leistung. Ich kann verstehen, dass Sie diesen Erfolg bei Ihrem Beruf vielleicht in den Hintergrund stellen - aber eines kann ich Ihnen versichern: Wir bräuchten mehr Frauen von Ihrem Kaliber.«

Nun platzte Silkes Kopf bald vor Röte. Nahezu flüsternd stieß sie hervor: »D-Danke.«

Hatte sie sich gerade aus Affekt geduckt, oder war das nur Einbildung gewesen?

»Also noch einmal zurück zum Thema. In zwei Wochen sind Sommerferien. Mein Enkel soll, auch wenn es normalerweise gegen die Regeln ist, hier, anstatt bei der Schutzpolizei, ein Praktikum machen. Und ich bestehe darauf, dass er diese Zeit mit Ihnen und Ihrem Kollegen Kommissar Hansen verbringt.«

Er schürzte die Lippen. »Noch ist er ein hoffnungsloser Fall, möchte ich gestehen. Aber gleichzeitig habe ich vollstes Vertrauen, dass sich das unter Ihrer Führung ändern kann.«

Silke war sprachlos. Wie sie in diese Lage hineingeraten war, war ihr schleierhaft. Als sie an ihre eigene Situation zu Hause dachte, sprach sie einfach das aus, was ihr zuerst in den Sinn kam. »Au weia.«

Herr Koopmann stimmte ein. »Es gibt nichts zu beschönigen, was Torge angeht. So heißt übrigens Ihr neues Teammitglied.« Er sah auf seine Finger und entfernte etwas Dreck unter seinen Nägeln. »Wir haben teilweise aufgegeben und mein Sohn und seine Frau haben ... vielleicht nicht die ...«

»Erfahrung?«, warf Silke ein und klammerte ihre ganze Hoffnung daran, dies sei das einzige Problem.

»Strenge, meinte ich«, berichtigte sie Koopmann jedoch zerknirscht. »Ich möchte aber noch persönlich von Ihnen hören, ob Sie dazu bereit wären.«

Seine Worte stellten zwar eine Frage, doch seine Mimik schien eher auf ein klares Ja zu warten.

Silke hatte keine Wahl.

»Selbst ... verständlich?« Unfreiwillig hob sich ihre Stimmlage an, was ihre erzwungene Zustimmung ebenfalls wie eine Frage klingen ließ.

Herr Koopmann nickte bestimmend. »Das habe ich mir gedacht. Vielen Dank, dass ich auf Sie zählen kann.« Er kam um den Schreibtisch herum und Silke erhob sich. »Die Papiere habe ich bereits ausgefüllt. Ich habe seinen Eltern in Aussicht gestellt, dass er schon heute ab der Mittagspause herkommen kann. Der Junge besucht derzeit noch die zehnte Klasse der Realschule, wird aber bald seinen Abschluss erreichen, deswegen auch die Praktikumszeit und der verfrühte Unterrichtsschluss. Und in diesem ... *speziellen* Fall ist mir ein Tag früher lieber als einer zu spät.« Er zwinkerte ihr zu. »Beide Elternteile arbeiten noch bis halb sechs. Dann können Sie ihn schon einmal kennenlernen.« Er nahm ihre Hand und drückte sie fest.

Silke sagte nichts, sondern fiel nach der Verabschiedung förmlich durch die Bürotür raus auf den Flur.

Ein Jugendlicher unter ihrer Fittiche? Wo das mit ihrem Sohn ja schon so fabelhaft klappte?

Hoffentlich wurde das nicht wie im Kindergarten, überlegte sie, als sie wie im Traum den Weg zu ihrem eigenen Büro zurücklegte. Wie hatte das nur passieren können?

Ihr Blick ging auf ihre Armbanduhr.

Noch zwei Stunden.

Kapitel 8

»Verstehe.« Hans drückte sich den Hörer ans Ohr, als Silke ihre Bürotür öffnete und hereinkam.

Wieder einmal stickige Luft. Sie lief zum Fenster und schob es auf.

Ihr Büro lag zur Fördeseite hin, was bedeutete, dass sie die meiste Zeit des Tages eine tolle Aussicht und auch Sonnenlicht genossen. Und obwohl es heute nach wie vor nicht regnete, ließ sich die Wolkendecke kaum dazu überreden, aufzureißen.

Um überhaupt etwas zu sehen, hatte Hans das Deckenlicht eingeschaltet.

Silkes Blick schweifte über die Schefflera, die neben dem Fenster auf einem hüfthohen Aktenschrank stand und tapfer ihre Blätter in Richtung der Scheibe streckte. Sie hatte all die Jahre überlebt. Das war nach dem Malheur am ersten Tag ihrer Anschaffung nicht absehbar gewesen.

Die Kommissarin hatte die Pflanze zu ihrem gemeinsamen Einzug in dieses Büro gekauft. Nachdem Hans den kleinen Blumentopf jedoch gut gemeint mit gefühlten zehn Litern Wasser überschwemmt hatte, musste er seiner Kollegin das Versprechen geben, nie wieder eine Gießkanne in der Nähe dieser Pflanze in die Hand zu nehmen.

»Das ja schon was, ne?«, sagte Hans jetzt ins Telefon. Mit einem Kugelschreiber malte ihr Kollege Kreise auf seine Schreibtischunterlage, während er den Blick aus dem Fenster schweifen ließ.

Der Wind hatte noch einmal aufgefrischt, weshalb die Menschen vor dem Revier mit gesenkten Köpfen vorbeihasteten.

»Bitte nicht schon wieder Sturm«, sinnierte Silke murmelnd.

Rechts neben dem niedrigen Aktenschrank mit der Schefflera standen zwei hohe Spinde mit Dienstjacken und Westen, den Pistolen und kleineren privaten Gegenständen. Das Zentrum des Raumes jedoch schmückten drei in U-Form aufgestellte, moderne Schreibtische.

Erst letztes Jahr war das Innere des Reviers zum Teil modernisiert worden und sie alle hatten neue Büroausstattung in Form von ebendiesen Schreibtischen und Stühlen erhalten.

Besonders für Letztere war Silke jeden Tag dankbar. Weitere Jahre auf den alten Möbeln und sie wäre auf allen vieren zur Arbeit gekrochen.

Für gewöhnlich saßen sie sich hier gegenüber, während die Mitte des U's für den Drucker, das Telefon und die Kaffeemaschine vorgesehen war.

An der linken Wand hinter ihrem Kollegen sammelten sie all die Aktenordner zu den verschiedenen Fällen in einem Regal einer bekannten schwedischen Möbelmarke, wobei ihr auffiel, dass sie und Hans demnächst wieder einmal würden aussortieren müssen. Das Gestell quoll geradezu über. Doch meistens fehlte dafür leider die Zeit.

Silke ging zum Kalender, der neben der Tür an der Wand hing und studierte ihn eindringlich, als Kommissar Hansen sich gerade von seinem Gesprächspartner verabschiedete.

»Jo, ebenso! Schnacken wir mal wieder, ne?«, sagte er und legte lächelnd den Hörer zurück auf die Station, bevor er sie ansah. »Na, was wollte der Chef?«

Silke wandte ihren Blick nicht vom Kalender ab. »Sag mal Hans ... die Sommerferien fangen in zwei Wochen an, richtig?«

»Jo«, antwortete ihr Kollege gut gelaunt.

Sie kniff die Augen zusammen, während sie mit dem Finger die Tage abzählte. »Wie lange, meinst du, geht ein durchschnittliches Praktikum ...?«

Hans ließ hörbar die Luft aus seinen Wangen entweichen. »Gute Frage. Hat Niklas eine Stelle in Aussicht?«

Abwesend schüttelte Silke den Kopf, ihre Gedanken rasten. »Nein ... aber Pie mal Daumen ... wie lange dauert so etwas ungefähr? Ich würde ja meinen, vierzehn Tage ... vielleicht haben wir Glück und -« Sie brach ab.

»Wir haben Glück bei was?« Hans Interesse war geweckt. Neugierig lehnte er sich nach vorne.

Bevor sie ihm antwortete, schlenderte Silke zu ihrem Platz und ließ sich schwer in ihren Stuhl fallen. »Herr Koopmann möchte, dass wir auf seinen Enkel aufpassen«, gab sie zu und massierte sich die Schläfen. Immer wieder huschte ihr Blick zum Kalender neben der Tür.

Als Antwort zog ihr Kollege die Brauen hoch. »Mitten in den Ermittlungen? Wir haben doch voll zu tun.«

»Wem sagst du das ... und dann ausgerechnet ein Praktikum«, murmelte sie und zuckte die Achseln. »Wie er das durchkriegen will? Keine Ahnung.«

»Also darum ging es«, sagte Hans verwundert. »Ich wollte schon luschern kommen. Das muss ja dann dringend sein. Wir hatten sogar zwei verpasste Anrufe von Koopmann hier auf dem Telefon.« Er lehnte sich zurück und sah aus dem Fenster. »Kommt Zeit, kommt Rat. Vielleicht ändert sich das noch. Pass auf, nachher wird sich die Sache verrennen und wir kommen drum herum.«

»Ich glaube nicht«, antwortete sie niedergeschlagen. Noch brachte sie es nicht übers Herz, Hans sorglose Haltung mit der Information zu zerschießen, dass der Junge schon in ein paar Stunden bei ihnen wäre. Plötzlich lagerte sich ein Gedanke in ihr Bewusstsein, mit dem sie nicht gerechnet hatte:

Das Gespräch mit ihrem Vorgesetzten war, zugegeben, einigermaßen seltsam verlaufen. Was, wenn Herr Koopmann mit ihrer Arbeitsweise in Wahrheit ganz und gar nicht zufrieden war - und ihnen nun seinen Enkel auf den Hals hetzte, um sie beide zu überwachen? Sie biss sich auf die Lippe.

Das war definitiv Stoff zum Nachdenken.

»Hör mal«, sprach Kommissar Hansen plötzlich laut und Silke zuckte zusammen. »Ich habe gerade mit dem Seglerverband geschnackt. Es gibt Neuigkeiten.« Er sah auf einen Zettel vor sich, auf dem er sich Notizen gemacht hatte. Der Rand war mit Kringeln bedeckt. »Das Boot ist auf einen Herrn Erich Janssen eingetragen. Jedenfalls steht der als letzter Halter bei denen im Computer.«

Silke nickte müde. »Wo müssen wir hin?«

»Nach Schausende«, antwortete Hans und befragte erneut seinen Zettel. »Am Leuchtturm 122. Hübsche Gegend.«

Sie sah auf ihre Armbanduhr, bevor sie aufstand und sich ihre Regenjacke überzog. »Dann lass uns besser gleich hinfahren, damit wir beizeiten zurück sind.«

Ihr Kollege jedoch wirkte wenig begeistert. »Mhh … ich wollte eigentlich noch den Bericht fertigstel -«

»Glaube mir«, unterbrach sie ihn trocken, »ist besser, wenn wir uns jetzt auf den Weg machen. Sonst fahren wir nachher zu dritt.«

Fragend hob er die Brauen.

»Gegen Mittag kommt der Junge von Koopmann«, erklärte sie schließlich.

»Nee – dein Ernst? Heute schon?«

Sie nickte und ließ ein leises Seufzen hören, dann legte sie die Hand auf die Klinke. »Lass uns die Sache hinter uns bringen. Bin gespannt, was der Besitzer dazu zu sagen hat, dass man auf seinem Boot eine Leiche gefunden hat.«

Kapitel 9

Als Silke den Streifenwagen zum Stehen brachte, hielten sie vor einem hölzernen Gartenzaun, der ein weitläufiges Grundstück umrahmte. Etwas zurückgesetzt und hinter dicht gewachsenen Hecken verborgen, duckte sich ein halbhohes Gebäude in die flache Landschaft.

Gemeinsam stiegen die beiden Polizisten aus und sahen sich um. Weit und breit schien sich niemand in der Nähe aufzuhalten. Das Meer jedoch musste nicht einmal einhundert Meter entfernt sein, denn sie hörten das charakteristisch leise Gluckern von Wellen, die auf einen Steinstrand trafen.

Hans war an den Zaun herangetreten und sah abwechselnd auf einen Notizzettel und das Gebäude. »Das muss es sein«, murmelte er und streckte die Hand nach der Gartenpforte aus.

In diesem Moment klingelte es aus Silkes Jackentasche. Ein fröhlicher Marimba-Ton teilte ihr mit, dass es ihr privates Telefon war, das um Aufmerksamkeit bat. Sie holte es hervor und warf einen Blick auf das Display. »Ist mein Sohn«, rief sie Hans zu, der schon weitergegangen war. »Ich bin gleich da.«

»Kein Problem«, gab er zurück und streckte den Daumen in die Luft, bevor er sich umdrehte und seinen Weg fortsetzte.

Silke setzte sich wieder hinter das Steuer des Streifenwagens und nahm das Telefonat entgegen, während sie eine Hand auf dem Lenkrad abstützte.

»Was gibt es denn jetzt so Wichtiges, Niklas?«, fragte sie etwas missmutig, zuckte jedoch im gleichen Augenblick zusammen, als es verzweifelt aus dem Hörer schallte:

»Mama!«

Hans hatte in der Zwischenzeit fast die Haustür erreicht. Es war ein großes, sehr gepflegtes Grundstück mit altem Baumbestand und weitläufiger Rasenfläche. Wenn er den Blick nach links schweifen ließ, konnte er zwischen den Sträuchern ab und an sogar die Ostsee erkennen.

Schausende gehörte eigentlich zu Glücksburg und lag kurz vor der Halbinsel Holnis, die wie ein Arm in die Flensburger Förde hineinreichte.

Das Wohnhaus, vor dem er nun stand, war ein dänischer Bungalow mit Flachdach aus den 80er-Jahren. Die Fassade bestand, wie bei fast allen Häusern hier, aus Klinkersteinen, und eine kleine, zweistufige Treppe führte hinauf zur hölzernen Eingangstür. Hans warf noch einen Blick zurück, aber konnte Silke nirgends entdecken. Ihr Telefonat schien sich anscheinend etwas hinzuziehen. Also zuckte er die Achseln, streckte sich und klingelte schon einmal.

Leise hallte ein Glockenton durchs Haus und drang bis nach draußen. Ein paar Sekunden vergingen und im Innenraum schien sich nichts zu tun.

Der Kommissar wartete zur Sicherheit noch einen Augenblick, dann klingelte er erneut und trat die Treppenstufen wieder herunter.

Aufmerksam sah er sich um. In der Einfahrt stand kein Auto, doch es gab eine große, zweitürige Garage, die zu diesem Zeitpunkt geschlossen war. Die Jalousien vor den Fenstern waren jedoch allesamt heruntergelassen, sodass er nicht erkennen konnte, was im Inneren vor sich ging.

War vielleicht gar keiner zu Hause?

Er überlegte bereits, ob er die kleine Treppe noch einmal besteigen sollte, um ein drittes Mal zu klingeln, als er ein Geräusch vernahm.

Wie festgefroren blieb er stehen und lauschte irritiert.

Er kannte es. Noch konnte sein Geist jedoch nicht einordnen, woher. Und als er registrierte, um was es sich handelte, war es bereits zu spät.

Ein Hütehund.

So groß wie ein Kalb.

Und er kam mit gefletschten Zähnen auf ihn zugeschossen.

»Zurück! Aus!«, rief Hans laut und hob aus Affekt die Arme, doch das Tier ignorierte ihn.

Unwillkürlich entfuhr ihm ein Schrei, als der Hund ihn ansprang, auf den Rücken warf und gleichzeitig versuchte, ihm die Zähne in den Hals zu graben.

Geistesgegenwärtig hatte der Kommissar seinen rechten Unterarm zwischen sich und den Hundekopf gequetscht und drückte mit aller Macht dagegen, während der Geifer des Tieres auf sein Gesicht troff. Das reißerische Gekläffe an seinem Ohr betäubte seine Hörfähigkeit, doch er hielt dem Angriff stand.

Noch jedenfalls.

»Du, dann ist das jetzt so mit dem Internet. Was soll ich da bitte machen?«, fragte Silke zur gleichen Zeit genervt in den Hörer und trommelte mit den Fingern auf das Lenkrad. »Und nein, wir wechseln dafür nicht den Betreiber!« Sie machte eine Pause. »Nein, habe ich gesagt! Mir reicht eine Internetleitung, ich brauche keine Zweite! Weißt du eigentlich, was das alles kostet?«

Sie stöhnte, während Niklas ausholte, um ihr seine Argumentation zurechtzulegen, als sie wilde Geräusche vernahm. Sie hob eine Hand, obwohl er sie nicht sehen konnte. Sobald ihr auffiel, was sie da tat, stieß sie hervor: »Moment!«, während sie hastig die Autotür öffnete.

Gekläffe und Knurren drangen an ihr Ohr.

Zwischendrin ersticktes Keuchen von Hans.

Ohne nachzudenken, schleuderte Silke das Telefon auf den Beifahrersitz, wo Niklas beleidigte Stimme verklang, und warf die Autotür zu. Einen Wimpernschlag später sprintete sie auch schon den Weg entlang, der zur Haustür führte.

Das Bild, das sich ihr bot, ließ das Blut in ihren Adern gefrieren.

Kommissar Hans Hansen lag auf dem Rücken und lediglich sein Unterarm trennte ihn von den schnappenden Kiefern eines weißen Hütehundes derartiger Größe, wie Silke ihn noch nie zuvor gesehen hatte.

Kurz überlegte sie, wie sie ihrem Kollegen zur Hilfe kommen konnte und sah sich bereits nach einem Stock um, mit dem sie das Tier notfalls würde verscheuchen müssen, als die Haustür sich öffnete und ein Mann heraustrat.

»Aus, Rocko!«, schrie er den Hund an, trat unerschrocken zwei Stufen hinunter und steuerte auf ihn zu. Silke erkannte einen hölzernen Gehstock, den der Alte wie wild durch die Luft sausen ließ. Außerdem dunkelgrüne Hosen mit Hosenträgern, Filzpantoffel und eine dunkelblaue Seglermütze, die direkt über seinen Ohren endete.

»Aus, hebb ich gesagt!«, rief der Opa in einer seltsamen Mischung aus Hochdeutsch und Platt. Dann packte er das Tier erst am Ohr, bevor er das Halsband zu fassen bekam und es schließlich schaffte, ihn von Hans herunterzuzerren.

»Bleiben Se, wo Se sind«, wies er die Polizisten atemlos an. Ohne zu zögern, schleppte er das Tier mit festem Griff am Halsband ins Haus, wobei der Hund, der deutlich stärker als sein Herrchen zu sein schien, ihn lediglich gewähren ließ.

Silke beugte sich nach unten zu ihrem Kollegen und rüttelte ihn an der Schulter. »Ist alles gut? Hat er dich gebissen?«, fragte sie aufgeregt.

Der Kommissar brauchte einen Moment, um sich aufzurichten. Sein Gesicht war aschfahl und auf seiner Stirn glänzte Feuchtigkeit. Ob vom Hund oder ihm selbst hätte er nicht sagen können. Der Ellbogen seiner Windjacke war aufgeschürft und am rechten Unterarm, jenem, den er zur Verteidigung gegen die scharfen Zähne eingesetzt hatte, war der Stoff zerfetzt.

Er stand auf, wobei er sichtlich wackelig auf den Füßen war.

»Harrijassesne! Wat ist passiert? Soll ich een Doktor rufen?«, rief der Alte, der soeben wieder aus dem Haus kam, sichtbar aufgewühlt. Mit der Linken umklammerte er den Griff seines hölzernen Gehstocks. Die rechte Hand presste schockiert ein kariertes Stofftaschentuch aus dem gleichen Material, aus dem sein Hemd zu bestehen schien, gegen seine Brust.

Doch Hans winkte ab. »Nee«, sagte er hustend. »Nee, das war meine Schuld. Bei dem Grundstück hätte ich damit rechnen müssen.« Er wischte sich die Hände an seiner Cordhose ab und klopfte sich den Sand vom Gesäß.

»Ist wirklich alles in Ordnung?«, fragte Silke zur Sicherheit doch noch einmal nach, aber Hans nickte beruhigend.

»Geht«, meinte er und versuchte, sich einen besonders hartnäckigen Grasfleck von der Hose zu reiben. »Wir sind von der Kriminalpolizei«, erklärte er schließlich und gab damit seufzend das Vorhaben auf, sich sauber zu bekommen.

»Dat seh ich, dat Se von der Polizei sind«, gab der Mann mit Blick auf ihre Jacken mit der weißen Aufschrift zurück und rückte sich seine dunkelblaue Seglermütze zurecht. »Dann sin wir alle gerade nochmal mit dem Schrecken davongekomm.«

Der Alte schien heilfroh. »Wat bringt Se zu uns?«

Silke sprang ein. »Ihr Boot ist heute Morgen in der Förde angetrieben worden. An der Hafenspitze. Die Wasserschutzpolizei hat es gesichert.«

Plötzlich wirkte der Mann verwundert. »Min Angelkahn hab ich hinten auf dem Hof … oder hat den eener mitgehn lassen?« Ohne eine Antwort abzuwarten, drehte er sich um und rief durch die nur angelehnte Haustür: »Inge! Ingeeee! Is dat Boot noch im Hof?«

»Moment«, hakte Hans ein und zog seinen Notizblock aus der Innentasche seiner Jacke. Er blätterte und las nach. »Es handelt sich um die *Liberty*.«

Silke war der Name der Segelyacht vorher noch gar nicht aufgefallen.

Liberty.

Es klang verheißungsvoll. Und obwohl sie nichts vom Segeln verstand, erweckte es eine eigenartige Sehnsucht in ihrer Brust.

»Ach«, rief der Mann aus und lächelte, während sein Blick sich in die Ferne richtete. »Ja, dat war ein smuckes Boot.«

»War?«, hakte Silke nach.

Der Alte nickte.

»Joa. Ik hab es vor sieben Jahren verkauft.«

Kapitel 10

Fünf Minuten später saßen die beiden Kommissare mit Herrn Janssen in der Küche seines Häuschens und blickten durch das Fenster auf die Ostsee. Der Alte hatte sie hereingebeten, nachdem Silke in kurzen Worten skizziert hatte, was der eigentliche Grund für ihr Erscheinen war.

»Eine Leiche?«, hatte Herr Janssen gekrächzt, sich dann seine Seemannsmütze vom Kopf genommen und die Glatze gekratzt.

Von da an hatten sie es für besser befunden, die Angelegenheit hinter verschlossenen Türen zu besprechen.

Das Haus war gemütlich eingerichtet. Auf ihrem Weg durch den Flur liefen sie über dicke Teppiche und hatten mehrere hübsche Stücke Treibholz-Deko bewundert, mit denen das Ehepaar die Wände geschmückt hatte.

Silke ließ den Blick durch die Küche schweifen, als eine Frau den Kopf durch den Türspalt steckte.

»Erich?«, fragte sie leise und sah Hans und Silke schüchtern an.

»Dat sünd Kommissarin Petersen und Kommissar Hansen aus Flensburg«, stellte Herr Janssen sie vor. Etwas zerknirscht fügte er an: »Rocko hat mit den beiden bereits Bekanntschaft gemacht. Bitte, sei so lieb und mach trotzdem die Döör zum Wintergarten zu«, bat er. »Damit er nicht den Weg ins Huus nehmen kann.«

Hans und Silke warfen sich einen Blick zu, als Inge Janssen die Augen aufriss. Schnell kam sie herein, drückte die Küchentür hinter sich zu und stellte sich mit dem Rücken dagegen. »Rocko ist schon im Flur«, brachte sie entschuldigend hervor und hob die Schultern. »Bitte Erich, was heißt *Bekanntschaft gemacht*?«

Wortlos hielt Hans Hansen seinen Ärmel in die Höhe, woraufhin die ältere Dame die Hände vor den Mund schlug. »Oh, Sünde!«, rief sie aus und stürzte zu ihm hin, um sich den Schaden genauer anzusehen.

»Alles halb so wild. Ist ja noch einmal gut gegangen«, versuchte Hans, das Geschehene zu überspielen, traute sich jedoch nicht so recht, der plötzlich resolut gewordenen Rentnerin seinen Arm zu entziehen.

Sie nahm den zerfetzten Stoff seiner Windjacke in Augenschein und marschierte anschließend direkt zum Gefrierschrank, aus dem sie einen Beutel gefrorener Erbsen zauberte. Umstandslos schlug sie ihn in ein sauberes Geschirrtuch und drückte ihn Hans in die Hand.

»Das tut mir außerordentlich leid«, beteuerte sie. »Seitdem bei uns vor einem halben Jahr eingebrochen worden is, is er Fremden gegenüber misstrauisch.«

»In der letzten Zeit nimmt das mit den Einbrüchen überhand«, warf Silke bestätigend ein.

Der Mann gestikulierte: »Wir beide schlafen seitdem mit offene Kiekers. Ohne Rocko würden wir wahrscheinlich gar nicht mehr zur Ruh komm.«

Die Kommissare nickten und Silke notierte sich den Fakt des Einbruchs auf ihrem Notizblock.

»Kann ich Se beide denn wat Gutes tun? Ich hätt Kuchen anzubieten«, fragte Frau Janssen freundlich.

Hans verneinte, bedankte sich aber im Gegenzug, während Silke das Wort ergriff: »Wir wollen Ihnen nur ein paar Fragen stellen.«

So lange es ihrem Kollegen gut ging, würden sie die Sache mit dem Hundeangriff nicht weiter verfolgen. Das Tier konnte nichts für sein Verhalten und beide wussten nur zu gut, was passieren würde, wenn sie diesen Vorfall aufnahmen. Die Kommissarin nahm sich jedoch vor, den Rentnern mit auf den Weg zu geben, dass sie in Zukunft besser vor dem Haus eine Klingel anbrachten.

»Stecken wir denn inne Bredulljе?«, fragte Inge Janssen und bemühte sich, ihr Lächeln weiter unbeschwert aussehen zu lassen. Irritiert registrierte die Kommissarin jedoch, dass es nicht mehr ihre Augen erreichte.

»Sie sind hier wegen unserem alten Boot, Inge«, erklärte ihr Mann. »Unsere *Liberty.*« Sein Blick verklärte sich und er sah aus dem Fenster hinaus aufs Meer. »Waren dat schöne Erinnerungen, Inge, ne? Du, ich tu mal das Fotoalbum holen. Laat mich mal durch.«

Herr Janssen schob sich an seiner Frau vorbei und öffnete dabei die Küchentür. Sofort presste sich die weiße Schnauze ihres Hütehundes durch den entstandenen Spalt und das Tier ließ ein tiefes Knurren hören. »Nu gewinn Land«, murmelte Erich, als Inge nach der Klinke griff und die Tür hinter ihm zuzog.

»Am besten wir verschwinden nachher durchs Fenster«, sagte Silke ironisch und Hans nickte vorsichtig, während Frau Janssen sie freundlich anlächelte.

»Kaffee?«, fragte sie.

20 Minuten später kannten die beiden Kommissare nicht nur das Boot von allen Seiten, inklusive des Unterbodens, sondern hatten auch noch die Urlaubsfotos der letzten 15 Jahre bewundert. Die Kaffeetassen waren leer und Silke spürte, wie sie langsam Hunger bekam.

»Dat war eine schöne Zeit. Damals ...«, sinnierte Erich Janssen und ließ den Blick abermals aus dem Fenster schweifen.

»Und wie kam es, dass Sie das Boot dann verkauft haben?«, fragte Silke und machte ihren Kugelschreiber wieder startklar.

Frau Janssen lachte. »Erich hat nur die schönen Momente auf der *Liberty* eingefangen. Er hat keine Fotos davon geschossen, wie oft wir dat Schiff gefeudelt oder gestrichen haben.« Sie schnaubte. »Immer ging etwas kaputt, dazu noch der Sommerliegeplatz und der Winterliegeplatz ... det muss auch bezahlt werden.«

»Uns geht dat nicht schlecht«, hakte er ein, »aber meine Frau hat recht. Wir sin zufrieden, wenn wir de zweistufige Treppe vor de Haustür hochkomm, von Segeln und Hantieren mit schwerem Werkzeug ganz zu schweigen.« Er warf ihr einen Seitenblick zu.

»Aber dat Alter holt einen ein. Und dennoch - auch wenn es für meine Frau nich so war, hat mir de Wartung, als ich noch konnt, immer Freude gebracht. Dat gehört nu eben dazu.«

»Verstehe«, murmelte Silke und notierte sich diese Aussage ebenfalls auf ihrem Notizblock, während Frau Janssen Hans noch einen Kaffee aus einer Thermoskanne nachschenkte. Er bedankte sich und hob die Tasse an die Lippen, um an dem heißen Getränk zu nippen.

Die Kommissarin nahm den Faden wieder auf. »Sie haben sich also deswegen zu einem Verkauf entschlossen?«

»Also ich hab mich bis heute nicht für einen Verkoop entschlossen«, fuhr der Alte auf und lehnte sich in seinen Stuhl, wobei er die Arme überkreuzte. »Meine arme *Liberty*«, murmelte er leise.

»Dat mutt«, gab seine Frau zurück und lächelte erneut entschuldigend.

»Wissen Sie noch, welcher Makler die Sache bearbeitet hat?«, warf Hans ein und blickte erst sie, dann ihn an. Silke bemerkte, dass Herr Janssen trotzig auf die Tischplatte starrte, während seine Frau dem Blick ihres Kollegen auswich.

»Makler?«, wiederholte sie. »Nee. Da mein Mann sich damit nicht abfinden konnte, hab ich die Sache damals übernommen. Ich habe dat Boot privat verkauft. Über eine Anzeige im Flensburger Tageblatt.« Sie legte den Kopf schief. »Und denn haben sich ... da muss ich nachsinnen ...«

»Vier«, hakte der Alte missmutig ein. »Vier Interessenten haben sich gemeldet. Ich erinnere mich genau.«

»Mich dücht, es wären drei gewesen«, berichtigte sie ihn, ließ es dann jedoch gehen. »Jedenfalls haben wir die *Liberty* an einen Familienvater verkauft, der dat Boot zusammen mit seiner Frau und seinem Kind besichtigte.« Sie gluckste, als die Erinnerungen sie einholten. »Die Frau war nicht so begeistert, aber das Kind wäre am liebsten über de See nach Hause gefahren.«

Er runzelte die Stirn. »Die anderen drei Leute, die -«

»Zwei«, korrigierte sie ihn sanft.

Herr Janssen wedelte mit der Hand, als verscheuche er ein lästiges Insekt. »Jedenfalls waren die zu nix zu gebrauchen. Dat hab ich gleich gemerkt.«

»Sie waren beim Verkauf dabei?«, fragte Silke.

Er nickte grimmig. »Musste ich ja. Ich konnt ja Inge schlecht alleen da lassen.« Er schnaubte. »Einer der Interessenten war so ein jungscher Bursche. Angeber, das hab ich sofort bemerkt. Der hielt viel von sich. Und die anderen waren zwei Frauen, die nur mal gucken wollten.« Er winkte ab. »Aber wat erzähle ich. Ich hätt es sowieso nich weiterverkauft.« Erich Janssen kniff die Lippen zu einem Strich zusammen.

»Haben Sie zufällig die Adresse des Käufers?«, fragte Silke seine Frau, da der Mann nicht so aussah, als wolle er noch weiter über das Thema sprechen.

»Warten Se«, bat Inge Janssen, stand auf und lief zur Küchentür.

Kapitel 11

Als sie sie öffnete, setzte das Knurren wieder ein, wurde jedoch mit einer herzhaften Ansage unterbrochen. »Los, Rocko! Sitz!«, schimpfte sie.

Das Tier ließ sich auf die Hinterläufe nieder und schaute sie erwartungsvoll an.

Hans seufzte. »Ist schon bisschen länger her, aber als ich zwanzig war, hatte auch mal einen von der Sorte«, erzählte er. »Ein ähnliches Prachtexemplar wie Ihrer.«

»Können ganz schöne Dickköppe sein«, brachte Erich Janssen an.

»Das Gleiche sagt meine Frau auch über mich«, gab Hans trocken zurück.

Sie lachten.

»Wir haben uns auf dem falschen Fuß kennengelernt. Ne, Rocko?«, sagte Hans und zwinkerte dem Hund zu, der von seinem Frauchen zu Hans und wieder zurück blickte. »Wärst du einfach bei mir zu Hause im Wohnzimmer aufgetaucht, wäre ich dich wohl auch angegangen.« Verständnisvoll klopfte er nach seinen Worten auf den Tisch und betrachtete Rocko liebevoll.

Silke wusste nicht genau, ob die Hundeliebe ihres Kollegen nicht gerade etwas zu weit ging.

Eben noch war er von dem Tier angegriffen worden.

Nun taten alle so, als habe Hans mit Rocko nur ein wenig herumgetobt.

Sie blinzelte. Ihr war der Hund nicht ganz geheuer. Sie wusste, dass Hans privat im Hundeverein engagiert war und am liebsten auch der Hundestaffel auf dem Revier angehören würde, aber musste er deswegen das Verhalten des Tieres abtun?

Silke hing noch ihren Gedanken nach, als die Situation im nächsten Moment noch abstrakter wurde.

Inge Janssen entnahm einem Schrank im Flur eine kleine Tüte und hielt sie in der Hand. »Jetzt, wo Se hier sitzen und mit meinem Mann lachen, merkt er schon, was er verkehrt maakt hat«, bemerkte sie und warf dabei Rocko einen spielerisch empörten Blick zu.

Das Tier hatte den Kopf auf die Vorderpfoten gebettet und sah sie von unten her abwechselnd an.

Dann schien ihr etwas einzufallen. Sie warf dem Kommissar einen Blick zu. »Willst du -?«, fragte sie zögernd.

Silke traute ihren Augen kaum, als ihr Kollege tatsächlich aufstand und sich dem Hund näherte. Das Tier schien abzuwarten, was nun geschah. Abwechselnd warf er seinem Frauchen und dem Kommissar einen Blick zu und winselte aufgeregt.

Dann ließ sich Hans die Tüte mit den Leckerchen reichen, woraufhin der Hund aufstand.

»Sitz«, befahl er.

Silke hielt den Atem an.

Rocko gehorchte.

Hans nickte, dann gab er dem Hütehund ein Leckerchen aus der Hand und tätschelte ihm anschließend den massigen Kopf. Dem Tier schien das zu gefallen.

Frau Janssen war sichtlich erleichtert über diese Geste. Lächelnd verschwand sie aus der Küche, ihr Haustier dicht auf den Fersen. Kurz darauf hörten sie, wie eine weitere Tür zufiel.

Hans räusperte sich, bevor er sich wieder setzte. »Sagen Sie, Herr Janssen, warum sind Sie eigentlich nach all den Jahren immer noch beim Seglerverband als Bootsinhaber gelistet?«

»Nee du, ich bin sicher nich dort als aktueller Besitzer gelistet«, widersprach er stur. »Ich hebb min Bootsschein damals gleich zum DSV gesendet.«

Silkes unverständlicher Gesichtsausdruck veranlasste ihn, nachzuschieben: »Deutscher Seglerverband. Eigentlich hätt ich die *Liberty* einst gar nicht registrieren müssen, aber irgendwie fand ich es besser, een Papier in de Hand zu haben, wissen Se?«

Sie nickten.

»Normal«, sagte Herr Jannsen langsam und lehnte sich vor, »muss man sich nur für de Binnenschifffahrt anmelden. Fährt man auf See, müssen dat erst die Boote ab 15 Metern Länge tun.« Er nickte wichtig. »Und wat den DSV angeht: Bürokratie is zwar oft langsam, aber ich denke nich, dass die Bearbeitungszeit bei de Abmeldung dort bei über sieben Jahren liegt.«

Er lachte heiser, was in ein Husten überging.

Geduldig warteten Hans und Silke ab, bis er sich wieder gefangen hatte.

»Dat mag aber angehn: Wenn man sin Boot ... gezwungenermaßen verkaufen muss, ist man angewiesen, den alten Bootsschein sofort einzusenden. Und ich hebb mich daran ooch gehalten. Aber da keene Pflicht dazu besteht, einen zu besitzen, wird der neue Eigner ihn auch nich beantragt hebben.« Er streckte sich nach der Thermoskanne und schüttelte sie, um den Inhalt zu prüfen, dann sah er die Kommissare an. »Noch Kaffee?«

Sowohl Silke als auch Hans lehnten dankend ab und wollten Herrn Janssen gerade weiter befragen, als die Küchentür wieder aufging.

Es war seine Frau, die einen dicken, grauen Aktenordner unter dem Arm balancierte. Mit Schwung hievte sie ihn auf den Tisch, dass das Geschirr darauf nur so klapperte. An seinen Rändern quollen Papiere hervor.

Umständlich klappte Frau Janssen ihn auf und kramte darin herum, bis sie einen handschriftlich ausgefüllten Zettel fand, auf dem jemand eine Adresse notiert hatte. Blinzelnd hielt sie ihn sich dicht vor die Augen. »Manrade 118«, murmelte sie, »... am Tiergehege. Dat ist in Kiel.«

»Westlich von de Innenstadt. Auf de Wik«, fügte Erich Janssen hinzu.

»Kiel ...«, murmelte Hans wenig begeistert, erklärte sich aber nicht.

Inge Janssen reichte den Zettel an die Kommissarin weiter, die ihn zwischen die Seiten ihres Notizblocks steckte. »Haben Sie vielen Dank«, bedankte sie sich und schob ihren Stuhl zurück.

Auch Hans stand auf und schüttelte den Eheleuten noch einmal die Hand, bevor sie sich verabschiedeten und das Haus verließen.

Als sie wieder im Auto saßen, griff Silke zuerst nach ihrem privaten Smartphone und schob es in ihre Hosentasche zurück, bevor sie den Schlüssel ins Schloss steckte und den Wagen startete.

Hans zog die kaputte Jacke aus und legte den Kopf an die Nackenstütze. Als kurz danach die weißen Schaumspitzen des Meeres auf der Küstenstraße zurück in Richtung Flensburg an ihnen vorbeizogen, stellte er fest: »Also wenn man mal vom Anfang absieht, ist das ja ganz gut gelaufen.«

Silke nickte. »Für einen Moment war ich mir nicht sicher, ob du Anzeige gegen sie erstatten möchtest«, gab sie zu.

Doch Hans schüttelte den Kopf. »Nö. Nicht nach letzter Woche.«

Die Kommissarin erinnerte sich an das Gespräch mit ihrem Kollegen. Der Familienhund, ein Schäferhundmischling aus dem Tierheim, musste am vergangenen Dienstag eingeschläfert werden. Hans war das sehr nahe gegangen.

»Wenn, dann war es meine Schuld«, sprach er leise weiter. »Ich habe das Grundstück naiv betreten. Der Hund hat nur sein Revier verteidigt.«

Eine Weile fuhren sie schweigend.

Schließlich bog Silke am Abzweig Mürwik auf den Kielseng ab und schaltete vorausschauend die Lüftung aus, als das Klärwerk in Sichtweite kam.

Sie räusperte sich, um das Thema zu wechseln. »Die Geschichte der beiden kam mir plausibel vor ... aber dennoch ...« Ihre Stimme brach ab und sie fuhr sich mit der Zunge über die Schneidezähne. »Irgendwie bin ich unzufrieden.«

»Auf was spielst du an?«, fragte Hans interessiert und beobachtete seine Kollegin dabei, wie sie sich am Hafendamm einordnete.

»Der Mann war regelrecht verliebt in sein Segelboot«, erklärte Silke und nutzte den grünen Pfeil, um an der Hafenspitze rechts abzubiegen. »Er wollte es nicht hergeben.«

»Meinst du, er hat etwas mit dem Mord zu tun?«, fragte er zweifelnd. »Aber warum lag dann ein Fremder in der Kajüte? Und dazu der Beutel mit dem Geld?« Bei dieser Frage, die er ursprünglich Silke hatte stellen wollen, hellte sich sein Gesicht auf. »Könnte es sich dabei um den eigentlichen Besitzer handeln?«

»Das müssen wir herausbekommen«, sagte seine Kollegin grimmig und fuhr auf einen engen Parkplatz an der Schiffbrücke auf. Sie hielt und zog sich aufgrund des besser gewordenen Wetters ihre Windjacke aus.

»Mord wegen eines zugegebenermaßen schönen Segelboots klingt aber etwas weit hergeholt«, gab Hans zu bedenken.

»Das sehe ich ebenso«, antwortete sie, schaltete den Wagen ab und drehte sich zu ihm. »Aber wir müssen wachsam bleiben. Oftmals sind es die Personen, bei denen man es am wenigsten erwartet.«

Kapitel 12

»Danke, das stimmt so.«

Silke drehte sich mit dem Fischbrötchen in ihrer Hand um und sah nach Hans, der bereits zwei Schritte weitergelaufen war und sich auf eine Bank setzte. Herzhaft biss er in sein eigenes Brötchen, das mit frischem Matjes belegt war.

Sie waren direkt zum Museumshafen abgebogen und hatten am Westufer der Förde beschlossen, Mittag zu essen. Der Himmel war in den letzten zwanzig Minuten tatsächlich noch ein wenig aufgerissen und Möwen kreischten um den Anleger herum, während die Sonnenstrahlen auf der unruhigen Förde glitzerten.

Silke wischte sich die Haare aus dem Gesicht und biss in ihr Lachsbrötchen, als sie neben Hans Platz nahm. Eine Sache beschäftigte sie noch immer.

Gedankenverloren kauend beobachtete sie einige Lachmöwen, die sich um ein liegen gelassenes Gebäck stritten, bis sie sich schlussendlich an ihren Kollegen wandte.

»Sag mal, warum hast du eigentlich, nach allem, was passiert ist, den Hund gestreichelt?«

Hans kaute und nickte langsam. Es dauerte eine ganze Weile, doch nach längerem Warten antwortete er, ohne sie anzusehen. »Als wir letzte Woche Miro einschläfern mussten, hatte ich mit dir Dienst. Bloß gut, dass meine Frau zu Hause war.«

Erneut senkte sich Schweigen zwischen ihnen.

Touristen strömten am Anleger vorbei und kauften sich etwas zu Essen, immer begleitet von dem unablässigen Gekreisch der zahlreichen Möwen.

Hans seufzte, bevor er den Faden wieder aufnahm. »Auch wenn Rocko ein fremdes Tier ist ... hat es sich in diesem Moment auf eine unerklärliche Art und Weise richtig angefühlt.« Mit der Serviette wischte er sich den Mund ab und legte das halb aufgegessene Brötchen auf seinen Schoß. »Ich hatte das Gefühl, etwas wiedergeben zu wollen. Letzte Woche konnte ich nicht helfen. Doch bei Familie Janssen wollte ich wenigstens mit ihrem Hund Frieden schließen.«

Mit einer Hand zupfte er an einem Faden, der aus seiner Cordhose ragte.

Silke blinzelte. »Hans, also ganz ehrlich. Was wäre passiert, wenn er das nicht gewollt hätte?«

Ihr Kollege zuckte die Achseln und sah auf sein Mittag. Dann aß er es in Ruhe weiter und blieb ihr eine Antwort schuldig.

»Ich nehm ein Backfischbrötchen«, krakeelte plötzlich jemand an der Fischbude und Silke blickte auf. Der Strom von Touristen hatte sich während ihres kurzen Gesprächs verflüchtigt und ein Jugendlicher in dunkelgrünen Cargohosen und einem zu großen, weißen T-Shirt kam in Sicht. Auf dem Kopf trug er ein Basecap, auf dem noch ein goldener Sticker klebte.

Ihr Blick kam zurück zu Hans. Zum Teil konnte sie ihn sogar nachvollziehen. Sie führte ihr Brötchen an den Mund.

»Weißt du, vielleicht lag es auch an einer ganz anderen Sache«, begann der Kommissar auszuführen, vermied es jedoch weiterhin, sie anzusehen. »Ich wollte dir sowieso noch etwas mitteilen -«

Bevor er seinen Satz beenden konnte, wurden sie von lautem Tumult unterbrochen. Die Aufregung schien vom Fischbrötchenstand zu kommen, an dem soeben noch der Jugendliche bestellt hatte. Jetzt zeigte er dem Händler hinter der Theke den Mittelfinger und machte Anstalten, loszulaufen.

Kurzerhand drückte Silke Hans ihr Essen in die Hand und sprang auf die Füße. Mit wenigen Schritten hatte sie die Mitte des Gehsteigs erreicht und stellte sich dem Dieb in den Weg, der über seine Schulter sah und prompt in sie hineinrannte.

Ohne lange zu fackeln packte Silke ihn am Unterarm und schleifte ihn zurück zum Fischer.

»Der junge Mann wollte noch zahlen«, erklärte sie und stieß den Dieb ein Stück vorwärts.

»Danke, dass Sie so schnell reagiert haben«, gab der Verkäufer zurück und lächelte sie an. Dann fiel sein Blick auf den Teenager und verfinsterte sich erneut. Als nichts geschah, nickte die Kommissarin in Richtung der Theke.

»Ich hab kein Geld«, stieß der Junge schließlich hervor, umklammerte jedoch mit einer Hand immer noch sein Brötchen.

»Dann solltest du dir auch nichts bestellen«, schimpfte der Fischer und stemmte die Arme in die

Seiten seiner weißen Schürze. »Ich habe die Zutaten, die ich verarbeite, schließlich auch bezahlt! Was machen wir jetzt?«

Kurz sah der Junge sich um, dann holte er aus und warf das Brötchen einige Meter weiter neben sich auf den Weg. »Hols dir!«, sprach er aufmüpfig.

Sofort stürzten sich die Möwen darauf und nur einen Wimpernschlag danach entbrannte ein heißer Kampf zwischen den Tieren, wer wohl den Leckerbissen zuerst in Sicherheit bringen würde.

Kommissar Hansen stieß zu ihnen. Er hatte sein eigenes Fischbrötchen aufgegessen, hielt jedoch noch immer Silkes in der Hand.

»Es reicht«, zischte die Kommissarin und packte den Jugendlichen fester. »Du kommst mit!«

Dieser machte ein gequältes Gesicht. »Mit? Wohin? Ihr könnt mich nirgendwo mit hinnehmen!«, rief er und begann, sich zu wehren.

Mit geübten Handgriffen fixierte Silke seinen Arm hinter dem Rücken und stieß ihn vorwärts, während Hans umständlich und noch immer Silkes Fischbrötchen umklammernd seinen Ausweis zückte und ihn dem Jungen unter die Nase hielt.

Als dieser den Bundesadler darauf erkannte, erschlaffte seine Gegenwehr und er ließ sich von der Polizistin über die Straße führen.

Hans steckte den Ausweis zurück in sein Portemonnaie und hielt dem Fischer das Geld für das weggeworfene Brötchen hin, doch dieser winkte ab.

»Ach, alles gut, Kommissar Hansen. So oft, wie Sie hier essen, brauchen Sie nicht noch für die anderen bezahlen ... Danke für die Geste, aber so etwas passiert manchmal, ne?« Er warf sich ein Geschirrtuch über die Schulter.

Verständnisvoll nickend klopfte Hans zweimal an den Wagen, um sich zu verabschieden. Dann folgte er Silke, die mit dem Dieb im Schlepptau bereits die Straße überquert hatte. In der Hand hielt er noch immer ihr Fischbrötchen.

Als sie die große Eingangstür des Reviers hinter sich gelassen hatten, stolperten sie im Foyer geradezu über einen verblüfften Kriminaldirektor Koopmann. Diese Verblüffung wich jedoch schnell einem entspannten Lächeln, als er Hans und Silke mit ihrem unfreiwilligen Besucher erkannte.

»Ah, Sie haben ihn also bereits gefunden!« Mit einem zufriedenen Gesichtsausdruck kam er auf sie zu.

Hans Hansen und Silke Petersen wechselte einen Blick, als sich der Junge aus ihren Armen löste und mit einem legeren Grinsen dem Kriminaldirektor entgegentrat.

»Hey Opa.« Respektvoll reichte er dem Älteren die Hand und nahm dabei die Mütze ab.

Ihr Vorgesetzter runzelte die Stirn, als er seine Hand ergriff. »Sieh das als Chance, junger Mann.«

»Klar«, sagte der Teenager und lächelte scheu. Er senkte den Blick zu seinen Füßen.

Herr Koopmann wandte sich an Silke und Hans, die wie vom Donner gerührt stehen geblieben waren. Mittlerweile hatte die Remoulade das Fischbrötchen ein gutes Stück durchweicht und der würzige Geruch von geräuchertem Lachs breitete sich im Foyer aus. Dennoch hielt es Kommissar Hansen tapfer fest.

Der Kriminaldirektor sagte nichts. Stattdessen schenkte er ihnen nur einen bedeutsamen Blick hinter dem Rücken seines Enkels, bevor er sich zum Gehen wandte.

Die letzten Worte richtete er an den Jungen, während Silke und Hans die Kinnladen herunterfielen: »Dass du dich bei deinem Praktikum auch ja benimmst, Torge!«

Kapitel 13

Sie riss die Augen auf.

Von irgendwoher schob sich ein heller Ton in ihr Bewusstsein. Sie hob die Hand, die ihr so schwer vorkam, als sei sie aus Blei und befühlte unbewusst ihr Gesicht. Ihr Finger glitt über die flache Nasenwurzel, den Wangenknochen und den Unterkiefer.

Unendlich erschöpft schloss sie nur für den Bruchteil einer Sekunde erneut die Augen.

Als sie sie das nächste Mal öffnete, erkannte sie, dass es schneite.

Es war Winter. Kleine Dampfwölkchen bildeten sich vor ihren kalten Lippen.

»Du hast ja keine Ahnung, wer -«

»Wer ... was?«, murmelte sie.

»Lene, hast du mir überhaupt zugehört?«

Sie blickte auf und sah in die Augen einer jungen Frau, die neben ihr saß. Sie hatte hellblonde Haare, deren Spitzen unter einer dicken Wollmütze hervorschauten, und trug einen bunt gemusterten Schal, den sie sich mehrmals um den Hals geschlungen hatte. Die Hände steckten in Fäustlingen, die selbst gestrickt aussahen.

Als sie ihre Orientierung wiederfand, bemerkte, dass sie gemeinsam mit ihrer Freundin auf einer Bank neben einem Spielplatz in der Marienhölzung saß. Dieser kleine Wald befand sich im Westen der Stadt und grenzte direkt an den Süden Harrislees.

Unbeholfen antwortete sie. »Nein, ich muss gerade nicht ganz bei mir gewesen sein.«

Ihre Hände verkrampften sich in ihrem Schoß.

Sie trug ebenfalls einen Schal, hatte ihn jedoch gegen die Kälte über ihren Mund gezogen. Undeutlich kamen die Worte durch den dicken Stoff hervor. »Wo sind eigentlich Jonas und Ida?«

»Dort drüben«, antwortete die blonde Frau und verzog das Gesicht. »Sage ich doch, dass du mir nicht zuhörst.«

»Entschuldigung«, bat Lene zerknirscht und legte der Freundin eine Hand auf den Arm. »Erzähl es mir noch einmal.«

Die Frau neben ihr seufzte hörbar. »Weißt du, früher kam es mir nicht so vor, als wenn du mit dem Kopf immer woanders gewesen wärst.«

»Bitte … erzähle es mir doch einfach noch einmal«, bat sie, nun dringlicher.

»Ist schon gut«, winkte ihre Freundin ab. »Wie ist es zu Hause, wenn man fragen darf?«

Lene spürte den Blick ihrer Begleitung auf sich, als sie den Kindern zusah, die auf einem gefrorenen Klettergerüst turnten. Fröhlich kreischend liefen sie auf ein gut sechs Meter langes und zwei Meter breites Gummiband zu, das auf Kniehöhe zwischen drei Pfeilerpaare gespannt war. Der ältere Junge stellte sich an das eine Ende, während das Mädchen sich bäuchlings auf die andere Seite legte. Als er sprang, flog sie in die Luft und jauchzte vor Freude.

»Hallo?«, fragte ihre Freundin und holte sie damit aus ihren Gedanken.

»Alles ist bestens zu Hause«, bekam sie leise zur Antwort, ohne dass Lene den Blick von den Spielgeräten abwandte. »Jonas! Ida! Nicht so wild!«, rief sie zu den Kindern und hob dabei einen Arm, um auf sich aufmerksam zu machen.

»Du weißt, du kannst mit mir reden«, sprach ihre Freundin neben ihr sanft aber gleichzeitig nachdrücklich.

Doch anstatt zu antworten, rief Lene: »Hört ihr? Vorsichtig beim Klettern!«

Als sie aufstehen wollte, um zu den Kindern zu gehen, die sich erneut auf das Gerüst begeben hatten, hielt ihre Freundin sie am Arm zurück.

Lene schrak zusammen. Als sie sich umdrehte, waren ihre Augen weit aufgerissen.

»Rede mit mir, Lene«, bat ihre Freundin eindringlich.

»Wie gesagt ... Es ist alles gut.«

Im nächsten Moment ertönte ein dumpfer Schlag und gleichzeitig trug der Wind einen Schrei an sie heran.

»Mama!«

Sofort richtete sich ihr Blick zurück auf das Klettergerüst. Ihr Sohn lag darunter auf dem Rücken.

Er regte sich nicht.

Lene riss sich los und rannte.

Kapitel 14

»Da rein«, sagte Silke und wies ins Innere ihres Büros, bevor sie die Tür direkt hinter Torge zuschlug und ihn somit in ihrem Büro einsperrte. Dann starrte sie Hans an, die Hände hilflos ausgebreitet.

»Was machen wir nun?«, fragte ihr Kollege leise und zeigte mit dem Kinn auf die geschlossene Bürotür.

Eine Polizistin lief im Flur entlang und grüßte die beiden. Sie erwiderten die Geste, bevor Silke die Stirn in Falten legte.

»Wenn wir ihm jetzt, so kurz, nachdem wir ihn gefunden haben, schon ein Strafverfahren wegen Fischbrötchendiebstahls anhängen, bringt Koopmann uns beide um«, antwortete sie mit unterdrückter Stimme.

»Schwierige Angelegenheit«, stimmte ihr Hans flüsternd zu und lehnte sich neben der Tür gegen die Wand.

»Richtig, ihr solltet die Sache gehen lassen«, tönte es in diesem Moment frech durch das Türblatt.

Ohne zu zögern, riss die Kommissarin diese auf. »Ab in die Ecke des Raumes, oder wir dichten dir beide ein Verbrechen an, das sich gewaschen hat!«, drohte sie.

»Könnt ihr das überhaupt?«, fragte Torge zweifelnd.

»Willst du es darauf ankommen lassen?«, gab Silke verbissen zurück.

Einen Augenblick lang blieb der Junge unschlüssig stehen, dann schnaubte er, drehte sich jedoch trotzdem von der Tür weg und ging zum Fenster.

Genervt schloss Silke sie erneut.

»Ich denke nicht, dass wir eine Wahl haben«, gab Hans zu bedenken, als die Tür wieder zugefallen war. »Vielleicht ist es besser, wenn wir einen Neustart wagen.«

Zweifelnd legte seine Kollegin den Kopf in den Nacken. Es hätte ja auch einfach sein können.

»Wenn du diesen Jungen geradebiegen kannst, wird das mit Niklas ein Kinderspiel!«, versuchte Hans, sie zu motivieren.

Missmutig den Kopf schüttelnd, ergab sich die Kommissarin in ihr gemeinsames Schicksal und drückte die Tür wieder auf. Der Junge stand am Fenster und blickte auf die Norderhofenden. Silke verdrängte ein Seufzen, dann ging sie auf ihn zu und hielt ihm die Hand hin.

»Torge, richtig?«, fragte sie bemüht freundlich.

Torge Koopmann sah die Hand an, die sie ihm hinhielt und schien einen Moment lang zu überlegen, wie weitreichend die Folgen wären, wenn er diese nun schüttelte. Schließlich ergriff er sie doch und drückte sie fest.

»Jop, Schwester. Alles klar mit dir? Immerhin bin ich jetzt so etwas wie euer stellvertretender Chef, so lange mein Opa nicht in der Nähe ist.« Kühn fragte er: »Kannst du dich unterordnen?«

Als Antwort entriss ihm die Kommissarin ihre Hand, drehte sich auf dem Absatz um und verließ wortlos den Raum, dessen Tür sie zuschlug.

Davor wartete Hans auf sie. »Hat nicht geklappt?«, fragte er leise.

»Ich bin geflüchtet, bevor ich ihm noch eine knalle«, brachte sie zwischen zusammengebissenen Zähnen hervor.

Kommissar Hansen nickte ruhig. Seine Kollegin jedoch raufte sich die Haare.

»Was soll das werden ... ich dreh durch.«

»Das müssen wir irgendwie überstehen«, antwortete ihr Kollege, drückte noch einmal ihre Schulter und öffnete dann erneut die Bürotür.

Silke folgte ihm.

»Junger Mann«, sprach Hans und baute sich vor Torge auf, der sich trotzig zu ihm umdrehte. »Wir fangen jetzt noch einmal von vorne an. Das ist Kriminalkommissarin Petersen und ich bin Kriminalkommissar Hansen.« Er streckte die Hand aus und hielt Torges Finger fest, als dieser sie schüttelte, dann verfinsterte sich sein Blick.

»Sobald wir beide etwas sagen, hast du zu gehorchen. Ist das klar?«

»Wenn nicht?«, gab Torge ungerührt zurück.

Ohne ihn aus den Augen zu lassen, legte Hans seine Hand locker auf den Griff seiner Dienstpistole.

Torge Koopmann wurde blass, bevor er das Gesicht zu einem abschätzigen Grinsen verzog. »Dann erschießt ihr den Enkel des Chefs?« Er klopfte auf das Fensterbrett und wandte sich ab, um sich gleich darauf in Hans Bürostuhl fallen zu lassen.

Kommissar Hansen spiegelte das Verhalten des Jungen und setzte sich genauso leger auf eine Ecke seines Schreibtisches.

»Vielleicht«, sagte er.

»Haha. Genau«, lachte Torge, doch Silke meinte, eine Spur Unsicherheit in seiner Stimme zu erkennen.

Hans ließ sich Zeit mit seiner Antwort, während der Jugendliche ihn beobachtete. »Vielleicht ...«, begann er langsam, »kennen wir aber auch nach all den Mordfällen genau die richtigen Gegenden, wo die Leute weniger zimperlich mit dir umgehen würden. Eventuell fahren wir dort mal hin und dann vergessen wir dich da ...«

Nickend versicherte er: »Aus Versehen natürlich.«

»Das würde mein Opa nie zulassen!«, fuhr der Junge auf, durch Hans Worte stärker eingeschüchtert als er zugeben wollte.

Der Kommissar sah Torge ins Gesicht, ohne dabei die Miene zu verziehen. »Wir wissen beide, dass dein Opa dich als hoffnungslosen Fall bezeichnet und dass dies hier die letzte Instanz für dich ist.«

Unsicher lächelnd wandte sich der Junge zu Silke. Diese bestätigte Hans Aussage ernst und nickte. »Hoffnungslos hat er gesagt.«

»Das heißt, solltest du bei uns scheitern, was wird dein Opa dann wohl machen? Wenn ich mich recht erinnere ...« Hans legte den Kopf schief und sah erneut Silke an, wobei er ihr zuzwinkerte, ohne dass der Junge das mitbekam, »stehen sonst zwölf Monate Erziehungsurlaub in Sibirien an.«

»Falls das die Wahrheit ist«, warf der Teenager zweifelnd ein und rollte die Augen.

»Ich sage es ungern noch einmal«, sprach Silke langsam, »aber: Willst du es darauf ankommen lassen?«

Hans fummelte in seiner Hosentasche herum, bis er sein Handy fand. Es vergingen ein paar Sekunden, in denen er darauf herumtippte. Dann hielt er es dem Jungen ins Gesicht. »In Sibirien sind es gerade zwölf Grad Celsius, geht aber auch runter bis auf -71 Minus. Und vielerorts gibt es dazu Permafrost auf dem Boden. Klingt das nach einem guten Urlaub für dich?«

Der Junge schwieg.

Hans machte den Sack zu: »So, wie ich das sehe, haben wir alle Karten in der Hand und du bist mit zu hohem Einsatz auf dem Tisch ...« Er legte Torge die Hand auf die Schulter, was dieser stumm über sich ergehen ließ.

»Wir geben dir fünf Minuten Bedenkzeit, bevor wir beide deinen Opa über dein Verhalten informieren.«

Die Kommissare verließen den Raum ohne ein weiteres Wort. Als die Bürotür hinter ihnen ins Schloss fiel, bedeutete Silke ihrem Kollegen eilig, weiterzulaufen. Gemeinsam gingen sie durch einen Flur bis in ein Treppenhaus, welches durch eine dicke Feuerschutztür gesichert war.

Als diese hinter ihnen zugefallen war, konnten sich Silke und Hans das Lachen nicht mehr verkneifen.

Kapitel 15

Die Kommissarin sah auf ihre Armbanduhr. »Okay. Elf Minuten. Wir haben ihn sechs Minuten länger schmoren lassen. Das muss reichen.«

»Na denn man tau«, gab Hans zurück und legte die Hand an die Klinke der Feuerschutztür. Zügig durchquerten sie den Flur bis zu ihrem gemeinsamen Büro, vor dem sie noch einmal innehielten.

Hans sah Silke an, die blickte zurück und nickte. »Los gehts«, flüsterte sie.

»Jo«, bestätigte ihr Kollege, fasste nach ihrer Bürotür und ließ sie aufschwingen. Ohne ein Wort traten sie ein. Auf den ersten Blick schien alles wie immer zu sein. Nichts fehlte, die Schreibtische standen noch an Ort und Stelle und das Fenster war ebenfalls intakt.

»Er hat schon einmal nicht randaliert...«, meinte Hans und drehte sich im Büro langsam um sich selbst.

»Jo ... aber er ist auch nicht hier«, beendete Silke ihrer beider Überlegungen.

»Das darf nicht wahr sein ...«, murmelte ihr Kollege und schnalzte unzufrieden mit der Zunge.

Das Telefon klingelte. Entnervt trat Silke an den Hörer und nahm ihn ab.

»Petersen«, meldete sie sich, hörte zu und sagte dann nur noch: »Ah ja. In Ordnung, danke für die Information«, bevor sie auflegte.

»Das war die Wasserschutzpolizei. Man hat in Solitüde eine Rettungsinsel gefunden. Leer.«

Hans nickte, doch ehe er etwas sagen konnte, drang das Geräusch stürmischer Schritte auf dem Flur an ihr Ohr. Eine Sekunde später stemmte sich die Sekretärin Koopmanns, eine ältere Dame in knöchellangem Rock und mit altmodischer Bluse, in den Türrahmen. Sie atmete schwer.

»Ich hätte erwartet, dass Sie beide nicht anwesend sind!«, brachte sie keuchend hervor und schluckte.

»Was gibt es, Frau Eilers?«, fragte Silke freundlich und bot ihr mit einer Hand eine Sitzgelegenheit an, doch ihre Besucherin winkte ab.

»Das frage ich mich auch«, antwortete sie, nun mit mehr Luft in ihrer Lunge. »Ich bin als Sekretärin für Herrn Koopmann angestellt - und nicht als Laufbursche!« Mit der rechten Hand nestelte sie ein Stofftaschentuch aus ihrer Rocktasche und betupfte sich das Gesicht. »Der Kriminaldirektor war außer sich. Er wollte umgehend mit Ihnen beiden sprechen! Und da erst keiner der Herrschaften ans Telefon geht, und danach auch noch besetzt ist, habe ich mir jetzt die Mühe gemacht, selbst hier herzukommen!«

Hans schüttelte den Kopf. »Sagen Sie bitte nicht, es geht um seinen Enkel«, sprach er leise.

»Selbstverständlich geht es das!«, fuhr Frau Eilers auf. »Der Mann scheint seit heute Morgen kein anderes Thema mehr zu kennen.«

»So schlimm?«, fragte Silke mitfühlend.

»Ich weiß auch nicht weiter«, gab die Sekretärin zu und verstaute ihr Taschentuch wieder in einer Rockfalte. Dann legte sie eine Hand an den Mund und sah sich nach allen Seiten um, bevor sie flüsternd näher an die Kommissare herantrat. »Der Junge ist unter Tränen im Büro erschienen. Er werde sich bessern, hat er immer wieder betont.«

Silke und Hans warfen sich einen wertschätzenden Blick zu und beide nickten zufrieden. Bevor Hans seine Gedanken in Form von *Gut gemacht, die Drohung mit dem Erziehungsurlaub hat anscheinend gewirkt* äußern konnte, fuhr Frau Eilers fort.

»Aber das war nicht der Grund, weshalb er geweint hat.« Sie kam einen weiteren Schritt näher und sprach noch leiser. »Er meinte, jemand habe ihn bedroht!«

»Bedroht?«, wiederholte Silke stirnrunzelnd.

»Ja«, bestätigte Frau Eisler tuschelnd.

»Mit einer Pistole!«

Kapitel 16

Silke klopfte vorsichtig an das Büro ihres Vorgesetzten, doch mitten in der Bewegung wurde die Tür bereits aufgerissen. Ein aufgebrachter Kriminaldirektor Koopmann stand im Rahmen.

»Wo stecken Sie beide denn bitte?«, fragte er ungläubig und starrte sie an.

»Wir …« Die Kommissarin sah ihren Kollegen an, aber auch der wusste nicht, was er sagen sollte. Das einzige, was ihm ad hoc einfiel, war: *Im Treppenhaus, versteckt vor Ihrem Enkel?*

Doch diese Äußerung ließ er besser bleiben.

»Aha«, knurrte Koopmann, als niemand sprach. »Da denkt man sich seinen Teil. Keine Antwort ist auch eine Antwort.« Er wies auf sein Büro, während er erbost die Augen zusammenkniff. »Reinkommen und setzen.«

Frau Eisler warf den Kommissaren noch einen mitleidigen Blick zu, dann verschwand sie aus dem Sichtfeld, als Silke die Tür hinter ihnen schloss. Hans und sie nahmen vor dem Schreibtisch auf zwei unter anderen Umständen einladenden Sesseln Platz, wobei sie Torge erkannten, der an der kurzen Seite auf einem dritten Stuhl neben seinem Opa saß.

»Genau, das sind die beiden!«, stieß Torge hervor und zeigte mit dem Zeigefinger auf Silke und Hans.

Er schien wirklich geweint zu haben und wenn die Kommissarin es richtig deutete, fing er gerade erneut damit an.

»Ruhe!«, schnauzte Herr Koopmann und schlug mit der flachen Hand auf den Tisch. »Torge, du wischst dir jetzt dein Gesicht an einem Taschentuch ab!«, wies er an und knallte dem Jungen eine Packung direkt vor ihm auf den Tisch. »Hör auf, so zu tun, als wenn du heulen würdest! Das klappt vielleicht zu Hause, aber bei deinem Opa bleibst du gefälligst bei der Wahrheit!«

»Ja, Opa«, schniefte Torge mit gesenktem Haupt.

»Hier auf dem Revier heißt das: Ja, Herr Kriminaldirektor!«

»Ja, Herr Kriminaldirektor«, murmelte Torge.

Herr Koopmann blitzte Silke und Hans an. »Und jetzt zu Ihnen: Wer von Ihnen beiden hat meinen Enkel mit einer Schusswaffe bedroht?«

»Das können wir erklären -«, begann Hans, wurde jedoch von Silke übertönt.

»Keiner. Wir haben niemals eine Waffe auf Ihren Enkel gerichtet, Herr Koopmann.«

»Kriminaldirektor Koopmann auch für Sie, Frau Petersen!«

»Selbstverständlich«, murmelte sie kleinlaut.

»Ich denke, es handelt sich hier um ein Missverständnis -«, versuchte es Hans erneut, wurde jedoch diesmal von seinem Vorgesetzten unterbrochen.

»Da bin ich mir auch bald sicher. Wissen Sie, ich habe gedacht, dass Sie der Sache gewachsen sind, da

Niklas so ein erfolgreicher Mann geworden ist mit seinen 31 Jahren!«, schimpfte er und schüttelte enttäuscht den Kopf, wobei er Silke ansah, die schon wieder rot anlief.

»Moment«, schaltete sich Torge ein und sah plötzlich sehr interessiert aus. »Sie heißen mit Nachnamen Petersen?«

Verwundert antwortete Silke: »... Ja?«

»Ihr Sohn heißt Niklas Petersen? 31 Jahre, hatte vor vierzehn Tagen Geburtstag? Wohnen Sie zufällig in Flensburg – Engelsby?«

Die Kommissarin überlegte, wo das hingehen sollte.

Plötzlich fiel es ihr wie Schuppen von den Augen.

Silke entschloss sich zu einer Notlüge. Kurz und knapp entgegnete sie: »Nein.«

Herr Koopmann zog die Brauen hoch: »Sind Sie umgezogen, Frau Petersen?«

Das Kind war in den Brunnen gefallen.

Auch wenn sich Silke bemühte, schien sich die Wahrheit unausweichlich ihren Weg zu bahnen. Die Kommissarin begann, zu stammeln: »Nein ... also ... uff ...«

Hans bemerkte mit einem Mal, wie sich die Hand seiner Kollegin in ihre Stoffhose krallte.

»Opa ...« begann Torge erneut.

»Zum letzten Mal!«, fuhr sein Großvater auf, »*Herr Kriminaldirektor*!«

»Herr Kriminaldirektor, das da ist die Mutter von dem über 30-Jährigen, von dem ich dir erzählt habe!«, rief er aufgeregt. »Der kann machen, was er will und zockt den ganzen Tag Videospiele! Der wird auch Streamer!« Der Junge war aufgesprungen und sah immer wieder abwechselnd zu Silke und seinem Großvater. »Das, was du und meine Eltern mir verbieten wollt!«

»Ich bin am Arsch«, kommentierte Silke trocken.

»Bitte?«, fragte Koopmann und rieb sich die Nasenwurzel. »Ihr Sohn arbeitet doch bei der Bank, habe ich recht, Frau Petersen?«

Silke zog es vor, zu schweigen.

»Boah Opa, das ist der Hammer!«, krakeelte Torge. »Jetzt habe ich wirklich Lust auf das Praktikum! Das ist genau das richtige Team!« Er grinste.

»Nein!«, schrie der Kriminaldirektor und schlug abermals mit der Hand auf den Tisch. Wütend blitzte er die Kommissare an. »Ich suche jemand anderen heraus. Das hätte ich nicht von Ihnen gedacht! Mir so ins Gesicht zu lügen ...« Er wandte sich ab.

»Opa! Das kannst du nicht machen!«, schrie Torge und sprang vor Aufregung fast vom Stuhl.

Hans Hansen schaltete sich ein. Der Moment schien günstig, um das Thema ein für alle Male aus der Welt zu schaffen. »Kriminaldirektor Koopmann, Frau Petersen und ich, also ich denke, wir beide hätten nichts dagegen, wenn jemand anderes diese *verantwortungsvolle* Aufgabe der Praktikumsbetreuung übernehmen würde.«

Doch Torge hatte diesbezüglich alternative Pläne.

»Niemals!«, drohte er. »Entweder ich arbeite mit den beiden mit oder ich gehe wieder nach Hause!«

Kapitel 17

»Und die Ordner, die ich dir geben, packst du dann dort hinten in einen der Kartons mit der Aufschrift *Archiv*«, wies Silke den Jungen an, der neben ihr auf dem Boden des Büros kniete.

Koopmann hatte nachgegeben.

Ob zur Strafe, in Ermangelung eines besseren Teams oder als Antwort auf die Drohung seines Enkels, wusste sie nicht. Fakt war jedoch, dass Hans und sie selbst sich nun mit der Situation würden arrangieren müssen, zumindest für die nächsten zwei Wochen.

Jedenfalls hoffte Silke, dass es sich um einen überschaubaren Zeitrahmen handelte. Bis jetzt hatte sich dazu noch niemand der Beteiligten richtig geäußert.

Immerhin hatte die Ansprache seines Opas anscheinend Früchte gezeigt, denn seit sie gemeinsam in Koopmanns Büro gesessen hatten, schien es ihr, als sei der Junge etwas ruhiger geworden.

»Ziemlich öde«, meckerte er nun und legte gelangweilt einen Aktenordner beiseite. »Wann gehen wir auf Verbrecherjagd?«

»Heute nicht«, antwortete sie mürrisch.

Gemeinsam mit Torge hatte Silke sich dem Aktenregal gewidmet, während ihr Kollege sich ans Telefon klemmte, um den derzeitigen Besitzer der *Liberty* ausfindig zu machen. Sie hatte mit ihm abgemacht, dass sie beide die Verantwortung für den Jungen aufteilen würden. Vorerst war Silke dran.

»Morgen?«, fragte Torge hoffnungsvoll und holte sie aus ihren Gedanken.

»Egal wann«, gab sie leicht gereizt zurück, »du bleibst im Auto sitzen.«

Bevor er etwas erwidern konnte, drehte die Kommissarin sich zu ihrem Kollegen. »Hans, hast du schon was erreicht?«

»Bin gerade dabei«, antwortete er und drückte ein paar Tasten, bevor er sich den Telefonhörer erneut ans Ohr klemmte.

»Siehst du, dein Kollege ist schon längst dabei, jemanden einzubuchten - und du sortierst hier mit mir Aktenordner aus«, murrte Torge.

»Er *buchtet* niemanden *ein*«, berichtigte Silke.

»Woher willst du das so genau wissen?«, gab der Teenager auffordernd zurück.

»Ich buchte keinen ein«, wiederholte Hans monoton. Dann schien sich jemand am Telefon zu melden.

»Ah moin, hier ist Kommissar Hans Hansen von der Kripo Flensburg. Bin ich da richtig bei Herrn Bruns vom Einwohnermeldeamt?«

Silke schüttelte den Kopf, während Hans sich durchfragte. »Wie wäre es, wenn du dir einfach Mühe gibst und das machst, was wir dir sagen, damit wir wieder unserer Arbeit nachgehen können?«, schlug sie leise vor.

Für einen Augenblick schien das den Teenager ruhig zu stellen. Er überlegte, dann hellte sich sein

Gesicht auf. »Okay, ihr habt mich. Ich bin eigentlich nur aus einem Grund scharf auf das Praktikum.«

Silke ließ den Aktenordner sinken, den sie soeben hatte weglegen wollen. »Was jetzt wieder?«

Torge tat, als würde er überlegen: »Nehmen wir mal an, ich mache die Sachen, die ihr wollt ...«

»Und die dein Opa von dir will«, vervollständigte sie.

»Ja ja, das auch«, gab er zu. Dann legte er verspielt einen Finger an den Mund, als wolle er ihr einen Vorschlag unterbreiten, den sie nicht würde abschlagen können. »Pass auf, ich biete dir einen Deal an.«

»Nö«, antwortete Silke kurz und legte den Aktenordner beiseite. »Ich brauche keinen Deal von dir.«

»Oh, sei dir da nicht so sicher«, grinste er.

Hans hatte in der Zwischenzeit anscheinend den korrekten Ansprechpartner gefunden, denn er stellte sich nun zum vierten Mal vor und erklärte ihr Anliegen. »Ich ermittle mit meiner Kollegin in einem Mordfall, es geht um ein Segelboot. Ja richtig, ein Mord. Wir haben eine Spur, bräuchten jetzt jedoch die aktuelle Adresse des Besitzers ...«

Torge holte Luft. »Hans?«

Irritiert sah der Kommissar ihn an und machte eine Handbewegung, als würde er etwas wegschieben wollen. »Jo genau, ich sage Ihnen kurz die Adresse durch, die wir haben ...«

»Ha-ans?«, rief Torge nun lauter, wobei er die Silbe grotesk in die Länge zog. Der Kommissar verzerrte unwirsch sein Gesicht, während er auf den Hörer in seiner Hand zeigte.

Noch einmal.

»Haa-aans?«

»Hör auf damit«, zischte Silke erbost.

Vergeblich.

»Hans Hansen, Ihr Damenbesuch ist da«, rief der Junge nun so laut, dass der Angerufene am anderen Ende der Leitung es bemerkt haben musste.

»Das - nein, nein, da müssen Sie sich verhört haben«, versuchte der Kommissar überstürzt, das Missverständnis zu klären.

»Hans, sie sind hier! Die Nutt -« Torge brach mitten im Wort ab, als Silke reagierte und ihm kurz entschlossen die flache Hand auf die Lippen presste.

»Was für einen Deal?«, flüsterte sie wütend.

Er nickte mit erhobenen Brauen und widerwillig entfernte sie die Finger von seinem Mund. »Ich spiele mit - unter der Bedingung, dass du mir erklärst, was dich als Elternteil davon überzeugt hat, die Karriere deines Sohnes als Videospielstreamer zu unterstützen.«

»Ich *unterstütze* das nicht«, erwiderte sie befremdet.

»Hör mir mal zu«, mahnte er und machte eine unwirsche Geste, als habe er keine Zeit mehr, immer dasselbe zu erklären. »Du hilfst mir, dass meine Eltern kapieren, dass Videospiele die Zukunft sind, ich benehme mich beim Praktikum - und dann sind wir quitt.«

Sie schüttelte den Kopf. »Wie soll ich das machen?«, flüsterte sie.

Doch Torge zuckte nur die Achseln. »Denk einfach dran, wie *DrachenlordX102* dich überzeugt hat.«

Diese seltsamen Spitznamen, die sich die Kinder in ihren virtuellen Spielwelten gaben, passten einfach nicht in dem Raum eines Kriminalbüros. »Niklas heißt mein Sohn.«

»Hey, was auch immer dir gefällt«, ließ ihr Praktikant mit einem Mal verständnisvoll verlauten.

Besiegt und jetzt schon entkräftet legte Silke den Kopf auf die Brust. Sie wollte doch nur ihre Ruhe.

»Ja«, murmelte sie schließlich.

»Ja, was?«, fragte Torge leise.

»Ja, wir haben einen Deal«, zischte sie.

»Geil, Schwester!«, rief der Junge nun etwas zu laut und fing sich prompt einen weiteren erbosten Blick von Hans ein. Als er wieder Silke ansah, schüttelte diese den Kopf.

»Wenn das mit deinen Äußerungen so weitergeht, haben wir gleich keinen Deal mehr«, knurrte sie, während Torge sich überfreundlich korrigierte:

»Klar, Frau Kriminalkommissarin Petersen.«

Kapitel 18

Zwei Telefonate weiter drehte sich Hans siegreich zu seiner Kollegin um, die zusammen mit dem Praktikanten weiterhin auf dem Fußboden Akten sortierte.

»Wir haben eine Adresse und noch besser: Wir können gleich los!«

»Das klingt gut. Hat sich so angehört, als hättest du direkt mit dem Bootsinhaber gesprochen?«, fragte Silke und stemmte sich vom Boden hoch.

»Genau«, bestätigte Hans grinsend. »Unter der Telefonnummer, die uns Familie Janssen gegeben hat, habe ich keinen erreicht. Dann habe ich beim Bürgerbüro angerufen, wo sie mir aber auch nicht weiterhelfen konnten. Zum Schluss ist mir bei meiner Recherche aufgefallen, dass es sich bei der Adresse, die wir in Kiel hatten, um eine Genossenschaftswohnung handelte.« Sichtlich stolz nickte er. »Und nachdem ich mich bei denen dann ausgewiesen hatte, bin ich an eine Handynummer gekommen! Und siehe da -«

»Jemand ging ran«, vervollständigte Silke.

»Jo. Und dieser Jemand heißt Erik Behrens und es hat sich herausgestellt, dass es wirklich sein Segelschiff ist. Er wohnt aber mittlerweile woanders.«

»Gute Arbeit!«

»Er war zuerst verwundert, dass die Wohnungsgenossenschaft seine Telefonnummer herausgegeben hat, verstand dann aber, worum es ging. Fürs Erste schien er sehr entgegenkommend, gleichzeitig aber natürlich erschrocken, dass sein Boot nicht in Kiel vor Anker liegt«, erklärte Hans.

»Das glaube ich gern«, sagte seine Kollegin, während sie Torge per Handzeichen bedeutete, die letzten beiden Ordner noch in den dafür vorgesehenen Karton zu legen.

Kommissar Hansen wartete, bis Silke ihn wieder ansah, und erklärte dann weiter. »Er möchte jedenfalls alles Erdenkliche tun, damit wir unsere Ermittlungen ungehindert fortsetzen können.« Mit einem Seitenblick auf Torge fügte er leise hinzu: »Von der Leiche habe ich vorerst nichts erzählt. Lass mal sehen, wie er reagiert, wenn er das hört.«

»Okay Leute, wo sind die Waffen?«, schaltete sich Torge ein und rieb sich voller Vorfreude die Hände. »Ich würd gern eine AK-47 nehmen. Habt ihr sowas?«

Ohne eine Miene zu verziehen, entgegnete Hans: »Jo, selbstverständlich. Mit Fernrohr oder ohne?«, während Silke ihn verdutzt ansah.

Der Praktikant reagierte selbstsicher. »Mit hat man mehr Kontrolle.«

»Gern«, sagte Kommissar Hansen freundlich. »Dann bitte ich dich, einmal ins Bad zu gehen und dort eine Klopapierrolle abzuwickeln. Mit dem leeren Pappeinschub baue ich dir eines.«

Torge kniff den Mund zu einem Strich zusammen. »Schlagfertig, Herr Hansen«, gab er lapidar zurück, bevor er versuchte, seine aufsteigende Röte zu überspielen und die beiden Kommissare aus der Reserve zu locken. »Ihr habt wahrscheinlich nicht einmal scharfe Waffen, richtig?«

»Vorhin hast du vor deinem Opa noch behauptet, wir hätten dich mit einer bedroht ...«, schob Silke amüsiert ein.

»Hab ich vergessen«, antwortete ihr Praktikant genervt und sah zu Boden.

Nachdem sie sich ein Grinsen verkniffen und Hans einen Blick zugeworfen hatte, lenkte sie die Aufmerksamkeit wieder auf sich. »Torge«, sagte Silke, als sie ihre Polizeijacke vom Haken nahm. »Tu mir den Gefallen und halt einfach die Klappe.«

»Guter Vorschlag«, stimmte Hans ein.

Der Junge schien sich durch ihre gemeinsame Haltung vorerst einsichtig zu zeigen: »Fürs Protokoll: Ich füge mich. Aber nur, weil ich unseren Deal nicht gefährden will.«

Nun griff auch Hans nach seiner Jacke, sah jedoch verwundert seine Kollegin an, die nun ihren Reißverschluss hochzog. »Welchen Deal?«, fragte er interessiert.

»Erzähle ich dir nachher«, seufzte die Kommissarin abwinkend und rollte dabei die Augen.

Hans sah Torge an, der seiner Kollegin schweigend folgte. Dann zuckte er die Achseln und lief den beiden hinterher.

Auf dem Parkplatz vor dem Revier stiegen alle drei in einen VW Passat. Mehrere Fahrzeuge standen hier bereit, um für schnelle Einsätze vorbereitet zu sein. Die Polizisten hatten sich einer Antwort auf Torges Frage, ob er fahren solle, enthalten, stattdessen hatte

Silke die hintere Fahrzeugtür geöffnet und dem Jungen bedeutet, dort einzusteigen.

Wie vorhin nahm Hans auch jetzt wieder auf dem Beifahrersitz Platz, während seine Kollegin sich kurz danach hinters Lenkrad warf. Sie startete den Wagen, um die Elektronik in Gang zu bringen.

»Also, was für einen Deal bist du denn eingegangen?«, fragte Hans neugierig nach.

»Kann ich es ihm erzählen?«, bettelte Torge hinter Silke, bevor diese antworten konnte.

Im Rückspiegel warf sie ihm einen Blick zu, der ihn dazu veranlasste, sich mit ineinander verschränkten Armen zurückzulehnen. »Nichts schlimmes«, sagte sie schließlich und tippte auf dem Display in der Mitte der Konsole herum. »Alles gut. Ich habe nur …« Sie brach den Satz ab und ließ sich von Hans die Adresse in Kiel geben, die sie ins Navigationssystem eingab. Schweigend beobachtete er sie dabei und wartete auf eine Erklärung. Doch bevor Silke weiter sprechen konnte, mischte sich Torge wieder ein.

»Sie hat versprochen, mir zu helfen, meine Eltern und meinen Opa davon zu überzeugen, dass ich das Videospielhobby zum Beruf machen kann!«, krähte er vom Rücksitz und schlug voller Übermut und Vorfreude mit der Hand gegen die Nackenstütze des Vordersitzes.

»Moment«, rief Silke und trat hart auf die Bremse, nachdem der Wagen nur wenige Meter gerollt war. Sie sah Hans, an der eine verblüffte Miene aufgesetzt hatte. Es schien die Ehrfurcht vor ihrem Vorhaben zu sein, die sich auf seinem Gesicht abzeichnete.

Silke drehte sich nach hinten um. »Von deinem Opa hat keiner gesprochen.«

»Klar, der ist doch der viel schlimmere Drahtzieher«, wehrte sich Torge. »Ohne den kann ich bei meinen Eltern machen, was ich will.« Er war aus seinem Sitz etwas nach vorne gerutscht, was den beiden Polizisten verdeutlichte, dass er sich nicht sicher war, ob seine als verlässlich gehoffte Abmachung nun platzen würde.

Anscheinend war diese Angst nicht weit hergeholt.

»Das kannst du vergessen«, bemerkte die Kommissarin und in ihrer Stimme schwang keine Kompromissbereitschaft mit. »Ich streite mich doch nicht mit meinem Vorgesetzten über *deinen* schwachsinnigen Traum.« Sie setzte den Blinker und zog den Wagen nach rechts auf die Süderhofenden, um wenig später auf die Westtangente in Richtung Kiel aufzufahren. Im Anschluss an ihre Ansage war es still geblieben, doch dann flüsterte Torge für beide Polizisten unhörbar:

»Wir werden sehen.«

Die Fahrt nach Kiel verlief so, wie man sich eine Fahrt über die A7 vorstellte.

Die Autos reihten sich dicht an dicht aneinander und alle zehn Minuten überholte ein Lkw einen anderen Lkw auf der zweiten Spur, wodurch sich der Verkehr wie eine Ziehharmonika zusammenpresste.

Je näher sie ihrem eigentlichen Ziel kamen, desto unruhiger wurde Hans, bis sie schließlich das Ortseingangsschild passierten und ihm ein deutliches Seufzen entfuhr.

»Nu mach dir mal keine Gedanken«, tröstete ihn Silke und versuchte, ihrem Kollegen ein beruhigendes Lächeln zu schenken. Sie fuhr am Autobahnkreuz in Richtung Stadtteil Düsternbrook ab und steuerte anschließend mithilfe des Navigationssystems zielsicher in den Stadtteil Wik.

Hans knetete seine Hände und suchte unruhig die Bürgersteige ab, als wolle er den Verdächtigen direkt auf der Straße überführen. Schließlich wischte er sich mit dem Handrücken an der Stirn entlang. »Ich will ihr ungern über den Weg laufen«, murmelte er.

»Wem?«, schaltete sich Torge neugierig ein.

Silke ignorierte den Jungen. »Sieh mal, wie groß die Stadt ist. Da ist das doch eigentlich ausgeschlossen«, meinte sie.

»Du weißt, wie das immer ist«, gab er zu bedenken und schluckte. »Man trifft ständig die Leute, die man nicht treffen will.«

»Wird schon klappen«, sagte sie nickend.

Wik war ein hübscher Stadtteil, an dem das maritime Flair Kiels deutlich zu spüren war. Möwen flogen am Himmel entlang und lieferten sich mit den Tauben der Stadt wilde Kämpfe, während die Deko der Bewohner oft aus Treibholz, Ankern oder künstlichen Fischen bestand. Wie üblich gab es auch hier wenige Gardinen vor den Fenstern, was den Polizisten bei Tempo 30 einen ungehinderten Blick in das Innere der Gebäude bot.

»Habt ihr das immer noch nicht geklärt?«, begann sie erneut, als sie in die Straße ihres Ziels einbogen.

»Nö«, erwiderte Karl. Er wurde wieder einsilbig, als der Stress an ihm zu nagen begann.

»Irgendwann muss aber mal einer von euch einlenken, so geht das doch innerhalb der Familie auch nicht«, versuchte seine Kollegin es erneut.

»Jo.«

Sie seufzte. »Gut, ich lass das Thema.«

Vor ihnen erschien ein Wohngebiet, das direkt an einem Waldstück gelegen war. Hübsche Einfamilienhäuser mit gepflegten Gärten und vielen Bäumen bildeten eine Wohnsiedlung, die Hans, Silke und Torge nun im Schritttempo passierten.

»Sie haben Ihr Ziel erreicht«, verkündete das Navi schließlich. »Das Ziel befindet sich rechts.«

Silke parkte den Wagen und legte die Hände in den Schoß. Von außen wirkte das Häuschen unscheinbar.

Wie so viele im Norden hatte auch das hier eine Fassade aus Klinkern - dieses Mal dunkelrote - und braun gestrichene Holzfenster. Ein gepflasterter Gartenweg führte Besucher durch eine dunkelgrüne Pforte in einen bunten Blumengarten, der einen leicht verwilderten Eindruck machte. Mitten darin stand ein alter Apfelbaum und reckte knorrig seine Äste in den Himmel.

Auf dem Dach wehte eine Deutschlandfahne.

Kapitel 19

»Hier sind wir«, stellte Hans fest. Nach einem Blick auf die fest verrammelte Eingangspforte fügte er an: »Sieht nicht aus, als würde man uns freudig erwarten.«

Silke zuckte die Achseln und griff nach einer Aktentasche mit Ausrüstung. »Na, lass uns erst einmal sehen.« Zu dritt stiegen sie aus und liefen den Gartenweg entlang bis zu einer ebenfalls dunkelgrün gestrichenen Haustür. Auf dem Boden davor lag ein Fußabtreter mit dem Logo der Handballmannschaft *SG Flensburg-Handewitt.*

Nach einem letzten Blick zu Hans streckte sich Silke zur Klingel, unter der in geschnörkelten Buchstaben »E. & S. Behrens« stand.

Ein Dreiklang ertönte.

Hinter ihr kickte Torge unruhig einen Stein ins Beet, was ihm sofort einen Blick von Hans bescherte.

Doch dann hörten sie Schritte und die Tür ging auf.

Ein kräftig wirkender Mann in Jeans und dunkelblauem T-Shirt mit der Aufschrift »Bester Feuerwehrmann der Welt« öffnete ihnen. Er ließ seinen Blick erst über Silke und Torge wandern, bis er schließlich an Hans hängen blieb, der seinen Ausweis gezückt hatte.

»Sie sind Kommissar Hansen?«, fragte er mit tiefer, ausdrucksvoller Stimme. Ein leichter Bartschatten auf dem ansonsten glattrasierten Gesicht verlieh ihm ein grobschlächtiges Aussehen, was jedoch durch seine hellblauen Augen und die weiche Stimme ausgeglichen wurde. Er streckte erst Hans, dann Silke die Hand hin und schüttelte sie.

»Jo, das stimmt so«, entgegnete der Kommissar auf seine Frage und lächelte. »Erik Behrens?«

Der Mann nickte und musterte die Drei, wobei Silke unangenehm die Enge ihrer Stoffhose bewusst wurde. »Das ist aber nicht Ihre Frau und Ihr Sohn, oder? Arbeiten Sie alle bei der Polizei?«, fragte er belustigt, jedoch auch ein wenig irritiert.

»Nein«, wiegelten Silke und Hans gleichzeitig ab.

Doch Torge schien das Feuer weiter anheizen zu wollen, denn er sprach: »Mama und Papa, gibt es etwas, das ich wissen muss, wenn wir jemanden verhaften?«

Der Mann zuckte zusammen, blinzelte dann jedoch und hob die Augenbrauen.

Auf dem Absatz drehte Silke sich um und packte Torge wortlos am Arm, der weiterhin grinste.

»Aua!«, beschwerte er sich halbherzig, ließ sich jedoch klaglos von der Kommissarin zurück zum Auto führen.

Als Hans und Herr Behrens ihnen noch hinterhersahen, riss sie die hintere Beifahrertür auf und warf Torge regelrecht hinein. »Du bleibst jetzt hier sitzen und benimmst dich! Ansonsten war's das mit dem Deal«, drohte sie durch zusammengebissene Zähne.

»Du hast gesagt, du willst mir mit meinem Opa eh nicht helfen!«, gab er feindselig zurück.

»Das werde ich auch nicht. Sei zufrieden mit dem Rest deines doofen Deals!« Sie schlug die Autotür zu und löste die Zentralverriegelung aus, bevor der Junge ihr wieder folgen konnte.

Auch wenn die Türen des Streifenwagens einigermaßen dicht sein sollten, hörte sie beim Weggehen dumpf aus dem Inneren schallen: »Komm gefälligst zurück! Ich will noch mit dir reden!«

Silke unterdrückte ein Stöhnen, dann schloss sie zügig wieder zu Herrn Behrens und Kommissar Hansen auf, die an der Haustür auf sie gewartet hatten.

»Schwerer Tag heute?«, fragte Herr Behrens mitfühlend.

»Wem sagen Sie das?«, stöhnte Silke, als sie sie erreichte und schüttelte den Kopf. Aus dem Augenwinkel sah sie, wie der Streifenwagen sich bewegte, weil Torge sich darin nach links und rechts warf.

Herr Behrens schenkte ihr ein aufmunterndes Lächeln, dann wies er sie um das Haus herum, wo der Gartenweg einen Knick machte. »Wenn es Ihnen nichts ausmacht, würde ich mich gern im Garten mit Ihnen unterhalten. Drinnen ist es furchtbar unordentlich und ich habe draußen den Tisch gedeckt, damit Sie sich nach Ihrer Fahrt stärken können ... wenn Sie das wollen.«

»Ich denke, ein kurzes Getränk wäre in Ordnung«, meinte Hans und Silke nickte. Sie folgten Herrn Behrens links am Haus vorbei und passierten einen in Schwedenrot gestrichenen Gartenschuppen mit beigefarbenen Schindeln, bis eine billig wirkende Sitzgruppe aus weißem Plastik ins Sichtfeld kam. Sie stand auf einer Steinterrasse, auf der ein Grillkamin der Marke Eigenbau ebenfalls sein Dasein fristete. Der hübsche, blühende Vorgarten setzte sich hinter dem Haus jedenfalls nicht mehr fort.

»Bitte«, sagte Herr Behrens und wies auf zwei Stühle, vor denen jeweils ein Kaffeeservice wartete.

Die Kommissare bedankten sich und ließen sich darauf nieder. Silke betrachtete die Rückseite des Hauses, während Hans bereits seinen Notizblock zückte. Ihr Gastgeber verteilte Kaffee und öffnete eine Packung Gebäckmischung, bevor er sich ihnen zuwandte.

»So, ich hoffe, Sie können mir nun mehr über den Verbleib meines Eigentums erläutern«, sagte er auffordernd und lehnte sich im Stuhl zurück, dessen Beine unter seinem Gewicht bedrohlich nachgaben.

»Bis jetzt können wir Ihnen nur bestätigen, dass Ihr Segelschiff, die *Liberty*, heute Morgen in der Flensburger Förde angetrieben worden ist. Für alles Weitere würden wir Ihnen zuerst ein paar Fragen stellen wollen«, erklärte Silke.

Herr Behrens schien darüber nicht erfreut, gab der Anfrage aber statt und goss sich ein Glas Mineralwasser ein. »Gut. Dann fragen Sie.«

Die Polizistin nahm ihre Tasse zum Mund, trank jedoch nicht, und sah ihn über den Rand hinweg an: »Können Sie sich erklären, wie Ihr Boot ohne Sie in die Flensburger Förde gelangt ist?«.

Herr Behrens legte die Hand ans Kinn. »Was es in Flensburg sucht, kann ich Ihnen nicht sagen. Laut Terminkalender sollte es sich eigentlich in Kiel hier vor Ort befinden. Jedenfalls ... ist das mein letzter Kenntnisstand.«

»*Sollte* sich in Kiel befinden?«, hakte Hans ein und notierte sich die Wortwahl.

»Richtig«, nickte Behrens. »Ich verleihe dieses Schiff häufiger privat.«

Silke stellte die Tasse zurück auf den Tisch. »Das wussten wir nicht«, sagte sie. »Dürfte ich zur Beglaubigung dann einmal die Gewerbeanmeldung sehen?«

Behrens wurde blass, danach kratzte er sich am Kopf und wich ihrem Blick aus. »So etwas ... habe ich nicht - aber das hat auch einen Grund«, beeilte er sich, zu erklären. »Sehen Sie, mein Schiff steht dem Segelclub zur Verfügung. Jedes Mitglied darf sich nach Zeitplan, also jedenfalls solange ich nicht segeln will, das Boot ausleihen.« Er räusperte sich. »Unentgeltlich. Dafür ... zahle ich keine Liegeplatzgebühr und die Reparaturen werden über den Verein abgegolten. Mir sagte man, dass dies, so lange nirgendwo Geld fließt, legal wäre.«

Seine anfängliche Befangenheit war wieder Selbstsicherheit gewichen.

Silke atmete hörbar aus.

»Das macht es uns nicht gerade einfacher«, klagte Hans leise und fügte an: »Gibt es denn eine Liste, wer das Boot zuletzt hatte?«

»Selbstverständlich. Die liegt im Verein aus«, antwortete Herr Behrens. Dann lehnte er sich erneut zurück und sah sie beide abwechselnd an. »Von der Versicherung werde ich hoffentlich die Auslagen für dieses Malheur erstattet bekommen. Ich will gar nicht wissen, wie viele Nerven es mich kosten wird, ehe das durch ist …« Er stöhnte. »Vor allem der Transport. Sie meinten, es liegt in der Förde? Am Westufer oder in Richtung Solitüde?«

»Am Westufer, ja«, bestätigte Silke.

»Und noch etwas …« Absichtlich ließ sie eine Pause entstehen, die unangenehm wurde, ehe sie mit fester Stimme fortfuhr: »Ich muss Ihnen leider mitteilen, dass die Wasserschutzpolizei auf Ihrem Schiff auf eine Leiche gestoßen ist.«

Plötzlich wie erstarrt verließ die Hand, mit der Herr Behrens seine Kaffeetasse hielt, die Kraft.

Das Porzellan fiel und zerschellte auf dem Steinboden der Terrasse in unzählige Scherben.

Erst das Geräusch schien den Mann wieder aufzuwecken. Aus großen Augen sah er abwechselnd beide Polizisten an.

»Bitte was?«

Kapitel 20

Ungläubig und immer noch fassungslos saß Erik Behrens auf seinem Stuhl.

Zwischenzeitlich war er aufgestanden, hatte dann aber bemerkt, dass seine Knie zu zittrig waren, und sich lieber wieder gesetzt, während die beiden Kommissare ihm noch einmal ihren Fund erläutert hatten.

»Das fasse ich nicht ...«, murmelte er immer wieder. »Nein ... nein, das verstehe ich nicht ... wie hat das passieren können ...«

»Hätten Sie eine Idee, ob jemand aus Ihrem Segelclub ... nun ja ...« Silke ließ den Satz verklingen und ihren Gastgeber ihn selbst vervollständigen.

»... ein Mörder ist?«, hauchte Behrens. »Natürlich nicht! Sonst wäre dieser Mensch gar nicht bei uns im Verein«, rechtfertigte er sich. Aufgebracht fuhr er sich mit Daumen und Zeigefinger über das Kinn.

Silke nickte, hakte aber trotzdem nach: »Den meisten Menschen sieht man es nicht an. Doch manchmal erkennt man retroperspektivisch erste Anzeichen.« Aufmerksam beobachtete sie ihn. »Wie gut kennen Sie die Mitglieder des Segelclubs?«

»Gut genug, um Ihnen zu bestätigen, dass dort niemand zu einer solchen Tat imstande wäre«, gab er zurück. Seine Stimme nahm einen ärgerlichen Klang an. »Wir sind eine lustige Zusammenkunft von Menschen, die fest im Leben stehen und - mit Verlaub - auch die nötigen Mittel besitzen.«

Dem Zustand des Gartens nach zu urteilen, musste Herr Behrens offenbar andere Prioritäten haben, sein Geld zu verteilen, dachte Silke, sprach es aber nicht aus.

Hans schüttelte den Kopf. »Ich verstehe, was Sie meinen, doch Geld allein befreit nicht von Verdacht. Mord gibt es in allen sozialen Schichten«, sagte er.

»Also wird der Club nun unter Generalverdacht gestellt - oder jeder lässt die Hosen runter?«, fragte Behrens, perplex über den Umfang der Ermittlungen. »Sie müssen schon so etwas wie Fingerabdrücke haben, oder? Damit sollte sich doch Ihre Annahme schnell klären lassen.«

»Wo ist eigentlich Ihre Frau?«, hakte Silke in diesem Moment ein, um vom Thema abzulenken. »An der Türklingel stehen zwei Namen.«

Die Ergebnisse der Spurensicherung würden schätzungsweise morgen früh vorliegen. Dennoch, kein Grund, Herrn Behrens dies auf die Nase zu binden. Sie wollte ihm noch ein wenig mehr auf den Zahn fühlen und ein schneller Blickwechsel mit Hans zeigte ihr, dass er genauso dachte.

»Sie ist zurzeit auf der Arbeit. Was tut das zur Sache?«

Silke ging nicht auf seine Gegenfrage ein. »Wo waren Sie gestern Abend?«

Herr Behrens blinzelte, dann überzog Röte seine Wangen und er sprang auf. »Ich versuche gerade alles, damit Sie Ihre Ermittlungen fortführen können und Ihnen zu helfen - und Sie sind wirklich der Meinung, dass ich etwas mit der Sache zu tun haben könnte?« Aufgeregt lief er wieder einige Schritte auf der Terrasse auf und ab, wobei er weder Silke noch Hans ins Gesicht sah.

Künstlich war das einzige Wort, das ihr dazu einfiel.

Der Kommissar deutete auf seinen Stuhl und Behrens ließ sich widerwillig darauf nieder, nicht jedoch, ohne seine Arme vor der Brust zu verschränken.

»Das beantwortet nicht meine Frage«, nahm Silke den Faden wieder auf.

Feindselig sah er sie an. »Ich habe mit meiner Frau zusammen zu Abend gegessen«, sprach er und überartikulierte dabei jedes Wort. »Und dann haben wir den restlichen Tag mit einem Glas Wein auf der Veranda des Segelclubs ausklingen lassen, bevor wir gegen 19.00 Uhr nach Hause gefahren sind. Da haben wir fern gesehen, bis wir gegen 22.00 Uhr schlafen gegangen sind. Meine Frau kann das bezeugen.«

»Dass Sie gestern Ihren Verein besucht haben, erzählen Sie so beiläufig?«, fragte Hans und schrieb sich die Informationen auf, ohne ihn anzusehen.

»Ich betone noch einmal: Ich habe nichts mit dem Mord zu tun! Und ja, bevor Sie diese Frage stellen: Gestern als wir losgefahren sind, war das Segelboot noch da. Mehr weiß ich nicht!« Trotzig nahm er die Kaffeekanne erneut zur Hand und goss sich selbst nach, ignorierte dabei jedoch absichtlich die leeren Tassen seiner Besucher.

»Waren noch andere Mitglieder Ihres Vereins anwesend, die bestätigen können, dass Sie und Ihre

Frau tatsächlich vor Ort waren?«, fragte Hans unverfänglich.

»Ich habe keinen gesehen«, murrte Behrens. »Muss ich meinen Anwalt anrufen, bevor wir weiterreden?«

»Das kommt darauf an, ob Ihre Aussage wahrheitsgemäß ist«, gab Silke ruhig zurück.

Die Augen des Mannes huschten zwischen ihnen hin und her, wobei ein harter Zug um seinen Mund erschien. Seine anfängliche Aufregung war kühler Berechnung gewichen.

Silke Petersen mochte nicht, was sie sah und sie spürte, dass Hans ebenso dachte.

»Ich habe keinen gesehen«, sprach Herr Behrens schließlich weiter und sprudelte die Worte plötzlich nur so hervor. »Außer dem Hausmeister. Der kann aber nicht segeln, geschweige denn ein Boot bedienen. Er ist nur ein paar Stunden in der Woche da, oder wenn irgendetwas mit dem Clubhaus nicht stimmt.« Er legte die Stirn in Falten. »Er ist jedoch losgefahren, als ich mit meiner Frau gegen 17.00 Uhr dort ankam. Wir haben uns etwas vom Italiener mitgenommen.«

Silke nickte. »Gut, wir brauchen dann die Adresse des Segelclubs und Ihre Fingerabdrücke. Zusätzlich kann es notwendig werden, dass wir Ihre Frau befragen müssen, um ihr Alibi zu bestätigen.«

Erneut brach Herr Behrens in Gelächter aus, das jedoch nicht mehr so unbeschwert wie anfänglich klang. »Meine Frau können Sie jeden Abend ab halb sieben erreichen. Wie Sie das wollen. Und was das andere Thema angeht: Meinen Sie nicht, dass es bereits klar ist, dass auf diesem Boot meine Fingerabdrücke zu finden sein werden?«

»Jo. Das wird wohl so sein. Und damit wir diese korrekt zuordnen können, werden wir jetzt vorsorglich Ihre nehmen.«

Hans kramte in der Aktentasche und holte einen digitalen Fingerabdruckscanner und ein Belehrungsdokument heraus, während Silke ihre Notizen beendete und fortfuhr, Herrn Behrens zu beobachten.

Dieser Mann hatte etwas zu verbergen, da war sie sich sicher.

Aber was?

Kapitel 21

Nachdem sie Herrn Behrens Fingerabdrücke genommen und ihn über deren Verwendung aufgeklärt hatten, ließen sie den nun aufgewühlten Mann in seinem zu Hause zurück und machten sich auf den Weg zum Segelclub.

Mittlerweile ging es auf 16.30 Uhr zu und die tief stehende Sonne brannte auf das Dach des Streifenwagens. Auch wenn die Laune nicht mehr die Beste gewesen war, hatte Herr Behrens vor Verlassen des Hauses noch beim Hausmeister angerufen, der ihnen das Tor öffnen würde.

»Dieses Mal komme ich aber mit«, beschloss Torge, der sehr gelangweilt und irgendwie rot aussah. Den Grund für seine Farbe servierte der Junge direkt im Anschluss: »Im Auto ist es nicht auszuhalten.«

Hans und Silke mussten dem Teenager recht geben und beschlossen, auf der Fahrt zum Segelclub noch an einer Tankstelle anzuhalten, um drei Wasserflaschen zu kaufen. Es war wirklich sehr warm im Auto gewesen, weswegen sie nun überlegten, ob sie den Praktikanten nicht doch lieber mitnahmen. Durch die typische Bauweise des Wagens war es jedoch nicht möglich, ein Gespräch zu führen, das Torge auf der Rückbank nicht würde mithören können.

»Ich habe ein ungutes Gefühl dabei«, murmelte Silke und lenkte den Passat vom Tankstellengelände. »Aber ihn noch einmal hier zu lassen, solange das Auto so warm wird - auch wenn wir nicht lange weg sind - gefällt mir ebenfalls nicht.«

Sie fuhren entlang der Westseite der Kieler Förde und rechts von ihnen konnte man die Ostsee und verschiedene Anlegestellen erkennen.

Hans ließ das Fenster herunterfahren und der frische Wind drückte den Geruch von Seetang und Salz ins Auto. Dann drehte sich der Kommissar auf seinem Sitz nach hinten. »Kannst du dich benehmen?«, fragte er streng und sah Torge an, der die Achseln zuckte.

»Frag sie«, sagte er und zeigte auf Silke, »ob sie zustimmt, mit meinem Opa zu reden.«

Bevor Hans sich überhaupt wieder umdrehen konnte, mischte sich die Kommissarin ein: »Nein. Ausgeschlossen.« Sie legte das linke Handgelenk auf das Lenkrad und griff es mit der rechten Hand von unten, als sie die Kiellinie entlangfuhren.

Einige Fahrradfahrer und Fußgänger waren auf der Uferpromenade unterwegs und vereinzelt liefen offenbar die Vorbereitungen für eine neue Kieler Woche. »Dann kann ich für nichts garantieren«, ließ Torge von hinten verlauten und legte den Kopf gegen die Nackenstütze, wobei er sich sein Basecap tief ins Gesicht zog.

»Okay, dann regeln wir das über die Motorweiterlaufschaltung«, meinte Hans lapidar und drehte sich wieder nach vorn.

Brillant, dachte Silke. Warum ihr das bisher noch nicht eingefallen war!

Diese Einrichtung gab es nur in Rettungs- und Einsatzfahrzeugen und erlaubte es dem Fahrer, den Zündschlüssel abzuziehen, während der Wagen noch lief, um wichtige Signalfunktionen aufrechtzuerhalten, ohne dass die Batterie leergesaugt wurde. Silke würde also den Schlüssel abziehen, die Motorweiterlaufschaltung aktivieren und so die Klimaanlage angeschaltet lassen können.

Sie folgten der Kiellinie noch ein ganzes Stück, bis sie schließlich über die Hochbrücke fuhren und kurz darauf den Norden der Stadt erreichten. Die Kommissarin lenkte den Streifenwagen bis vor ein großes Tor aus Maschendraht, vor dem ein winziges Schild auf den hiesigen Segelclub und Yachthafen hinwies.

Das Tor war mit einer dicken Gliederkette gesichert, die von einem Vorhängeschloss gehalten wurde. Dahinter sah man schon von Weitem einige hölzerne Masten, zwischen denen sich die Strahlen der tiefergehenden Sonne brachen.

Rechts vom Tor gab es einen asphaltierten Parkplatz, auf dem sie nun den Wagen abstellte und sich noch ein letztes Mal umdrehte. »Keine Zwischenfälle mehr«, knurrte sie Torge an, der die Augen verdrehte.

»Jaja.«

Auch der Kommissar drehte sich im Sitz um und wiederholte bestimmt: »Du hast gehört, was Frau Petersen gesagt hat. Keine Zwischenfälle.«

Statt einer Antwort ignorierte sie der Junge, wie es nur Teenager können, und sah aus dem Fenster.

Silke schüttelte den Kopf, dann schaltete sie die Motorweiterlaufschaltung an und zog den Zündschlüssel ab. Gemeinsam mit Hans stieg sie aus und drückte auf die Fernverriegelung. Mit einem satten Klacken sprang diese an und hielt Torge im Inneren des Wagens gefangen.

Als sie ihre Blicke zurück auf das Tor fallen ließen, erkannten sie einen älteren Mann in blauem Kittel, der plötzlich davor stand und nervös einen Schlüsselbund von der einen in die andere Hand wechselte. Neben ihm lehnte ein nicht minder betagtes Fahrrad an einem Baum.

»Moin«, grüßte er die beiden Polizisten schüchtern, als sie herankamen.

»Moin«, wiederholte Silke freundlich, hielt ihren Ausweis hoch und stellte sie beide vor. »Das ist Kommissar Hansen und ich bin Kommissarin Petersen. Danke, dass Sie heute noch Zeit für uns haben.«

Der Mann winkte ab. »Alles gut. Ich bin Heinrich Kruse. Aber Freunde nennen mich Henry.« Er zwinkerte Silke zu, doch riss sofort die Augen auf, als ihm bewusst wurde, was er da tat. »Ääh, jo ... dann lass ich Sie mal rein«, stammelte er.

Durch die Anwesenheit der beiden Kommissare eingeschüchtert, ließ Kruse den Schlüssel zweimal zu Boden fallen, bevor er es schaffte, ihn ins Schloss zu stoßen und die Kette zu entfernen. »Ich habe nicht so oft mit der Polizei zu tun. Das macht mich etwas nervös, muss ich gestehen«, gab er zu und lachte unsicher, als er die Kette über den Ast eines nahen Baumes hängte und sich das Vorhängeschloss in die Tasche seiner Jeans steckte.

Nun erkannten die Polizisten, dass er unter seinem blauen Mantel Hosenträger über einem ausgewaschenen T-Shirt trug.

»Alles gut«, beruhigte ihn Hans freundlich. »Wir wollen uns nur umsehen und Sie können in der Zeit erzählen, ob Sie gestern vielleicht etwas gesehen haben, was das Segelboot *Liberty* betrifft.«

Der Mann nickte und runzelte die Stirn. »Ja, die *Liberty* ist heute gar nicht da … das ist aber auch nicht weiter ungewöhnlich«, fügte er hinzu, als er über das Grundstück blickte.

»Das liegt daran, dass das Segelschiff heute Morgen in der Flensburger Förde angetrieben worden ist und sich gerade in Polizeigewahrsam befindet«, sprach Silke und folgte den beiden Männern auf das Gelände des Segelclubs.

»Angetrieben worden?« Herr Kruse wirkte entgeistert.

Hans räusperte sich. »Ja …«

»Deswegen ist es wichtig, dass wir uns einmal umsehen«, ergänzte Silke. Sie spürte, dass der Hausmeister noch etwas nachfragen wollte, es sich in Anbetracht seiner Schüchternheit gegenüber Polizeibeamten jedoch verkniff. Herr Behrens hatte ihn über den Sachverhalt anscheinend nicht aufgeklärt. Das sprach dafür, dass sich hier jemand nicht in die Karten schauen lassen wollte.

Zu dritt liefen sie eine Kaimauer entlang, auf deren linker Seite etliche Stege mit angelegten Kähnen abgingen. Sie hatte deutlich mehr erwartet, doch insgesamt zählte sie nur sechs Boote. Zwei davon waren Motorboote, der Rest waren Yachten unterschiedlicher Größe. Die Luft roch hier noch stärker als in der Stadt nach Tang und Fisch und Salz.

Einige Sturmmöwen saßen auf hölzernen Buhnen und beobachteten die Prozession aus schwarzen Knopfaugen.

»Wie oft sind Sie ungefähr hier?«, fragte Silke und sah Herrn Kruse im Laufen von der Seite an.

»Nicht oft«, antwortete der ältere Herr. »Ich bin noch in anderen Einrichtungen tätig. Manchmal bin ich nur ein paar Minuten da, um nach dem Rechten zu sehen, ein andermal dann wieder ein paar Stunden. Das kann ich so genau nicht sagen.« Entschuldigend zuckte er die Achseln. »Im Schnitt zwei- bis dreimal die Woche. Selten mehr.«

»Herr Behrens sagte uns, er würde sein Segelboot oft vermieten. Ist Ihnen davon schon einmal etwas zu Ohren gekommen?«, fragte Hans, als rechts ihrer kleinen Prozession ein Bootshaus mit Rampe ins Wasser in Sicht kam.

»Ja, das stimmt soweit«, gab Kruse zurück und deutete ein Stück vor ihnen auf ein hübsches, hölzernes Gebäude, das neben dem Bootshaus stand. »Im Clubhaus dort hinten hängt im Übrigen eine Liste, wer es wann ausgeliehen hat.«

»Davon hatte uns Herr Behrens auch berichtet«, sagte Silke freundlich. »Wir würden diese gern -«

Alle drei zuckten zusammen, als mit einem Mal ein Martinshorn erklang.

Kapitel 22

»Das muss die Wasserschutzpolizei sein,« rief der Hausmeister aufgeregt und suchte auf dem Meer sofort nach Hinweisen. Jeden Moment erwartete er, ein Boot mit hoher Geschwindigkeit an ihnen vorbeischießen zu sehen.

Silke jedoch verzog das Gesicht, als das Signal konstant die gleiche Lautstärke hielt. »Nein. Das ist etwas anderes«, knurrte sie und marschierte grimmig los.

Hans dämmerte, um was es sich handelte, blieb jedoch bei Herrn Kruse zurück und blickte ihr nach.

Silke nahm den Rückweg im Dauerlauf und konnte sich ein Stöhnen nicht verkneifen, als der Streifenwagen in Sicht kam.

Natürlich war es ihre Signalanlage.

Sie drückte den Autoschlüssel, um den Wagen zu entriegeln und schmiss sich ins Cockpit, um Blaulicht und Martinshorn neben dem Bildschirm des Sonderfahrzeugassistenten auszuschalten. Als das Getöse verstummt war, warf sie sich herum.

Es reichte.

Ihre Geduld war am Ende.

»Wie bescheuert bist du eigentlich?«, schrie sie Torge wutentbrannt an. »Jetzt bekommst du erst recht nicht, was du willst!«

»Halt, halt«, rief der Junge und versuchte, sie zu beschwichtigen, indem er beide Hände mit den Handflächen nach außen streckte.

»Ich werde mit deinem Opa reden - aber dabei wird es nicht um das gehen, was du dir erhoffst!«, schnauzte Silke weiter. Dann strich sie sich die verschwitzten Haare aus dem Gesicht und machte Anstalten, wieder auszusteigen. »Ich halte dieses Praktikum nicht aus!«

»Stop!«, rief Torge in ihren Wutausbruch hinein. »Lass mich doch mal ausreden!«

Aber die Kommissarin ignorierte ihn. Sie stemmte sich vom Sitz hoch, stieg aus und öffnete die hintere Tür. »Mitkommen, und zwar zackig!«, befahl sie barsch.

Torge gehorchte und drehte sich zu ihr um, als sie die Tür zuwarf. »Ich bin aus Versehen an diesen Scheiß Knopf gekommen, als ich die Lüftung runter stellen wollte!«, rechtfertigte er sich.

»Und das soll ich dir glauben?«, fauchte sie und lief voran. Hinter sich hörte sie, wie Torge versuchte, Schritt zu halten.

»Alles gut?«, rief Hans vom Bootshaus aus.

Genervt schüttelte die Kommissarin den Kopf und winkte ab, während sie den Weg zu den Männern zurückmarschierte, dicht gefolgt von Torge.

Als sie zu Hans Hansen aufschlossen, erklärte dieser gerade: »Herr Kruse schließt jetzt das Clubhaus auf.« Seinen Blick auf Torge gerichtet, sagte der Kommissar enttäuscht: »Das hat ja geklappt. Nächstes Mal ist es mir egal, ob du im Wagen sitzt und schwitzt.«

»Es war ein Versehen«, murmelte Torge nun schmallippig. Jetzt, wo Silke ihn heruntergeputzt hatte, wirkte er weniger aufgebracht und machte sogar fast einen devoten Eindruck.

Dieser verflüchtigte sich jedoch, sobald sie das Clubhaus betraten.

Es war ein alter Bootsschuppen, der zu einem gemütlichen Aufenthaltsraum umgebaut worden war. An den hölzernen Wänden hingen Fundstücke aus dem Meer wie Muscheln und getrocknete Seesterne, aber auch großrahmige Seglerfotos vom Booten in gefährlichen Situationen, mit spritzender Gischt und zufrieden in den Wanten hängenden Menschen.

Als sie eingetreten waren, flammten automatisch einige LED-Leisten auf, die an der Decke hingen und nach unten auf eine Sitzgruppe aus mehreren Strandkörben strahlten. Eine kleine, kunstvoll geschnitzte Bar mit etlichen Flaschen und Gläsern dahinter rundete die Einrichtung ab.

»Schöner Schuppen«, grinste der Junge und drehte sich übermütig im Kreis, als seien sie zu einer Hausbesichtigung und nicht in einer Mordermittlung unterwegs. »Die Bar gefällt mir!«

»Ja, die Bar ist aus Tropenholz. Damals extra angeliefert worden«, informierte Herr Kruse. »Aber ich kann Ihnen versichern, dass ständig etwas kaputt geht. Letztens erst war ein Scharnier von jetzt auf die nächste Sekunde abgebrochen. Ohne Einwirkung.« Er zuckte die Achseln, als wolle er sagen, Geld allein stünde auch nicht immer für Qualität.

Trocken entgegnete Torge: »Ich meinte mit Bar eher den Inhalt, statt der Verpackung. Wie bei einer hübschen Frau, verstehst du?« Er zeigte auf eine Reihe von Rumflaschen und leckte sich demonstrativ die Lippen.

Herr Kruse fror mitten in der Bewegung ein, unsicher, was er nun erwidern sollte, dann blickte er hilfesuchend die beiden Kommissare an.

Silke, die sich bis eben noch die Bilder an den Wänden angesehen hatte, erlöste ihn: »Einfach ignorieren.«

Aufmerksam ging sie weiter, bis sie an einen Aushang geriet, der neben der Sitzgruppe an der Wand hing.

Da war sie.

Die Liste über die Verleihung der *Liberty*.

Es war ein simpler Ausdruck. Vier Spalten waren mit *Datum - Name - Adresse - Telefon* vorgeschrieben und wurden mit Kugelschreiber ausgefüllt. Mit dem Finger fuhr Silke die Eintragungen ab und stoppte bei dem letzten Namen.

Ein gewisser Herr Ole Larsson hatte das Boot in jüngster Zeit anscheinend mehrmals ausgeliehen, doch dazwischen hatten es auch andere benutzt.

Und Herr Behrens war einer von ihnen.

Für gestern stand selbstverständlich niemand darin. Sie schnaubte. Wäre auch zu schön gewesen, hätte der Täter Name und Adresse dagelassen, dachte sie.

Hans, der hinter ihr Aufstellung genommen hatte, verbalisierte ihren Gedanken: »Also dieser Herr Larsson hat das Boot in letzter Zeit ja sehr oft genutzt ... Vielleicht sollten wir ihn fragen, ob ihm jemand oder etwas Seltsames aufgefallen ist. Möglicherweise war er gestern auch im Verein und hat etwas gesehen.«

Herr Kruse schaltete sich ein. »Ja, er war gestern hier. Hat Ihnen Herr Behrens das nicht erzählt?«

Silke runzelte die Stirn, während sie sich langsam zu dem Hausmeister umdrehte. »Nein ... er sagte, er sei mit seiner Frau allein gewesen und habe Italienisch gegessen.«

»Oh«, gab der Herr Kruse zurück und sah auf seine Schuhe.

Die Kommissare beobachteten ihn. »Was?«, fragte Hans schließlich.

»Als ich losgefahren bin, stand Herr Larssons Volvo auf dem Parkplatz«, gab der Hausmeister zu. Ihm war anzusehen, dass er sich nicht sicher war, ob er gerade eines der Vereinsmitglieder in Verruf brachte und welche Folgen dies für ihn haben könnte.

»Also war gestern Abend doch noch eine weitere Person vor Ort«, bestätigte Silke und nickte düster. In ihrem Kopf wirbelten die Gedanken durcheinander.

Das Gefühl, das sie bei der Vernehmung von Herrn Behrens beschlichen hatte, hatte sie also nicht getäuscht. Sie mussten herausfinden, wieso der Mann sie belogen hatte.

»Gibt es die Möglichkeit, dass Herr und Frau Behrens Herrn Larssons Anwesenheit gar nicht bemerkt haben?«

Der Hausmeister zögerte erst, dann begann er langsam, den gestrigen Abend zu erklären. »Die Sache war so ... Als ich nach Feierabend schon ein paar Minuten unterwegs in Richtung zu Hause war, bemerkte ich, dass ich meinen Schlüssel nicht am Mann hatte.« Er lächelte entschuldigend. »Das ist gleichzeitig ein General, weswegen ich panisch wurde. Zu meinem Glück steckte er aber von innen noch im Eingangstor und die Pforte hatte keiner abgeschlossen.« Er deutete in Richtung des Kais, an dem sie entlanggelaufen waren, um zum Clubhaus zu gelangen.

Erneut beobachteten die Kommissare, wie sich Pflichtgefühl, Angst und Scham auf dem Gesicht des Mannes abwechselten. Immer wieder blickte er auf seine Schuhe, seufzte und öffnete den Mund, um ihn gleich danach aufs Neue zu schließen. Am Ende murmelte er, ohne sie anzusehen: »Ich ... ich bin lange genug in diesem Verein Hausmeister ... und ich will auch niemandem schaden oder ... zu Unrecht verdächtigen ... aber, wenn man's genau bedenkt, also ich bin mir nahezu ... also wirklich fast sicher ...«

»Wegen was?«, fragte Torge mit einer Spur Gereiztheit in der Stimme. Er hatte bis jetzt ruhig neben Kommissar Hansen gestanden, doch selbst er wurde bei dieser langen Ausführung allmählich ungeduldig.

Ein letztes Mal seufzte Hausmeister Kruse, dann sah er sie mit festem Blick an. »Ich bin mir sicher, dass Familie Behrens hier am Steg Abendbrot gegessen hat, während Herr Larsson daneben saß und lautstark mit beiden erzählte.«

Kapitel 23

Ein metallisches Seufzen entfuhr dem Briefkasten, als Silke die Lade zur Entnahme der Post öffnete. Ohne zimperlich zu sein, griff sie nach dem Inhalt und wog ihren Fund beherzt mit beiden Händen.

Fünf Prospekte Werbung, ein kostenloser Wochenanzeiger und genau ein Schreiben in einem braunen Kuvert mit ihrem Namen darauf. Nach einem Blick auf den Absender stöhnte sie laut auf.

Nicht schon wieder eine Umfrage vom Zensus ...

Die Handtasche über den Arm gehängt, legte sie den Haufen Papier, der ihr zugesandt worden war, auf den Boden neben der Haustür und schloss diese auf, bevor sie alles wieder aufhob und in den Flur trat.

In der Wohnküche brannte Licht.

Niklas schien ausnahmsweise einmal nicht vor dem Computer zu sitzen.

Hinter ihr schlug die Haustür durch einen Windstoß von selbst ins Schloss.

Es war spät, ihre Füße schmerzten und sie hatte Hunger. Nach dem langen Rückweg von Kiel nach Flensburg hatten Silke und Hans den Streifenwagen vor dem Revier abgestellt und waren in ihre jeweils eigenen Wagen gestiegen, ohne noch einmal ins Büro zu gehen. Lediglich den Schlüssel für den Dienstwagen hatte Silke an der Info abgegeben, während Hans bereits auf dem Weg nach Hause war. Er wohnte in Harrislee, einem Ort direkt neben Flensburg, weswegen er nicht allzu lange unterwegs sein würde.

Torge hingegen hatte unbedingt zum Strand gewollt, weshalb sie ihn schon in der Solitüder Waldhöhe im Stadtteil Mürwik herausgelassen hatten.

Beide Polizisten hatten ihr Glück kaum fassen können, sich die letzten zehn Minuten der Fahrt ungestört unterhalten zu können.

Sie hatten etwas gegen Behrens in der Hand.

Und dabei ging es nicht nur um den Fakt, dass dieser sich verdächtig benommen hatte, sondern vielmehr, dass er sich durch seine Lüge über die Präsenz einer weiteren Person ins Abseits katapultiert hatte. Silke und Hans würden morgen jedoch noch die Ergebnisse der Forensik abwarten, bevor sie ihre Schlüsse ziehen und sich auf die Suche nach tragkräftigen Beweise machen konnten.

Die Prospekte und das geöffnete Kuvert überfliegend lief sie durch den Flur und kickte ihre Schuhe unter den Schuhschrank, bis sie auf Autopilot in die Wohnküche steuerte.

Fast hätte sie nach ihrer Dienstwaffe gegriffen, als jemand plötzlich »Überraschung!«, schrie. Stattdessen ließ sie einfach die komplette Post auf den Boden fallen, wo Prospekte und die einzelnen Seiten der Zensus-Umfrage wild durcheinander flogen.

»Hallo Mama!«

Niklas saß am gedeckten Tisch in der Wohnküche.

Seine Mutter traute ihren Augen kaum, als sie nicht nur Steak, sondern auch Kartoffeln, Gemüse und Kroketten ausmachte. Alles dampfte und roch so appetitlich, dass ihr Magen sich vor Hunger sofort verkrampfte.

»Was …«, stotterte sie, wurde jedoch von einem vor Stolz geradezu leuchtenden Niklas unterbrochen.

»Du warst heute Morgen so gestresst, dass ich mir dachte, dir würde ein schönes Abendessen guttun!«

Silke blinzelte. Hatten sie während ihrer Abwesenheit ihren Sohn gegen jemanden, der ihm ähnlich sah, ausgetauscht?

Schweigend bückte sie sich und sammelte die Post ein, wobei einige Zettel des Zensus zwischen die Reklame rutschten. Als sie sie auf die Arbeitsplatte in der Küche legte, sah sie sich um. Die Frage, die sich ihr insgeheim stellte, war jene, was er nun wieder von ihr wollte - eine neue Computermaus? Oder doch noch die schnelle Internetleitung?

»Und du hast das alles gekocht?«, fragte sie zweifelnd.

»Nein«, gab Niklas zu und lächelte entschuldigend, »aber ich habe *etwas* davon gekocht. Was es ist, lasse ich dich herausfinden.«

Silke ließ ein Murmeln hören, dann jedoch nickte sie und beschloss, sich das Essen zusammen mit ihrem Sohn schmecken zu lassen, ohne gleich wieder einen Vorwand zu vermuten. »Damit hätte ich jetzt nicht gerechnet, muss ich zugeben«, gestand sie und drehte sich unentschlossen im Kreis. »Ich wollte aber eigentlich noch einkaufen gehen und …«

»Ich habe Brot und ein paar Sachen zum Belegen mitgebracht, als ich mich ums Essen gekümmert habe«, ließ Niklas stolz verlauten. Nach diesen Worten wuchs er auf seinem Stuhl gleich einige Zentimeter in die Höhe.

Der Kommissarin jedoch sackten die Schultern wieder nach unten und sie stemmte die Arme in die Seiten. »Okay. Wo ist der Haken?«, verlangte sie, zu wissen. »Ist etwas passiert?«

Schon ging ihr Kopf alle Möglichkeiten durch, die von einem zerbrochenen Fenster bis hin zur bandenmäßigen Verletzung von Urheberrechten und der Mitgliedschaft in einem Raubkopierer-Ring reichten.

Niklas jedoch grinste. »Tatsächlicherweise ist nichts passiert - außer, dass mir Papa Geld überwiesen hat.«

Nun hatte er ihr Interesse geweckt. »Für was denn das?«

»Ich habe heute Morgen mit ihm telefoniert und darüber gesprochen, dass du nicht so gut gelaunt bist und ... na ja ...« Der Junge sah auf die Tischplatte, wo er Krümel zu einem Haufen zusammenschob. »Ich habe ihm auch von meinen Karriereplänen erzählt.«

»Und?«

Niklas schien nicht so recht mit der Sprache herauskommen zu wollen. Aber nachdem Silke ihren besten *Mama-will-dass-du-die-Wahrheit-sagst*-Blick aufgesetzt hatte, knickte er schließlich doch ein.

»Er steht komplett hinter mir«, murmelte der junge Mann, sprach jedoch gleich weiter. »Er meint aber, dass ich mir lieber einen Zeitplan setzen sollte, ab wann ich etwas anderes verfolge.«

Sie stöhnte. »Klar, er zahlt ja auch nicht die Zeche.« Müde strich sie sich mit dem Handrücken über die

Stirn und stützte sich anschließend an einer Stuhllehne ab. Ihr Magen knurrte.

»Und noch etwas«, rückte Niklas heraus. »Papa hat gesagt, dass wir, wenn du willst, zurück auf den Bauernhof ziehen können. Er würde dir gern eine zweite Chance geben.«

Nun musste sie sich doch setzen.

»*Mir* eine zweite Chance geben?«, wiederholte sie und lachte tonlos. »Wegen was, bitte?«

Niklas zuckte die Achseln. »Er meinte, du seist damals nur nervlich am Ende gewesen. Und das sei der Grund, dass ihr euch so oft gestritten hättet.«

»Jo«, sagte Silke und schüttelte gleichzeitig den Kopf. »Nur dass das auch an deinem Vater lag.« Sie seufzte, dann legte sie die Hände neben den Teller. »Mich kriegen da keine zehn Pferde hin.«

»Aber -«

»Nichts aber. Mein Privatleben ist mittlerweile viel besser geworden.« Sie ließ die letzten Worte endgültig klingen, hatte jedoch stillschweigend zunehmende Probleme, sich selbst davon zu überzeugen.

Doch zu ihrem Ex-Mann würde sie nicht zurückkehren. Eher kam die zweite Internetleitung ins Haus.

»Nur dass du kein richtiges Privatleben hast«, hakte Niklas ein. »Du arbeitest ja im Grunde permanent.«

Silke räusperte sich. »Ich habe auch Hobbys.«

»Meinst du damit, die Garage aufräumen?« Er wirkte nicht überzeugt.

»Backen und der Garten«, gab sie zurück und reckte das Kinn.

Niklas legte den Kopf schief und ließ seinen Blick erst aus dem Fenster und dann in umgekehrter Richtung zu seiner Mutter schweifen. »Letzteres hast du vor wie vielen Monaten gemacht?«

Silke seufzte und dachte an die Beetumrandung, die sie vor dem Herbst gern noch angebracht hätte, außerdem an den Rückschnitt der Sträucher und die maroden Zaunlatten hinter dem Gartenschuppen.

Ein solches Gespräch nach diesem Tag, dazu die Aufregung mit der Leiche, der Stress mit Torge und nun auch noch ihr Ex-Mann, der wieder einmal versuchte, sich bei ihrem Sohn einzuschmeicheln, ohne jegliche Verantwortung zu übernehmen …

Silke kapitulierte.

»Lass uns bitte einfach essen und dann ist gut.« Sie warf Niklas einen Blick zu, der so unnachgiebig war wie eine Betonwand. »Falls dein Vater noch einmal auf diese Idee kommt, wimmelst du ihn das nächste Mal gleich ab.«

»Das kannst du ihm selbst sagen«, meinte Niklas und füllte sich Kroketten und ein Steak auf seinen Teller.

»Darauf verzichte ich«, sagte Silke. Auch sie streckte sich nun nach den Speisen und bedeckte ihr Essgeschirr großzügig mit Gemüse. Kurz darauf führte sie gierig die Gabel zum Mund.

»Nein, wirklich«, meinte Niklas kauend. »Sag ihm das selbst. Er hat vorgeschlagen, morgen Abend vorbeizukommen und ich habe gesagt, das ginge in Ordnung.«

Silke verschluckte sich fast an einer Erbse. Dann stand sie auf, steckte sich noch eine Krokette in den

Mund und verschwand wutschnaubend aus der Küche, in der sie ihren Sohn ratlos zurückließ.

»Vielleicht ist es zu deinem Besten, Mama«, rief er ihr hinterher.

Als Antwort darauf warf Silke jedoch nur die Tür zu ihrem Schlafzimmer zu.

Kapitel 24

Hans war zufrieden, als er am nächsten Morgen die Bürotür öffnete und Silke bereits vor dem Computer vorfand. Er hatte gestern Abend noch mehrmals versucht, Frau Behrens zu erreichen, um wenigstens einmal zu hören, was sie zu dem Alibi ihres Mannes zu sagen hatte, doch es hatte niemand abgenommen.

»Ah ... die Welt scheint wieder in Ordnung zu sein«, sprach er jetzt und wollte sich gerade setzen, als ihm eine Frage in den Kopf schoss. Irritiert blickte er sich um. »Wo bleibt denn der junge Mann von gestern?«

»Hans, ich habe keine Ahnung ... Ich habe wirklich keine Ahnung mehr, was ich falsch mache.« Silke stemmte die Ellbogen auf die Tischplatte und bettete theatralisch den Kopf in Händen.

»Uff«, entfuhr es ihrem Kollegen mitfühlend und er hängte seine Jacke an den Haken.

»Was ist los?«

»Niklas hat Reiner eingeladen, heute Abend vorbeizukommen«, sprach sie, wobei sie sich geistesabwesend einen Kugelschreiber schnappte und ihn vor sich drehte.

»Das sind ja Neuigkeiten«, murmelte Hans.

»Ja, aber keine Guten«, antwortete Silke halb niedergeschlagen, halb wütend. »Ich will ihn nicht sehen.«

Hans zog die Augenbrauen zusammen. »Dann lad ihn doch einfach wieder aus. Ich meine, ist doch dein Haus.«

»Daran habe ich auch schon gedacht, aber ganz ehrlich: Wie oft sieht Niklas seinen Vater? Ich würde mich schuldig fühlen, ihm diese Chance zu verwehren«, gestand die Kommissarin und blickte ihren Kollegen nicht an.

Hans überlegte noch, wie er Silke, ohne ihr dabei zu nahe zu treten, klar machen sollte, dass der Junge längst erwachsen war und jederzeit den Kontakt zu seinem Vater suchen konnte, da schlug die Bürotür erneut auf und Torge kam hereingestampft.

»Na, alles fit im Schritt bei euch, meine Arbeitskameraden?«, schnarrte er gut gelaunt und zog in gespielter Höflichkeit sein Basecap vom Kopf. Silkes Mimik deutend, entschleunigte er seine Bewegungen jedoch sofort. »Du siehst aber geknickt aus«, stellte er fest.

Hans wollte seiner Kollegin unter die Arme greifen, sodass diese sich nicht vor dem Jungen würde erklären müssen, griff dabei aber ungewollt ins Fettnäpfchen.

»Wir üben gerade ein Verhör«, sagte er. »Kriminalkommissarin Petersen spielt die traurige Ehefrau, die in mittlerem Alter ihren Ehemann -« Er stoppte, als er merkte, dass diese Erklärung keiner Fiktion, sondern wohl eher der Wahrheit entsprach.

»Aha«, meinte Torge trocken. »Kommt da noch der Rest des Satzes oder war es das?«

Das Telefon klingelte und erlöste Silke und Hans, die sich einen erleichterten Blick zuwarfen. Sie streckte sich zum Hörer und nahm das Gespräch an.

»Kriminalkommissarin Petersen, Flensburg.«

»Meinst du, es geht um einen neuen Fall für das Super-Trio?«, flüsterte Torge Hans zu, der jedoch nur verdutzt den Kopf schüttelte und den Finger an die Lippen legte.

»Ah, das bist du, Frerk! Schön, von dir zu hören.« Sie lauschte kurz und sagte: »Du hattest den Toten auf dem Tisch? Warte mal, ich schalte den Lautsprecher an, dann muss ich das Hans danach nicht noch erzählen.«

Zu spät wurde Silke klar, dass auch Torge so würde mithören können, doch dann sagte sie sich, dass der Junge in seinen Videospielen gewiss schon blutigere Situationen erlebt haben musste – außerdem hatte sie die leise Hoffnung, dass die harte Realität des Lebens ein so freches Balg wie ihren Praktikanten ein wenig zur Vernunft bringen könnte.

»Jo, dann schieß mal los, Frerk.«

Der Gerichtsmediziner war ein alter Freund Silkes. Sie kannten sich noch aus der Schule, waren jedoch im Anschluss an das Abitur getrennte Wege gegangen. Schließlich hatte es Frerk vor einigen Jahren nach Kiel ans rechtsmedizinische Institut verschlagen und seitdem hatten sie öfter beruflich zu tun.

Silke konnte zwar den Verdacht nicht abschütteln, dass der Mann auch persönliches Interesse an ihr hatte, doch bis heute hatte er sie nie offen darauf angesprochen. Leider hatten sie zu selten in Kiel zu tun, als dass sie diese Annahme einer Prüfung unterziehen konnte.

Das Gespräch von gestern Abend mit ihrem Sohn kam ihr in den Sinn. Sie hatte wirklich zu wenig Freizeit – und ihr Privatleben war kaum der Rede wert. Außerdem, sie war schon fünfundfünfzig, fand man schließlich in ihrem Alter nicht mehr so leicht jemanden, mit dem man den Rest seines Lebens verbringen wollte …

»… schließe ich, dass die Tatwaffe ein stumpfer Gegenstand war, der mit Kraft auf den Hinterkopf des Opfers niedergegangen war. Oder so etwas in der Art.«

Silke blinzelte. Sie hatte nicht aufgepasst.

Frerks Stimme klang verzerrt aus dem winzigen Lautsprecher des Telefons. »Da sich das Opfer aber kurz vor dem Aufprall umgedreht haben musste, hatte es seine Schläfe erwischt, den Schläfenlappen eingeklemmt und ein Hirnödem verursacht, was nach einigen Stunden in einer transtentoriellen Hernie endete. Diese hat schließlich den Hirnstamm erdrückt und er ist an einem Herzstillstand gestorben.«

»… kannst du das auch auf Deutsch erklären?«, fragte Hans und rieb sich die Stirn.

»Klar«, freute sich Frerk und erklärte noch einmal geduldig von vorn, als seien mutwillig herbeigeführte Tode das Normalste auf der Welt. »Wahrscheinlich ist sein Kopf mit etwas Hartem in Verbindung gekommen. Davon ist im Prinzip sein Gehirn angeschwollen. Also, erst gab es einen Bluterguss, weil sich der Schläfenlappen eingeklemmt hat. Das muss man sich vorstellen wie … wie ein Stück Kaugummi, das man mit einer Wäscheklammer aufhängt. Aufgrund der Verletzung lässt der Körper die betroffenen Areale anschwellen. Im Prinzip also ein blauer Fleck. Ein sogenanntes Hirnödem. Soweit verständlich?«

Hans nickte, merkte dann jedoch, dass Frerk ihn nicht sehen konnte. »Ja«, schob er schnell hinterher.

»Gut. Das Problem mit der Schwellung ist aber, dass die Blutmenge, die durch das Gehirn fließt, dadurch deutlich verringert wird. Wie als drücke man einen Schwamm zusammen.«

Silke fragte sich nicht zum ersten Mal, wo der Gerichtsmediziner die beachtliche Anzahl an Vergleichen hernahm.

»Da der Schädel aber komplett von Knochen umgeben ist, hat das Gehirn nicht viel Platz, um sich auszubreiten. Ergo muss es irgendwohin. Und der einzige Weg, den es nehmen kann, ist der nach unten.«

Hans warf einen Blick auf Torge, der etwas blass um die Nase geworden war.

»Nun presst sich also die abnorm angeschwollene Hirnmasse auf den Hirnstamm, der normalerweise für Atmung, Herzschlag und Vitalfunktionen zuständig ist, und drückt ihm gewissermaßen die Luft zum Atmen ab. So als würde man -«

»Bildhafte Erklärung Frerk«, mischte sich Hans ein. »Ich denke, beim Mittagessen nachher passe ich dann.«

Frerk lachte kurz, anschließend beendete er seine Ausführungen. »Jedenfalls hat dieser Druck die Durchblutung des Gehirns unterbrochen und der gute Herr Ole Larsson hat einen Hirntod erlitten.«

»Moment!« Vor Silkes Augen schien die Welt sich plötzlich um neunzig Grad zu neigen.

»*Ole Larsson?*«

Kapitel 25

In Silkes Ohren rauschte es, als sie an die Liste aus dem Bootshaus dachte.

»Der Hausmeister sagte, Behrens habe gestern mit Ole Larsson gesprochen!«, warf Hans ein.

»Exakt«, erwiderte sie düster.

Also hatte sie ihr Gefühl nicht getäuscht.

Ihr Kollege lehnte sich in seinem Stuhl nach vorne. »Für mich deutet alles auf den Bootsbesitzer hin.«

»Sagt bloß, ihr habt schon einen Täter?«, warf Frerk ein.

»Wir halten dich auf dem Laufenden«, erwiderte Silke unbestimmt. »Danke, Frerk«, fügte sie an.

»Nicht dafür«, gab der Rechtsmediziner zurück.

Die Kommissarin verabschiedete sich und legte auf, dann richtete sich ihr Blick auf Hans.

»Wir haben zu wenig auf der Hand. Welches Motiv soll Behrens bitte gehabt haben, Larsson zu töten? Irgendetwas muss die beiden doch verbunden haben.«

Sie sah aus dem Fenster, wo Fußgänger am Ostufer der Förde entlangspazierten und ein Fischbrötchen aßen. Eine Frau mit braunem Kinderwagen beobachtete ein Kleinkind dabei, wie es auf dem Klettergerüst an der Hafenspitze herumturnte.

Widerwillig löste sie sich von dem Anblick und wandte sich zurück an ihren Kollegen.

»Auch wenn es sich so anfühlt, als müssten wir den Mann sofort verhaften, müssen wir uns erst im Klaren sein, was genau passiert ist«, sprach sie ihre Gedanken aus. Zu gut waren ihr die Vorkommnisse vor zwei Jahrzehnten im Gedächtnis. Einen Fehler wie damals mit übereilten Entscheidungen und undurchdachten Zugriffen würde sie nicht noch einmal begehen.

Hans griff zum Telefon und wählte kurzerhand Behrens Nummer in Kiel. Es dauerte einen Moment, dann schien sich jemand zu melden.

»Moin, Herr Behrens, hier ist noch einmal Kommissar Hans Hansen von der Kriminalpolizei Flensburg. Ich habe Sie gestern zusammen mit meiner Kollegin Kommissarin Petersen besucht.«

Er lauschte, dann schüttelte er den Kopf.

»Nein, aktuell gibt es keine Neuigkeiten zum Fall, aber wir würden Sie gern noch einmal sprechen, um Ihre Aussage ordnungsgemäß zu Papier zu bringen. Hätten Sie die Möglichkeit, heute Nachmittag nach Flensburg zu kommen? Ansonsten würden wir uns noch einmal auf den Weg zu -«

Hans runzelte die Stirn.

»Nein, es ist mehr eine ...«, sein Blick ging zu Silke, die mit dem Mund lautlos das Wort »Routine« formte.

»Eine Routinesache«, beendete Hans den Satz. Dann nickte er. »Jo, da würden wir uns freuen. Sehr schön, also bis heute gegen 13.00 Uhr. Tschüss.«

Der Kommissar legte den Hörer zurück auf die Station und sah mit einem zufriedenen Gesichtsausdruck Silke an. »Er kommt.«

Torge indes bekam langsam wieder Farbe im Gesicht. Entgegen seinen Vermutungen schien die Polizeiarbeit doch interessanter zu sein, als er erwartet hatte.

»Ich wäre dann für die Guter-Cop-schlechter-Cop-Taktik«, warf er jetzt ein, »die kenne ich aus dem Fernsehen. Hans versucht, den Verdächtigen körperlich zu bedrohen - und ich tue so, als würde ich versuchen, ihn mit aller Macht vor ihm zu schützen.«

Silke ignorierte den Jungen, genauso wie ihr Kollege, als sie aufstand und sich die Hose glatt strich.

»Wenn wir jetzt wissen, wer der Tote war, dann müssen wir seiner Familie Bescheid geben.«

Kommissar Hansen seufzte schwer. Solche Besuche waren stets ziemlich bedrückend. Dennoch, irgendjemand musste die Hinterbliebenen über den Tod Larssons informieren.

»Okay, aber bevor wir das machen, brauche ich erst noch einen frisch gebrühten Kaffee«, meinte Silke, die wusste, dass auch ihrem Kollegen die Sache mit einem warmen Getränk im Bauch deutlich leichter fallen würde, und lief kurzerhand aus dem Büro.

Während sie für den dringend benötigten Koffeinnachschub sorgte und Torge gelangweilt aus dem Fenster starrte, besah sich Hans noch einmal die digitale Akte zu Ole Larsson. Er war verheiratet und hatte zwei Kinder.

Die Gerichtsmedizin hatte die Fingerabdrücke des Toten genommen und sie mit sämtlichen, in der Datenbank elektronischer Personalausweise hinterlegten, Abdrücken abgeglichen, bis es einen Treffer gegeben hatte.

Was der Fortschritt der Technik alles mit sich brachte. Ehrfürchtig schnalzte Hans Hansen mit der Zunge.

Als er weiterlas, fand er auch die dazugehörige Adresse - sie lag nicht weit von hier, und zwar in der Toosbüystraße.

Schlechte Parkmöglichkeiten.

Hans sah Torge an, doch dieser hatte Mühe, aus der Mimik des Kommissars etwas herauszulesen. Nachdem die beiden Männer sich einen Moment lang schweigend angestarrt hatten, schauten sie, als es ihnen bewusst wurde, peinlich berührt woanders hin.

Hans Augen schweiften zurück auf den Monitor.

Gerade begann er, sich die Adresse auf einem Zettel zu notieren, als die Tür wieder aufging und Silke mit zwei Coffee-to-go Bechern hereintrat, von denen sie einen Hans reichte.

»Wieso kriege ich keinen Kaffee?«, fragte Torge eingeschnappt, wurde aber sofort leise, als der Kommissar seiner Kollegin drei Euro gab, um das Getränk zu bezahlen.

Auf den Kommentar des Jungen hin, lief Silke zur Mitte ihrer beiden U-förmig aufgestellten Schreibtische und füllte einen Becher mit dem Kaffee aus der Thermoskanne, den Hans heute Morgen bereits gebrüht hatte. Anschließend trat sie zu Torge und stellte ihn vor den Jungen auf das Fensterbrett.

»Hier, bitte.«

»Ich trinke gar keinen Kaffee, war nur eine Fangfrage«, meinte der Teenager leichthin und freute sich.

Tief durchatmend drehte sich Silke auf dem Absatz und ging zurück zu ihrem eigenen Schreibtisch, hinter den sie sich fallen ließ, in einer Hand den Becher aus der Cafeteria.

Frisch gebrüht war frisch gebrüht.

»Die wohnen in der Toosbüystraße«, sagte Hans, nachdem er seinen Becher zur Hälfte geleert hatte.

»Ah, okay. Also wieder einmal ...«

»... schlechte Parkmöglichkeiten«, vervollständigte Silkes Kollege ihren angefangenen Satz.

»Dann nehmen wir den Fußbus«, schloss sie.

»Muss ich dafür ein Ticket kaufen?«, fragte Torge dazwischen. »Ich habe kein Geld mit.«

Silke seufzte, ohne auf seinen Kommentar einzugehen. »Ich mache mir keine Sorgen mehr«, sprach sie an Hans gewandt.

»Was meinst du?«

»Egal, was passiert: Sobald das Praktikum zu Ende ist, ja, selbst, wenn es ihm gefällt - das schriftliche Einstellungsverfahren schafft er nie.«

Hans verschluckte sich an seinen Kaffee, bevor er in ihn hinein prustete.

Torge jedoch fügte etwas verschnupft an: »Wenn ich es wollte, würde ich die Aufnahmetests bestehen.«

Silke rührte mit einem Holzstab in ihrem Kaffeebecher. Ohne weiter auf die Frage eingehen zu wollen, antwortete sie kurz und knapp.

»Jo.«

»Nö, wirklich«, beharrte der Junge. »Ich könnte das.«

Hans und Silke sahen sich an, während sie sich über den Rand ihrer Becher hinweg lächelnd zunickten.

»Mhm.«

Bevor Torge den Kampf auf verlorenem Posten weiterführte, tranken die Kommissare den letzten Schluck aus ihren Kaffeebechern und Hans schnappte sich nach einem Blick aus dem Fenster auch seine Regenjacke aus dem Schrank.

Der Himmel über der Hafenspitze hatte sich bereits wieder zugezogen und den einzelnen Möwen, die auf den Pollern im Hafenbecken saßen, wurde das Gefieder vom Wind gesträubt.

Zögernd blieb der Kommissar stehen.

»Ach komm Silke, das sieht schon wieder so dunkel aus ... vielleicht fahren wir doch besser mit einem Auto.«

Nickend musste seine Kollegin ihm zustimmen und steckte den zweiten Arm in ihre Regenjacke, bevor sich alle drei auf den Weg ins Erdgeschoss machten. Doch als sie vor der Info, an der die Schlüssel ausgegeben wurden, ankamen, stoppten sie.

Fassungslos musterte Hans das Schlüsselbrett.

Kapitel 26

»Kein Wagen ist mehr übrig?«, fragte er verwirrt und lehnte sich mit einem Ellbogen auf den Tresen. »Wo sind die denn alle?«

»Großkontrolle an einer Baustelle in Harrislee«, meinte der Beamte hinter der Info achselzuckend. »Schwarzarbeit. Die Unterstützung haben die Kollegen vom Zoll angefordert.«

Hans Hansen seufzte und hoffte, dies betraf nicht den Umbau seines Badezimmers. Er hatte doch extra eine ordentliche Firma beauftragt ...

»Können Sie nicht einen von der Bundespolizei anfordern? Da in der Eckernförder Landstraße stehen doch immer etliche -«

Silke schritt ein und tippte ihm auf die Schulter. »Egal, das würde eh zu lange dauern«, meinte sie. »Ist nur bis zur Toosbüystraße, die paar Hundert Meter.«

»Du weißt, wie das hier in Flensburg ist - auf die *paar Hundert Meter* kann das zweimal anfangen zu regnen und dreimal die Sonne scheinen ... aber ist gut, du hast recht. Ich gebe mich geschlagen.«

»Na denn man tau«, meinte Silke zu Torge, der sich auf einen Plastikstuhl nahe der Info gesetzt hatte.

Hans seufzte, dann nickte er und sah auf seine Armbanduhr. Es ging auf elf Uhr vormittags zu, genug

Zeit, um rechtzeitig zum Gespräch mit Herrn Behrens wieder da zu sein.

Gemeinsam mit Silke und Torge machte sich der Kommissar also zu Fuß auf den Weg zur Wohnung des Toten.

Zügig gingen die drei den Gehweg entlang und passierten den Taxistand an der Kreuzung Neue Straße, bis sie den Aufstieg in die Toosbüystraße begannen. Diese war sowohl berühmt als auch berüchtigt in Flensburg - besonders für die Fahrradfahrer.

Nur die stählernsten aller Beine schafften die brutal-gefürchtete Steigung von fast 7% bis nach oben zum Burgplatz - ohne abzusteigen.

Stirnrunzelnd bemerkte Silke zwei Falschparker auf den schmalen Parknischen in der Neuen Straße. Das Eintreffen des Ordnungsamtes ließ hier jedoch für gewöhnlich nicht lange auf sich warten.

Noch während sie darüber nachdachte, traf sie der erste Tropfen.

Torge gab ein missmutiges Jaulen von sich, als auch ihn der Regen benässte und er sich hektisch das Basecap vom Kopf riss, um es unter seiner Jacke zu verstauen. Auf Hans verwunderten Blick hin, zuckte der Junge die Achseln. »Was? Das ist ganz neu. Ich will nicht, dass der Sticker abgeht.«

»Ach so«, entgegnete er. Nicht dass der Kommissar verstanden hätte, wieso sich der Teenager lieber dem stärker werdenden Regen aussetzte, als seine Mütze nass zu machen.

Wegen eines glitzernden Aufklebers.

Innerhalb von Sekunden rauschte eine regelrechte Flut vom Himmel. Eilig suchten sie Zuflucht unter dem Vordach der öffentlichen Toiletten am Kompagniegang und warteten ab, bis der Regenguss an Intensität nachließ. Als die Feuchtigkeit sich, Flensburg-typisch, nur noch seitwärts gegen ihre Körper bewegte, setzten sie ihren Weg fort.

Silke hatte ihre Kapuze eng um den Kopf gezogen und hielt das Gesicht nach unten, während sie grimmig auf ihre Füße starrte. Hans Stimme stoppte sie.

»Hier ist es«, sagte der Kommissar und deutete auf ein hohes Gebäude mit Fassadenelementen aus der Gründerzeit. Verspielte und mit Figuren verzierte Simse, die erst vor Kurzem renoviert worden sein mussten, zierten die Fassade des Mehrfamilienhauses.

Silke trat näher und studierte die Namen an den Klingelbrettern, bis sie auf »Larsson« tippte.

Torge und Hans schoben sich derweil dichter an den Eingang heran, als ein Rinnsal aus Wasser die Toosbüystraße herunterschoss und ihnen um die Schuhe schwappte.

Hinter der Tür tat sich nichts.

Ein Auto fuhr vorbei und schickte einen Schwung Pfützenwasser auf den Gehsteig, was Torge laut fluchend dazu veranlasste, dem Fahrer den Mittelfinger hinterherzuschicken. Prompt kassierte er eine visuelle Rüge von Hans.

Silke klingelte noch einmal. Auch wenn so etwas mittlerweile tausendmal geschehen sein musste, reagierte ihr Körper immer gleich. Sie spannte alle Muskeln an, während Bilder von der Situation vor zwanzig Jahren durch ihr Bewusstsein schossen.

Der Abend ... die Wohnung, in der Doris umgekommen war. Aufgewühlt kniff sie einen Moment die

Augen zusammen und presste noch einmal den Finger auf die Klingel, diesmal durchgehend.

Ja, sie hatte diesen Einsatz damals überlebt und auch die anschließende disziplinarische Untersuchung gegen ihre Person.

Und dennoch. Frieden hatte sie mit diesem schicksalhaften Abend nie geschlossen.

Der Summer ertönte.

Erleichtert drückte Silke gegen die Tür und fand sich kurz darauf in einem schmalen, hellen Hausflur wieder. Hans und Torge folgten ihr und sofort füllte der Geruch ihrer nassen Kleidung die Umgebungsluft. Vor ihnen öffnete sich eine Tür und eine ältere Dame mit weißer Dauerwelle und violett gestreifter Bluse schaute heraus.

»Kann ich Ihnen helfen?«

Kapitel 27

»Frau ... Larsson?«, fragte Silke vorsichtig und nestelte in ihrer Hosentasche, um den Ausweis hervorzuziehen.

»Christiansen«, erwiderte die Alte und griff nach einer Brille mit Goldrand, die an einer Kette um ihren Hals hing. »Wieso klingeln Sie denn die ganze Zeit?«

»Silke Petersen von der Kriminalpolizei«, stellte sie sich vor. »Das ist mein Kollege Kommissar Hansen ... und das ist Torge Koopmann, unser ... Praktikant.«

»Praktikum bei der Polizei, ja ...?«, schnarrte die alte Dame und freute sich. »Na dann komm mal her, um dich zu stärken, min Jung.« Sie grinste ein zahnloses Grinsen und griff hinter der Tür nach einer Keksdose, die sie Torge hinhielt. »Mit Pflaumen. Selbstgebacken«, sagte sie stolz.

Erst wollte der Junge abwehrend die Hände heben, doch Hans gab ihm einen Schubs und er stolperte vorwärts.

»Ähm, Dankeschön«, sagte er artig und entnahm der Dose einen Keks in Handtellergröße. Folgsam biss er hinein, kaute und schluckte. »Hm, der ist gar nicht übel«, murmelte er und nahm noch einen Happen.

Silke wandte sich zurück an die Frau, die sich immer noch freute. Anscheinend beeindruckte sie die

Anwesenheit zweier Kriminalkommissare nicht im Mindesten. Wahrscheinlich war das heute auch die einzige Aufregung neben dem Fernseher für sie, dachte Silke.

»Wissen Sie, ob Frau Larsson zu Hause ist?«, erkundigte sich die Kommissarin.

»Wer?«, fragte die Alte laut und hielt sich eine Hand hinter das Ohr.

»Frau Larsson!«, brüllte Silke. »Frau Lars -«

»Sie brauchen nicht so zu schreien, junge Dame«, murmelte die Oma und zog ein beleidigtes Gesicht. »So alt bin ich noch nicht. Und ich heiße Christiansen.«

Dann sah sie Hans an. »Kennen wir uns?«

Stotternd wollte der Kommissar antworten, da erklang eine Stimme aus dem Inneren der Wohnung.

»Liesbeth, komm wieder herein. Es ist Zeit für deine Tabletten.«

»Ja ja«, winkte sie ab und grinste erneut. Dann runzelte sie die Stirn und musterte Silke von oben bis unten. »Wer sind Sie denn? Ich kaufe nichts -«

Eine Hand legte sich von hinten auf ihre Schulter und eine gut gelaunte, junge Frau mit allerhand Piercings im Gesicht und in der Kluft einer Tagespflegerin erschien im Türrahmen. Als sie Silke und Hans in der Polizei-Regenjacke erkannte, hob sie die Augenbrauen und schob Liesbeth Christiansen entschieden hinter sich. Die Alte murmelte etwas und verzog sich anschließend in ihre Küche.

»Hatten Sie hier geklingelt?«, fragte die Pflegerin freundlich, besah sich jedoch den Ausweis ganz genau, den Silke ihr hinhielt.

»Nein, eigentlich wollten wir zu Familie Larsson«, erklärte Hans, der einsprang. »Es geht um Ermittlungen in einem aktuellen Fall.«

»Das ist die Wohnung über dieser hier.« Die Pflegerin deutete mit dem Zeigefinger durch die Decke. »Und ich muss mich entschuldigen, Frau Christiansen leidet unter Demenz. Ich habe ihr schon tausendmal gesagt, dass sie die Tür nicht öffnen soll. Das ist aber nicht so einfach, denn sobald irgendwer in diesem Haus klingelt, hört es im Grunde jeder Mieter. Wenn auch leise.« Sie fuhr sich über die Stirn und lächelte.

»Alter Bestand«, nickte Silkes Kollege.

»Wie du, Hans«, warf Torge frech ein, entschuldigte sich dann aber sogleich, als beide Kommissare ihm einen unmissverständlichen Blick zuwarfen.

»Ich muss Sie bitten, noch bei Familie Larsson über uns zu klingeln.« Bedauernd schüttelte die junge Frau den Kopf. »Ich kann Ihnen leider nicht weiterhelfen.«

»Das ist schon gut«, übernahm Hans das Reden. »Wir schauen dann oben noch einmal. Ist Ihnen denn in letzter Zeit in Bezug auf Familie Larsson vielleicht irgendetwas aufgefallen?«

»Nein ... wie gesagt, ich bin nicht permanent hier... obwohl ich meine, durch die Hellhörigkeit der Räume den ein oder anderen Streit mitbekommen zu haben. Aber ganz ehrlich, das kann auch von der Wohnung nebenan kommen. Ich lausche ja nicht aktiv fremden Gesprächen.« Sie lachte kurz. »Wenn ich hier bin, kümmere ich mich um Frau Christiansen und das bringt eigene Probleme mit sich.«

Plötzlich klirrte es in der Wohnung und sie riss den Kopf herum. »Entschuldigen Sie mich, ich muss -«, dann lächelte sie noch einmal, bevor sie die Tür vor ihrer Nase schloss.

Torge war während des Gesprächs seltsam still geworden und hatte eine Hand auf seinen Bauch gelegt.

Die Kommissarin schnalzte mit der Zunge und sah auf ihre Armbanduhr. Viertel vor zwölf. Sie würden sich beeilen müssen, um rechtzeitig für den Termin mit Erik Behrens auf dem Revier zu sein. Sie gestikulierte Hans und gemeinsam stiegen sie in den ersten Stock hinauf.

Vor der Haustür der Larssons hing ein hölzernes Schild einer glücklichen Strichmännchen-Familie: Vater und Mutter, die zwei Kinder zwischen sich und an den Händen hielten. Daneben die Aufschrift *Hjertelig velkommen!* und eine dänische Flagge.

Silke zögerte nicht, sondern klingelte erneut. Sie warteten, doch wie weiter unten tat sich nichts. Auch ein zweites und drittes Klingeln brachte keinerlei Ergebnisse.

»Okay, hier ist niemand zu Hause ... oder jemand möchte nicht zur Tür kommen.« Nachdenklich betrachtete sie das Holzschild mit den Strichmännchen. »Eine Sache gibt mir zu denken ...«, überlegte sie laut.

»Was meinst du?«

Vorsichtig lehnte sich die Kommissarin an die Wand neben der Tür, wobei sie die Hände hinter dem Rücken verschränkte. »Angenommen, Frau Larsson ist auf der Arbeit, was in Anbetracht der Uhrzeit gar nicht so unwahrscheinlich ist.«

Hans nickte. »Das war uns beiden klar, dass das passieren kann, denke ich.«

»Genau, aber ...«

Mit gerunzelter Stirn starrte Silke auf die verschlossene Wohnungstür. »Wenn ihr Mann schon vorgestern Abend nicht nach Hause gekommen ist ... warum hat sie ihn nicht in der Zwischenzeit als vermisst gemeldet?«

Kapitel 28

»Lass uns die Frau später erneut anrufen. Vielleicht klärt sich die Sache schneller, als wir denken. Zur Not fahren wir morgen noch einmal her«, nickte Hans und gemeinsam machten sie sich an den Abstieg.

Draußen war der Regen einer stetigen und alles durchdringenden Feuchtigkeit gewichen und nun beeilten sich die drei, die Straße hinabzulaufen. Für den Weg hatte sich Hans noch eine Zigarette angezündet und der Wind wehte den Rauch derart über seine Schulter, dass er Silke an eine Dampflok erinnerte.

»Ich fühle mich gar nicht gut«, murmelte Torge leise. Immer wieder ließ er die Hand über seinen Bauch wandern.

Zuerst beachteten weder Silke noch Hans sein seltsames Verhalten, doch als der Junge schließlich mitten auf dem Gehsteig stehen blieb und hörbar stöhnte, drehten sie sich zu ihm um.

»Torge ... was ist los?«, fragte Silke und versuchte, dem Jungen ins Gesicht zu schauen.

Schweißtropfen standen auf seiner Stirn.

Er sah nicht gut aus.

»Mir ist kodderig igendwie ...«, murmelte er.

»Komm bloß«, meinte Silke und deutete die Straße hinab bis an den Ort, an dem sie vorhin Unterschlupf vor dem Regen gefunden hatten. »Dort vorn sind die öffentlichen Toiletten. Nicht noch, dass du dich hier auf der Straße übergibst.«

Torge nickte nervös und bemühte sich, einen Schritt schneller als zuvor zu laufen.

Der Junge schaffte es, seinen Mageninhalt zurückzuhalten, war aber dennoch erleichtert, als er durch die Eingangstür in den Toiletten verschwand.

»Meinst du, das liegt an dem Keks, den er bekommen hat?«, fragte Hans vorsichtig. »Ich habe ihn dazu gedrängt, zuzugreifen.«

»Na, daran erinnerst du ihn mal besser nicht«, winkte sie ab, konnte sich jedoch ein belustigtes Schnauben nicht verkneifen.

»Ach, alles gut, alles halb so schlimm. Wir sind ja jetzt hier. Ist noch einmal gut gegangen.«

»Uff, ja ... aber viel Spaß wird er da nicht haben«, flüsterte Hans ihr zu, »ich musste da auch schon einmal rein.«

Die Kommissarin verkniff sich ein Lachen und entfernte sich mit Hans von den Toiletten. Zu zweit warteten sie an der Ecke zur Schiffbrücke und besahen sich die Schaufenster. Immer wieder blickte Silke auf ihre Armbanduhr. Der Termin mit Herrn Behrens rückte näher.

Hans bemerkte die Unruhe seiner Kollegin und seufzte schließlich auf. »Okay, ich geh mal nach ihm sehen«, opferte er sich und entfernte sich in Richtung der Toiletten. Silke rief ihm noch hinterher, dass sie genau an Ort und Stelle warten würde, als er die schwere Metalltür hinter sich zufallen ließ.

Fünf Minuten später hastete ihr aufgeregter Kollege zu ihr zurück und rief schon von Weitem: »Er ist nicht da! Ich habe alles durchsucht. Silke, der Junge ist weg!«

Die Kommissarin legte den Kopf in den Nacken.

Wieso nur wunderte sie sich nicht über diese Neuigkeit?

»Also war die Aufregung um seinen Bauch nur ein Vorwand, um uns abzulenken«, mutmaßte sie. »Was auch immer er dadurch gewonnen hat.« Missmutig zog sie die Schultern gegen die Feuchtigkeit hoch und stapfte Hans voran zurück in Richtung Polizeirevier Norderhofenden.

Doch vor der Eingangstür erwartete sie eine Überraschung. Torge hatte sich auf einem Fenstersims niedergelassen und genoss anscheinend die ruhige Zeit ohne seine Aufpasser. Die Ellbogen auf die Knie gestützt scrollte er auf seinem Smartphone umher.

Als sie in seine Nähe kamen, räusperte sich Hans vernehmlich und der Junge blickte auf.

»Da seid ihr ja«, sagte er mit einer Spur Ungeduld in der Stimme, so als habe er schon seit Stunden hier auf sie gewartet.

»Wo sollten wir sonst bitte sein?«, fragte Silke fassungslos und stemmte die Arme in die Hüften. »Wir haben unsere Mittagspause damit verbracht, auf dich zu warten!«

»Oh«, ließ der Junge verlauten und kratzte sich unter seiner Mütze an der Stirn. »Ich bin über die Fußgängerzone am Holm zurückgegangen ... ist ja dann scheiße gelaufen«, fasste er zusammen und grinste leicht.

»Nein Torge, das ist ganz toll gelaufen, wirklich *ganz toll.*« Silkes Stimme troff nur so vor Sarkasmus. Mit nur mühsam unterdrückter Wut drehte sie sich um und ging ins Revier. Dieser Junge würde sie noch den letzten Nerv kosten, dessen war sie sich sicher.

Und wenn der nicht, dann ihr eigener Sohn.

Die Jugend hatte es anscheinend auf sie abgesehen.

Ohne ein weiteres Wort folgte auch Kommissar Hansen ihr ins Innere und wurde von einem sorglosen Torge flankiert, bis sie das Büro erreichten. Dort angekommen, griff Silke zuallererst nach ihrer Handtasche, nachdem sie sich aus ihrer nassen Regenjacke befreit hatte.

Ja, ihr Sohn Niklas hatte gestern wirklich eingekauft - und ja, es hatte sich tatsächlich um Brot und Butter gehandelt. Dazu mehrere Brötchen und zwei Packungen Toast. Sie hatte sogar einen frischen Pott Senf in der hinteren Ecke ausmachen können, obwohl noch ein fast voller in der Vorratskammer auf sie wartete.

Leider hatte Niklas jedoch auch ein paar essenziell wichtige Sachen vergessen: Im Kühlschrank hatten sich weder Wurst noch Käse - noch irgendein anderer Belag für eine Brotmahlzeit gefunden.

Mangels Alternativen aß Silke also nun ihr Butterbrot, während Hans sich aus seiner Brotbox ein 4-Gänge-Menü herausangelte, bestehend aus Joghurt, frischen Äpfeln, zwei geschmierten Leberwurstbroten und eingelegtem Matjes in Tomatensoße aus der Dose.

Als er Silkes Blick bemerkte, fragte er freundlich nach: »Ist alles gut? Willst du etwas abhaben oder bist du auf Diät?« Er ließ seine Augen über die reichhaltige Mahlzeit wandern. »Ich glaube, ich schaff gar nicht so viel.«

Silke biss mit gerunzelter Stirn in ihr Butterbrot, bevor sie abwinkte. »Niklas hat eingekauft.«

»*Drachenlord* war einkaufen?«, fragte Torge ungläubig, dabei jedes Wort betonend, doch die Kommissarin reagierte nicht. Stattdessen war es Hans, der wieder einmal für ihren Sohn in die Bresche sprang.

»Er hat sich bestimmt Mühe gegeben ... willst du vielleicht doch ein Leberwurstbrot?«

»Ach, vielen Dank Hans, aber ich werde nach Dienstschluss nachher noch schnell einkaufen gehen und dann ist es gut. Bis dahin halte ich das aus. Mit leerem Magen vergesse ich das dieses Mal wenigstens nicht. Und ich hab ja ein Kilo Butter auf der Stulle.«

Sie lächelte schief.

»Wie du meinst.«

Doch nicht nur Silke hatte beobachtet, wie ihr Kollege sein Mittag auspackte. Auch ihr Praktikant starrte auf Hans Essen, was der Kommissar nach einem kurzen Zögern ebenfalls kommentierte.

»Was ist los, Torge? Hast du auch nichts zum Mittag dabei?«

»Ähh ...« Ertappt strich sich der Junge über den Hinterkopf. »Na ja, ich habe das hier.«

Zögerlich zog er aus der Gesäßtasche seiner Jeans eine Packung Kaugummis und fragte dann herausfordernd: »Willst du tauschen?«

»Nö«, meinte Hans gut gelaunt und biss in sein Leberwurstbrot. »Aber hier, iss den Apfel ... als Wiedergutmachung für die Entschlackungskur, die du dir durch den Keks eingefangen hast.«

Der Teenager reagierte sofort und riss Hans das Obst förmlich aus der Hand, als dieser es langsam hinüberreichen wollte.

»Wie bei der Raubtierfütterung«, kommentierte der Kommissar das Verhalten des Jungen gelassen, während Silke ihr Butterbrot hinunterwürgte und den übrig gebliebenen, trockenen Brotrand gleich ganz wegwarf. Als sie sich die Hände an einem Taschentuch säuberte, klingelte das Telefon.

Es war die Info.

»Frau Petersen, ein Herr Behrens ist nun da zum Gespräch«, informierte sie der diensthabende Beamte freundlich.

Silke bedankte sich, bevor sie auflegte und aufstand. »Behrens ist da«, setzte sie ihren Kollegen in Kenntnis und fügte an: »Ich hole ihn. Iss du in Ruhe auf und dann kommt ihr nach. Wir sind im Vernehmungsraum 1, wenn der frei sein sollte.«

»Geil, wie in den Filmen«, freute sich Torge, »jetzt machen wir die Verdächtigen platt!« Das Gesicht voller Tatendrang drehte er den schon zur Hälfte gegessenen Apfel in der Hand.

»Ja - und wie in den Filmen bleibt der, der am wenigsten zur Sache beitragen kann, hinter der verspiegelten Glasfläche sitzen«, gab Silke zurück, die bereits die Türklinke in der Hand hielt.

»Sag das doch nicht, wenn Hans in Hörweite sitzt«, kommentierte Torge trocken, aber der Kommissar winkte ab.

»Geh einfach schon einmal ... ich weiß ja, wen du meintest.«

Als Silke das Foyer des Reviers erreichte, wartete Herr Behrens bereits an der Info auf sie.

Sein Gesicht war gerötet und wutverzerrt, als er sich ihr entgegenstellte und regelrecht spuckte:

»Sie meinen wohl, Sie können sich alles erlauben!«

Kapitel 29

Wenige Minuten später standen Hans und Silke in dem kleinen Vernehmungsraum der Polizeiwache und beobachteten Herrn Behrens. Entgegen amerikanischer Kriminalfilme war es hier drin hell und freundlich. Zwei große und mit Milchglas verkleidete Fenster spendeten Tageslicht und in der Mitte des Zimmers stand eine Blumenvase auf einem Kunststoff-Tisch, der von vier Stühlen flankiert wurde. In der Ecke hing ein Regal mit Getränken.

Lediglich der Einwegspiegel an der kurzen Seite der Wand, das Mikrofon auf dem Tisch und die drei Kameras, die an der Decke verteilt waren, vermittelten dem Besucher die Erkenntnis, dass das Gespräch mitgehört wurde. Silke hatte ihrem Besucher einen Platz ihnen gegenüber angeboten und nun ließen sich die Kommissare selbst am Tisch nieder.

Als sie saßen, explodierte Herr Behrens geradezu.

»Sie haben mir nicht gesagt, dass es um ein Verhör geht!«, fuhr er auf und schlug mit der Handfläche auf den Tisch. »Ihr O-Ton war, es handele sich um eine Routinesache und Sie würden meine Aussage nur noch einmal aufschreiben wollen!«

Silke sah Hans an, dieser nickte und zog die Augenbrauen nach oben. »Wir führen auch ein Gespräch ... nur eben im Vernehmungsraum«, sagte er.

Behrens schüttelte angewidert den Kopf. »Wie ein Straftäter werde ich hier behandelt! Wenn ich das gewusst hätte ...« Er schäumte. »Und das nach diesem Tag, der bis jetzt alles andere als gut verläuft! Dabei habe ich mir nichts - absolut gar nichts - zu Schulden kommen lassen!«

Geduldig lehnten sich die Kommissare in ihren Stühlen zurück. Weder Hans noch Silke versuchten, den aufgebrachten Mann zu beruhigen. Manchmal mussten sie sich in Rage etwas von der Seele reden - und nicht selten brachten sich die Verdächtigen damit selbst in Bedrängnis. Herr Behrens machte gar keine Anstalten, aufzuhören. Eher wurde er immer lauter.

»Aber nach Ihrem ersten Besuch hätte mir eigentlich klar sein müssen, dass Sie mich längst als Täter betrachten!«, ätzte er. »Sie liegen sowas von falsch, das kann ich Ihnen gar nicht sagen!«

»Nun beruhigen wir uns erst einmal«, sagte Silke und schob ihren Stuhl zurück. Seelenruhig trat sie an das Getränkeregal an und bot dem Mann etwas zu Trinken an. »Wasser? Oder vielleicht einen Kaffee?«, fragte sie freundlich, doch Behrens schüttelte nur trotzig den Kopf. Sich selbst versorgte sie dennoch mit einem Glas Wasser und setzte sich anschließend wieder neben Hans, wobei sie die Hände auf den Tisch legte und ineinander verschränkte. »Ich habe eben noch einmal bei der Forensik nachgefragt. Die Kollegen haben mir erzählt, dass man tatsächlich Ihre

Fingerabdrücke, Herr Behrens, überall auf dem Schiff gefunden hat.«

Sie ließ es einen Moment einsinken, doch der Mann starrte sie weiterhin nur an.

»Aber ...«, sprach sie schließlich.

»Was aber?«, schoss er zurück.

»Nicht an der Leiche«, gab Hans zu. Er war in Wahrheit derjenige gewesen, der vor dem Verhör rasch noch mit der Forensik gesprochen hatte. Und sichtbar enttäuscht über den Fakt mit den Fingerabdrücken. Ähnlich ging es Silke, der er dieses brisante Detail soeben erst noch vor der Vernehmung gebeichtet hatte.

»... dann haben Sie hoffentlich auch etwas entdeckt, was auf den echten Mörder verweist?«, fragte Behrens und hob blinzelnd die Brauen. Er war nun ruhiger geworden, hatte sich auf seinem Stuhl zurückgelehnt und taxierte die beiden Kommissare abwechselnd.

»Wir ... haben eine Menge Fingerabdrücke«, begann Hans langsam, »die ... wahrscheinlich den Mitgliedern des Segelvereins gehören.« Er atmete tief durch. »An der Leiche jedoch befinden sich, nach aktuellem Wissensstand, keinerlei identifizierbare Spuren.«

Noch so eine Botschaft, die die beiden Kommissare in diesem Verhör denkbar schlecht aussehen ließ.

Das dachte wohl auch Herr Behrens, denn er schnaubte. »Toll, wirklich toll! Dann würde ich gern wissen, warum Sie mich aus Kiel hierher zitiert haben, ansonsten beschwere ich mich bei Ihrem Vorgesetzten!«

Silke blickte zu Hans, dieser schaute zurück. Unhörbar war das Gespräch, das sie nur mit den Augen führten. Das machte die jahrelange berufliche Partnerschaft, dachte sie. Dann begann sie, zu sprechen: »Sie sitzen hier, weil Sie gelogen haben.«

Wie ein Greifvogel, der in die Luft steigen wollte, breitete der Mann auf ihre Worte hin die Arme aus, ließ sie dann jedoch wieder fallen. »*Ich* soll gelogen haben? Bei was, bitte?«

»Das sollte Ihnen eigentlich selbst klar sein«, erwiderte Hans und studierte Behrens Mienenspiel. Doch der Mann wirkte einfach nur aufgebracht. Entweder war er ein guter Schauspieler, oder ...

»Klären Sie mich auf!«, forderte er nun.

Silke half ihm auf die Sprünge: »Sie haben uns im Unklaren darüber halten wollen, dass sich Ihre Frau zusammen mit Ihnen und Ole Larsson am Abend seines Verschwindens unterhalten hat. Er ist es, dessen Leiche auf dem Boot gefunden wurde.«

»Wie bitte?«, fragte Herr Behrens. »Ole Larsson ist der Tote? Er ... er wurde ermordet?« Sein Gesicht verließ die Farbe.

Hans und Silke starrten den Mann an. Ein weiteres Mal hatten sie ihn mit den eiskalten Fakten überschüttet und warteten nun ab, ob er sich selbst verraten würde. Sie pokerten, doch mangels Alternative entschlossen sie sich, diesen Weg zu gehen. In seinem Gesicht spiegelten sich Unglaube über die eröffnete Erkenntnis, Abscheu und auch Schrecken, doch eines nicht:

Gespieltes Erstaunen.

Herr Behrens murmelte: »Das ... das ist tragisch ...« Er starrte auf die Tischplatte, seine Hände, die sich ineinander verkrallten. Plötzlich wischte er sich mit dem Ärmel über das Gesicht und biss sich auf die Lippe. Blässe überzog seine Wangen und ein dünner Schweißfilm bildete sich auf seiner Stirn.

Der Mann schien einen Moment zu brauchen.

Hans stand auf und ging zum Tisch, wo er sich und ihrem Besucher jeweils ein Wasserglas füllte. Bedächtig stellte er es vor Herrn Behrens ab, der sich murmelnd bedankte und glasige Augen zu bekommen schien.

»Was haben Sie an dem Abend, als Sie im Segelclub mit ihm Abendbrot gegessen haben, erzählt?«, fragte der Kommissar sanft.

Der Mann schüttelte den Kopf. »Also ... ganz ehrlich - und ich wünschte, ich könnte Ihnen das irgendwie noch glaubhafter erzählen - aber ich habe mich nicht mit Ole getroffen. Ich war dort an diesem Abend mit meiner Frau allein.«

Hans sah zu Silke rüber, die weitersprach: »Wann war das letzte Mal, dass Sie mit dem Verstorbenen gesprochen haben?«

Herr Behrens legte den Kopf in den Nacken und sah an die Decke, während er nachdachte. »Das ist bestimmt länger als ... puh, vielleicht eine Woche her ... ich wollte doch nächsten Monat noch gemeinsam mit ihm zu einer Segler-Ausstellung fahren ... er ist ein...«, er korrigierte sich, »er war ein Freund ... vielleicht sogar ein guter.« Wieder schien ihn die Stimme zu verlassen und er schluckte einige Male schwer.

»Sie kannten ihn anscheinend recht gut. Wo arbeitet denn die Frau von Herrn Larsson?«, warf Hans ein und lenkte das Thema auf die Familiensituation.

»Ich glaube, Lene arbeitet bei einer Schule«, antwortete Behrens und schien mit den Händen etwas auf der Tischplatte zu suchen. »Soweit ich weiß, in der Ostseeschule.«

»Das hilft uns schon einmal weiter«, sagte er und nickte. »Jetzt würde ich gern erneut darauf zurückkommen, warum Sie uns verschwiegen haben, dass Sie an dem Abend mit Ole Larsson gesprochen haben.«

»Ich habe nicht mit ihm gesprochen!«, wehrte sich Behrens heftig. »Glauben Sie mir doch!«

Der Kommissar wirkte ungeduldig. »Wir haben mit-«

»Hans -«, fiel ihm Silke ins Wort und sprach leise weiter. »Was ist, wenn der Hausmeister gelogen hat?«

»Herr Kruse?«, schaltete sich Behrens ein. »Dem habe ich das hier zu verdanken? Nach allem, was er heute angerichtet hat?« Fassungslos raufte er sich die Haare. »Der Mann möchte sich wohl an mir rächen!«

»Wie meinen Sie das?«

»Ich habe heute Morgen überraschend seine mündliche Kündigung erhalten! Und auch wenn er vorgab, dass ihm der halbe Monat noch als Lohn zustünde, habe ich mich nicht dazu hinreißen lassen, ihm dies sofort als Bargeld auszuzahlen. Wir haben schließlich ein Lohnabrechnungsbüro! So etwas läuft nur darüber. Also falls der Mann Ihnen heute Morgen gegen 10.00 Uhr diese Geschichte über mich und Herrn Larsson aufgetischt hat -« Er brach ab, als Silke mit Schwung ihren Stuhl zurückschob.

»Sie können gehen.«

Herr Behrens blinzelte, folgte jedoch unbewusst der Anordnung der Kommissarin. »Ach … mit einem Mal? Warum?«

Hans verstand. Er schloss zu seiner Kollegin auf, die die Tür bereits geöffnet hatte, und erklärte:

»Ihr Hausmeister hat uns diese Geschichte nicht heute Morgen erzählt. Sondern gestern.«

Kapitel 30

Eine halbe Stunde später saßen Hans und Silke bereits im Streifenwagen und brausten die Westtangente entlang. Herr Behrens hatte ihnen im Anschluss an das Gespräch die Adresse des Hausmeisters Herrn Kruse gegeben und nun fuhren die beiden Kommissare mit Blaulicht in Richtung Rendsburg Büdelsdorf.

Der kleine Ort zählte ungefähr zehntausend Einwohner und grenzte direkt an die kreisfreie Stadt Rendsburg und den Nord-Ostsee-Kanal, der dafür sorgte, dass sie stetig im Wachstum begriffen war. Dennoch war Büdelsdorf eher von nordischer Gemütlichkeit geprägt.

Torge hatten sie nach Hause geschickt.

Anschließend an den gut gemeinten Apfel von Hans hatte sich der Jugendliche erneut auf die Toilette verdrückt und war so blass wieder herausgekommen, dass der Kommissar die Entscheidung traf, ihn den restlichen Tag vom Dienst zu befreien. Außerdem machte der Junge ohnehin nur ein Praktikum. Niemand hatte gesagt, dass er sie zu potenziell gefährlichen Einsätzen würde begleiten müssen.

An der Ausfahrt setzte Hans den Blinker und überholte mehrere Fahrzeuge, die an den Seitenstreifen fuhren, um sie vorbeizulassen.

Nun musste es schnell gehen. Weil Herr Kruse an diesem Morgen bereits nach seinem restlichen Lohn gefragt und seine Kündigung mitgeteilt hatte, konnten sie davon ausgehen, dass er sich absetzen wollte.

Das Gespräch mit Herrn Behrens hatte beide Kommissare einigermaßen verwirrt zurückgelassen. Und genau die Frage, die Silke im Kopf herumschwirrte, äußerte sie nun, als Hans in Richtung Büdelsdorf abbog.

»Was sollte denn ein Hausmeister mit einem Toten auf einer Segelyacht zu tun haben?«

»Keine Ahnung«, gab er zurück. »Vielleicht war es Mord aus Neid? Immerhin sieht er den Lebensstandard der Vereinsmitglieder. Es würde mich nicht wundern, wenn Herr Kruse eher einen bescheidenen Verdienst genießt. Eventuell hat ihn aber auch Larsson schlecht behandelt oder auf dem Kieker gehabt. Menschen haben schon aus weit weniger guten Gründen gemordet.« Dann korrigierte er sich: »Was ich meine ist, es gibt nie einen guten Grund für Mord. Schwer einzuschätzen, was Kruse für eine Person ist.«

Silke lehnte sich zurück in den Sitz und ließ die Landschaft an sich vorbeiziehen, während sie nachdachte.

Es stimmte, der Hausmeister war nervös gewesen.

Doch hatten sich sowohl sie selbst als auch Hans durch die unbeholfene und irgendwie charmante Art ihres Gegenübers wirklich auf eine falsche Fährte führen lassen?

»Ich habe selten etwas mit der Polizei zu tun«, kamen ihr Kruses Worte wieder in den Sinn.

Eigentlich ein valides Argument für einen alten Herren, um aufgeregt zu reagieren. Silke wurde den Zweifel nicht los, dass vielleicht doch eher Erik Behrens sie hier in eine Sackgasse führte.

Mit Blaulicht brausten sie durch den kleinen Ort, bis sie von der neuen Dorfstraße in eine Wohnsiedlung abbogen. Eine friedliche Atmosphäre empfing die beiden Kommissare.

Sollte hier wirklich ein Monster wohnen, das eiskalt mordete?

In weiser Voraussicht stellte Hans das Blaulicht ab, bevor sie schließlich vor einem kleinen Reihenbungalow zum Stehen kamen. Einen gewohnten Anblick bot das Haus mit roter Backsteinfassade und dunklem Ziegeldach. Davor gab es einen bescheidenen, bepflanzten Vorgarten. Der Weg hinter das Häuschen wurde jedoch durch einen hölzernen Sichtschutzzaun versperrt.

Nachdem sie zügig ausgestiegen waren, war es wieder einmal Silke, die an der Haustür klingelte - auch weil sie es als Chance betrachtete, sich jedes Mal ihren eigenen Dämonen zu stellen.

Vielleicht würden die Angst und das Panikgefühl eines Tages verschwinden.

Hans hatte sich schräg hinter ihr postiert und bereits seine Dienstwaffe gezogen, die er jedoch mit der Mündung nach unten vor sich hielt. Keiner von beiden wusste schließlich, zu was der Hausmeister fähig war.

Sie hatten ihn einmal unterschätzt. Diesen Fehler galt es diesmal, zu vermeiden.

»Hier ist die Polizei, machen Sie auf, Herr Kruse«, rief Silke mit einer Hand am Holster. Ihre Stimme klang kraftvoll und klar.

Sie mussten nicht lange warten, denn nur einen Augenblick später öffnete sich die Haustür einen Spalt und Herr Kruse schaute, bekleidet mit kurzen Hosen und einem Unterhemd, heraus. Als er die beiden Kommissare erkannte, weiteten sich seine Augen und er schrak zurück. Atemlos hielt er sich mit einer Hand am Türrahmen fest, während er sich die andere vor den Mund schlug.

»Ich ... ich kann nichts dafür ... es tut mir leid«, stotterte er immer wieder und blinzelte heftig, als habe er etwas im Auge.

Er wusste also, weswegen sie hier waren.

Hans und Silke sackte ein Stein in die Magengrube.

Sie hatten Behrens zu Unrecht nach Flensburg zitiert.

»Gehen Sie zurück«, wies die Kommissarin ihn an, erhob eine Hand in seine Richtung, beließ die andere jedoch immer noch am Griff ihrer Dienstpistole.

Heinrich Kruse legte den Kopf an die Seite der Tür und schloss die Augen.

Seine Gesichtszüge verzerrten sich.

Er schien mit sich zu kämpfen.

Zitternd brachte er wieder und wieder hervor: »Es tut mir leid ... es tut mir so leid«, dann öffnete er die Tür ganz und senkte demütig das Haupt.

»Ihre Hände über den Kopf, sodass wir sie sehen können«, mahnte Hans, holsterte seine eigene Schusswaffe und begann, den Mann abzutasten.

»Ich ... ich habe keine Waffe«, stotterte der Hausmeister, tat aber, was von ihm verlangt wurde. Folgsam stellte er sich mit dem Gesicht an die Wand im Flur und verschränkte die Hände am Hinterkopf. »Ich… ich wollte das alles nicht«, beteuerte er, wobei er verzweifelt den Tränen nahe schien. »Ich bin kein schlechter Mensch!«

»Er ist nicht bewaffnet«, nickte Hans seiner Kollegin zu, als er fertig war, den Hausmeister abzutasten.

Für erste erleichtert, traute sich die Kommissarin dennoch nicht, die Hand vom Griff ihrer Dienstpistole zu entfernen. »Befindet sich außer Ihnen noch jemand in dem Gebäude?«, fragte sie und ließ den Blick bereits durch den Flur schweifen.

»Meine Frau ist einkaufen … kommt aber jeden Moment wieder«, antwortete der Mann leise.

Silke nickte und machte sich daran, den Innenraum des Bungalows zu überprüfen. Wachsam spitzte sie die Ohren, während sie sich vorsichtig von Raum zu Raum bewegte und Hans ihren Verdächtigen im Flur im Blick hielt.

Es handelte sich um ein eher kleines Häuschen.

Neben dem Badezimmer und der Küche zählte sie noch zwei weitere Räume, von denen eines das Wohnzimmer und das andere das Schlafzimmer war.

Als sie niemanden darin entdeckte, trat sie zurück in den Flur und nickte ihrem Kollegen zu. Hans hatte bereits die Haustür geschlossen und war dabei, den Mann vor sich ins Wohnzimmer zu verfrachten.

»Es tut mir leid«, murmelte Herr Kruse noch einmal, als sie sich setzten, und sah auf seine Schuhspitzen. In seinem Unterhemd und mit der kurzen Hose gab er ein trauriges Bild ab, dachte Silke, ermahnte sich jedoch, den äußeren Schein nicht ihre Objektivität beeinflussen zu lassen.

»Ole Larsson war vorgestern nicht mit im Verein und hat mit Familie Behrens zu Abend gegessen, richtig?«, begann sie das Gespräch ernst, während Hans sich einen Notizblock aus der Innentasche seiner Jacke zog und aufklappte.

Herr Kruse beobachtete die Handlung des Kommissars schweigsam. Dann kratzte er sich am Hinterkopf. Scheinbar wollte er seine Antwort hinauszögern.

Der Hausmeister wich den Blicken der beiden Polizisten aus. Mehr an sich selbst gerichtet, begann er schließlich, zu stammeln: »Ich hatte keine Wahl ... ich habe nicht einmal jetzt eine Wahl.«

Die Kommissarin fuhr sich mit der Hand über die Augen. Die bruchstückhaften Sätze des Mannes ergaben einfach keinen Sinn.

Noch jedenfalls nicht. Silke mahnte sich zur Geduld, beschloss aber insgeheim, dass sie Kruse zur Not auf dem Revier vernehmen würde, wenn er nicht langsam mit der Wahrheit herausrückte.

»Jo, das stimmt«, sagte Hans schließlich nüchtern und erhöhte den Druck. »Sie haben keine Wahl mehr, zu lügen. Die Kriminalpolizei ist bereits mitten in Ihrem Wohnzimmer. Egal, was Sie verbergen oder wen Sie schützen möchten - falls Sie sich jetzt falsch entscheiden, macht es das für Sie persönlich nur noch schlimmer.«

Alle drei zuckten zusammen, als plötzlich die Türklingel schellte.

Kapitel 31

Ängstlich blickte Herr Kruse in Richtung Flur. »Das ist meine Frau«, erklärte er und bat: »Lassen Sie sie schnell rein. Wenn jemand sieht, dass bei uns die Polizei vor der Tür steht ...« Er verstummte und warf ihnen einen bettelnden Blick zu.

Als die beiden Kommissare noch überlegten, was der Mann mit seinen Worten gemeint haben könnte, begann es, Sturm zu klingeln.

Silke verzog den Mund.

»Anscheinend hat Ihre Frau auf jeden Fall schon einmal das Polizeiauto entdeckt«, kombinierte Hans.

»Ich geh hin,« sprach Silke und stand auf. Sie verließ das Wohnzimmer, eilte über den Flur und blieb direkt vor der Eingangstür stehen. Zur Sicherheit spähte sie zuerst durch den Spion, während sie vorsichtig nach ihrer Waffe griff.

Doch die Anspannung, die sie zuvor ergriffen hatte, fiel schlagartig von ihr ab, als sie erkannte, dass Kruse mit seiner Vermutung richtig gelegen hatte. Sie trat einen Schritt zurück und öffnete die Haustür.

Eine alte Dame blinzelte sie ungläubig an. »Also ist die Polizei tatsächlich bei uns! Hat mein Mann Ihnen geöffnet? Geht es ihm gut?«

Sie hatte einen beigefarbenen Trenchcoat mit den Fingern vor der Brust zusammengerafft und sich ein Seidentuch unter dem Kinn zusammengebunden. Einige graue Locken hatten sich darunter hervorgestohlen. In einer Hand trug sie einen übervollen Einkaufskorb, aus dem Porree, Eier und Mohrrüben ragten.

»Ihrem Mann geht es soweit gut«, beruhigte sie Silke und stellte sich vor. »Ich bin Silke Petersen von der Kriminalpolizei.«

»Ja?«, hauchte die Frau mit zarter Stimme, als sei dies alles nur ein böser Traum, und streckte der Kommissarin höflich die Hand hin, die sie ergriff und schüttelte.

»Ich möchte Sie bitten, mir zu folgen«, sagte Silke kurz angebunden und wies einladend auf das Wohnzimmer.

Schüchtern nickend machte die alte Dame Anstalten, ihren schweren Korb wieder vom Boden zu heben, um ihn hereinzutragen. Silke erkannte, wie sie sich damit abmühte.

»Geben Sie her.«

»Oh ... danke«, entgegnete Frau Kruse scheu und lief der Kommissarin voran, die den Korb hinter ihr ins Haus trug und im Wohnzimmer abstellte.

Dort angekommen, blieb die Alte einen Augenblick unschlüssig stehen und ließ ihren Blick zwischen Hans und ihrem Mann hin und her wandern.

»Bitte, setzen Sie sich«, sagte Silke, während sie auf das Sofa wies.

Stumm ließ sich Frau Kruse neben ihrem Mann nieder, kam jedoch nicht umhin, sich zu ihm zu beugen und ihm zuzuflüstern: »Alles gut?«

Er antwortete nicht.

»Können Sie mir sagen, um was es genau geht?«, fragte Frau Kruse nun Hans, der jedoch Silke einen Blick zuwarf, die nickte.

»Wie bereits erklärt, bin ich Kriminalkommissarin Petersen und das ist mein Kollege Kommissar Hansen«, übernahm sie die Gesprächsführung. »Wir ermitteln im Bezug auf das Segelschiff *Liberty*, welches im Segelclub, in dem Ihr Mann als Hausmeister arbeitet, seinen Liegeplatz hat. Gestern Morgen ist es in der Flensburger Förde angetrieben worden. Erst dachten wir, es sei unbemannt ... doch dann stellte sich heraus, dass das nicht ganz stimmte.«

Aufmerksam beobachteten die Kommissare die Reaktionen der Eheleute. Bislang schien, bis auf die seltsamen Beteuerungen Kruses, nichts wirklich darauf hinzudeuten, dass sie etwas mit dem Mord zu tun hatten. Bei ihren Worten hatte die Frau jedoch aufgehorcht und auch ihr Mann schien Silke nun wacher anzusehen. Beide warteten auf eine weitere Erläuterung, die ihnen Kommissar Hansen nun lieferte:

»Am Bord des Schiffes fanden wir eine Leiche, die sich als Ole Larsson herausstellte.«

Entsetzt schrie Herr Kruse auf und fasste sich mit beiden Händen an den Kopf.

»Tot?«

Seine Augen schienen fast aus den Höhlen fallen zu wollen, als er sie aufriss. Die Realisation seiner

Worte erreichte ihn nur einen Augenblick später, und er sackte in sich zusammen. »Sie ermitteln wegen *Mordes*?«

Verzweifelt schluchzte er auf und vergrub das Gesicht in den Händen.

Aufmunternd tätschelte seine Frau ihm das Knie, schien jedoch gleichsam entsetzt über die Reaktion ihres Mannes und den Fakt, dass zwei Kriminalkommissare in ihrem Wohnzimmer standen und ihn anscheinend verdächtigten, jemanden umgebracht zu haben.

Wieder sah Hans zu Silke hinüber, die immer noch in der Wohnzimmertür stand. Diese verzog in Anbetracht der Reaktion des Hausmeisters, welche für ihren Fall schwer zu deuten war, kurz den Mundwinkel.

Tröstend beugte sich Frau Kruse zu ihrem Mann und drückte ihm die Hand, die er in den Stoff seiner kurzen Hose gekrallt hatte. Dann blickte sie abwechselnd die beiden Kommissare an.

»Bitte«, sagte sie mit zitternder Stimme, »was ... was genau wird ihm vorgeworfen?«

»Wie er schon richtig erkannt hat, ist eine Mordermittlung im Gange«, erklärte Hans düster. »Gestern Nachmittag hatten wir uns mit Ihrem Mann am Segelclub verabredet. Dabei sprach er davon, dass Herr Larsson, der Tote, den wir im Boot fanden, am Tag seines Todes mit Herrn Behrens und seiner Frau zu Abend gegessen haben soll.«

Silke kniff die Augen zusammen und taxierte die Eheleute. »Das war eine Lüge«, ergänzte sie.

»H-Henry ... stimmt das?«, wandte sich Frau Kruse leise an ihren Mann und starrte ihn aus angsterfüllten Augen an.

Instinktiv spürte die Kommissarin, dass es nur noch einen winzigen Impuls brauchte, damit Herr Kruse auspackte.

»Es ist wahr!«, polterte es schließlich aus dem Hausmeister heraus. »Ich habe eine falsche Aussage getroffen und es tut mir leid! Es tut mir so leid!« Erneut brach er in Tränen aus, die ihm nun ungehindert über die Wangen liefen.

Doch weder Hans noch Silke beeindruckte dies.

»Ich wollte Sie nicht an Ihren Ermittlungen hindern ... aber ... ich *darf* es ... ich -«

»Was? Was darfst du, Henry?«, hakte seine Ehefrau ängstlich nach.

Kruse sah ihr tief in die Augen und ergriff ihre Hände, bevor er hervorstieß:

»Gertrude, ich bringe uns beide in Gefahr, wenn ich etwas sage!«

Kapitel 32

Atemlos beobachtete Hans den Hausmeister vor sich. In seinem Kopf fügten sich Mutmaßungen an Motive und Gründe, die einen so ruhigen Menschen zu einer solchen Tat verleitet haben könnten.

»Bitte Henry«, drängte ihn Gertrude Kruse, »erzähle der Polizei, was du weißt!«

»Aber es kann etwas Schlimmes passieren, wenn ich das mache! Jemand ... jemand hat uns bedroht!«, brachte der Mann heiser hervor.

Der letzte Satz schien ihm nur unfreiwillig über die Lippen gekommen zu sein und auch nur, weil seine Frau ihn unter Druck setzte, etwas zu sagen.

Perplex blinzelnd schrak sie zurück. »Wer hat uns gedroht, Henry?«, fragte sie mit leichter Panik in der Stimme. »Ist das dein voller Ernst?«

»Gestern... morgen«, begann Herr Kruse stockend, »... ist etwas passiert.« Noch immer kämpfte der Mann sichtlich mit seinen Emotionen, schien jedoch zu einer Entscheidung gekommen zu sein. Er hob den Kopf und versuchte, in den Gesichtsausdrücken der Kommissare zu lesen.

»Können Sie mir garantieren, dass meiner Frau nichts geschieht?«

»Alles, was uns hilft, den Mörder schneller zu fassen, erhöht Ihre Sicherheit«, bestätigte der Kommissar ruhig und hob aufmunternd die Brauen. »Sagen Sie uns, was Sie wissen.«

Ein letztes Mal seufzte der Hausmeister, dann knetete er seine Hände im Schoß, bevor er stockend zu sprechen begann.

»Wie ... immer kam ich an diesem Tag vormittags zum Verein. Ich fahre nur selten am Nachmittag hin, wenn es sich vermeiden lässt, weil ich so in Ruhe meine Aufgaben erledigen kann und nicht die Vereinsmitglieder störe ... oder sie mich.«

Ohne ein Wort beobachteten die Kommissare den Verlauf des Geständnisses.

»Jedenfalls sollte ich die Kühltruhe prüfen, da seit einer Woche Feuchtigkeit dahinter austrat. Meistens kann ich da auch nicht mehr viel machen.« Er zuckte die Achseln. »Ich bin ja kein Elektriker ... aber ich wollte natürlich nicht einfach Nein sagen. Also ... an dem Tag war ich gerade dabei, die Kühltruhe zu verschieben, als eine Hand sich auf meine Schulter legte.«

Er schüttelte sich, als die Erinnerung lebendig wurde. »Ich habe mich sofort umgedreht. Das war ein Gefühl ... ein Gefühl, als würde mir der Boden unter den Füßen wegsacken. Vor mir stand eine maskierte Person, die mir mit einem Jagdmesser drohte! Ich sollte keinen Ton von mir geben!«

Er zögerte, bevor er weitersprach. Seine Frau drückte seine Hand, während sie die andere angstvoll vor ihren Mund presste.

»Ich habe natürlich getan, was er wollte. Der Vermummte meinte, dass die Polizei im Laufe des Tages auftauchen würde. Ich solle den Beamten erzählen, ich hätte gesehen, wie Herr Behrens sich gestern Abend mit Herrn Larsson unterhielt. Sonst würde er zurückkommen - und mich und meine Frau umbringen!«

Hans schrieb sich das auf. »Können Sie Ihre Aussage irgendwie bezeugen?«

»Nein, wie denn auch?«, fragte Herr Kruse verzweifelt und verbarg das Gesicht erneut in Händen.

»Henry ist ein ehrlicher Mensch«, schaltete sich seine Frau wieder ein und strich ihrem Mann über den Rücken. Sie schien die Neuigkeit, dass man ihr insgeheim nach dem Leben trachtete, deutlich gefasster aufzunehmen.

Silke lief zum Fenster, um in den Garten zu sehen. Die Nachmittagssonne beleuchtete eine große Rasenfläche mit vielen Stauden und Büschen sowie zwei ausladenden Gemüsebeeten. In der hintersten Ecke erkannte sie einen Strandkorb, der zu diesem Zeitpunkt jedoch abgedeckt war, und ein Vogelbad. Sie wandte sich erneut an Kruse.

»Noch einmal zur Kühltruhe. Haben Sie tatsächlich Wasser unter dieser gefunden? Sprich, hatte sie wirklich ein Leck?«

Traurig schüttelte der Mann den Kopf. »Nein ... ich bin ganz umsonst dorthin gefahren.«

Hans nickte und unterstrich sich diesen Fakt doppelt. »Wer hat Ihnen denn den Auftrag gegeben, sich den vermeintlichen Schaden anzusehen?«

Jetzt war es der Hausmeister, der die Stirn runzelte.

»Das ... das war Herr Behrens. Warum?«

Mit einem Ruck drehte sich Silke vom Fenster weg und starrte Hans an.

Er dachte, was sie dachte.

Wütend kniff sie ihre Lippen zu einem Strich zusammen, während er aussprach, was nun offensichtlich war:

»Nur Herr Behrens wusste, dass Sie sich zu dem Zeitpunkt dort befanden.«

»Welche Strafe droht meinem Mann, weil er Sie angelogen hat? Er hat es ja nur aus Angst getan ...«, fragte Gertrude Kruse und sah die beiden Kommissare unterwürfig an.

Silke winkte ab. »Da er schlussendlich doch die Wahrheit gesagt hat und ohnehin nicht unter Eid stand, sehen wir jetzt einmal darüber hinweg.«

»Und die Drohungen?«, schaltete sich der Hausmeister ein und drückte die Hand seiner Frau. »Können Sie uns nicht unter Polizeischutz stellen?«

»Dafür ist die Sachlage zu inkonkret«, antwortete Hans an Silkes statt und steckte seinen Notizblock wieder ein. »Ich würde vorschlagen, dass Sie sich vorerst zu Hause aufhalten und es nur verlassen, wenn es unbedingt notwendig ist.«

Seine Kollegin nickte. »Lassen Sie uns ein paar Tage abwarten, was wir herausfinden und ob sich die Sache klären lässt. Ich halte Sie auf dem Laufenden.«

Gemeinsam mit Hans begab sie sich zurück zur Eingangstür und wurde dabei von den Eheleuten begleitet, die immer noch eng aneinandergedrängt waren. Herr Kruse hatte beschützend einen Arm um die Schultern seiner Frau gebreitet und stützte sie.

Obwohl die Kommissarin schon die Hand an die

Klinke gelegt hatte, drehte sie sich vor dem Verlassen des Hauses ein letztes Mal um. »Eine abschließende Frage habe ich noch für Sie, Herr Kruse.«

Ihr Gegenüber nickte.

»Können Sie bestätigen, dass Herr Larsson mit Herrn Behrens befreundet war?«

Heinrich Kruse überlegte lange, bevor er bedächtig antwortete: »Also ... wie gut die beiden befreundet waren, ist für einen Außenstehenden schwer zu beurteilen. Über eine bloße Bekanntschaft ging es aber auf jeden Fall hinaus.«

Silke bedankte sich und blickte zu ihrem Kollegen, der tief durchatmete und in die Hände klatschte.

»Also erst einmal wieder zurück nach Flensburg.«

Wenige Augenblicke später schlug die Kommissarin die Autotür hinter sich zu, während Hans den Wagen startete. Mit einer Hand wühlte sie in der Ablage nach dem Diensthandy, was sie beim Aussteigen dort vergessen hatte, und stockte, als sie auf das Display sah:

Drei verpasste Anrufe.

Und die Nummer gehörte Koopmanns Büro.

Kapitel 33

Als sie vor dem Revier vorfuhren, stand die Sonne bereits tief über der Flensburger Förde. Der Berufsverkehr, der sich zu dieser Zeit auf der A7 Richtung Flensburg befunden hatte, war schon fast als chaotisch zu bezeichnen gewesen. Mehrmals hatte Silke versucht, unterwegs ihren Vorgesetzten zu erreichen, während Hans sich einen Weg durch den Dschungel von Autos bahnte. Mittlerweile fuhren sie jedoch schon am Förde Park vorbei, weshalb sie dieses Vorhaben seufzend aufgab. »Jetzt sind wir eh gleich da«, meinte sie zu Hans, der im Autositz erschöpft die letzten Kilometer auf sich nahm.

Sie stellten den Streifenwagen auf den Parkplatz vor das Revier, lieferten den Schlüssel an der Info ab und begaben sich anschließend schnurstracks in den ersten Stock, wo das Büro ihres Vorgesetzten Kriminaldirektor Koopmann lag.

Schon einige Meter vor der Eingangstür zu diesem, fing sie Frau Eisler, seine Sekretärin, ohne eine Begrüßung ab.

»Wo waren Sie beide denn bitte?«, fragte sie aufgeregt. Ihr Gesicht war gerötet und der sorgsam aufgetragene Lippenstift an einem Mundwinkel verschmiert.

Silke reagierte irritiert: »Ich habe mehrmals versucht, anzurufen, um Bescheid zu geben, dass wir auf dem Rückweg von Büdelsdorf sind und noch etwas Zeit brauchen.«

»Davon habe ich nichts mitbekommen«, gab Frau Eisler aufgelöst zurück.

Alle drei folgten dem Blick der Sekretärin über ihren ungewohnt unordentlichen Schreibtisch und blieben bei einem stationären Telefon hängen.

»So ein Schiet ...«, entfuhr es der normalerweise sehr beherrschten Frau in einem seltsam piepsigen Tonfall, als sie den Grund für ihr Versäumnis bemerkte. Rasch trat sie an den Schreibtisch heran und drückte den Hörer des Telefons fest auf die Basisstation. Sie hatte nach ihrem letzten Gespräch nicht richtig aufgelegt.

Hans seufzte. »Das ist ja dann kein Wunder, dass wir Sie nicht erreicht kriegen.« Er streckte sich, sodass die Gelenke in seinen Schultern knackten und warf einen Blick auf seine Armbanduhr.

Fast 17.00 Uhr.

Vielleicht hätte er vorher noch darauf bestehen sollen, eine Stärkung zu sich zu nehmen, bevor sie sich in die Höhle des Löwen begaben.

Auf ihre Unachtsamkeit mit dem Telefon hin errötete Frau Eisler und strich sich eine Haarsträhne hinter das Ohr. »Dat passiert, wenn alles durcheinandergeht.«

»Wissen Sie denn, wieso Herr Koopmann angerufen hat?«, fragte Silke leise.

Doch Frau Eisler warf ihr nun einen Blick zu, den die Kommissarin nicht deuten konnte. Schon war die

Sekretärin an die Bürotür ihres Vorgesetzten getreten und klopfte vorsichtig an.

»Herein«, schallte es, dann öffnete sie die Tür und streckte ihren Kopf hindurch.

»Die Kommissare Petersen und Hansen sind jetzt da.«

»Gleich reinlassen«, bellte es.

Frau Eisler nickte überstürzt, dann machte sie den Weg für Silke und Hans frei, wobei sie ihnen die Tür aufhielt und mit dem Kinn hastig in Richtung Koopmanns Büro nickte.

Als die beiden Polizisten den Raum betraten, bemerkten sie sofort, dass dort nicht nur ihr Vorgesetzter auf sie wartete. Jemand im Anzug saß in einem Stuhl vor dessen Schreibtisch und drehte ihnen den Rücken zu.

»Schön, dass Sie auch auffindbar sind«, ließ Herr Koopmann ironisch verlauten und zeigte dann mit der Hand auf den Mann, der ihm gegenüber saß. Neben diesem stand eine schwarze, lederne Aktentasche auf dem Boden.

»Das ist Herr Alexander Søndergaard. Er ist Rechtsanwalt und vertritt Herrn Behrens«, stellte Koopmann seinen Besucher streng vor.

Schnell warf Silke ihrem Kollegen einen Das-kann-nicht-sein-Ernst-sein-Blick zu, bevor sie ihre Aufmerksamkeit zurück auf ihren Vorgesetzten richtete. Niemand hatte sie gebeten, sich hinzusetzen und so blieben sowohl Silke als auch Hans mit hinter dem Rücken verschränkten Händen vor dem Schreibtisch stehen.

Herr Søndergaard räusperte sich und drehte sich zu ihnen um, wobei er sie finster musterte.

Er hatte schütteres Haar, wirkte jedoch, als würde er seine Zeit lieber in der Natur als in einem Büro verbringen. Sonnengebräunte Haut und blaue, stechende Augen betrachteten sie durch eine randlose Brille, deren rechter Bügel ein Stückchen nach außen gebogen war.

»Mein Mandant hat mir mitgeteilt, dass Sie ihn nicht nur eines Mordes verdächtigen, sondern ihn auch ohne Erlaubnis in eine Vernehmung gelockt haben. Sie arbeiten mit Mitteln, die über Ihre Befugnisse hinausgehen«, sprach er schließlich sachlich.

»Nö«, gab Hans locker zurück, »wir suchen nur einen Mörder.«

»Schön für Sie«, antwortete Søndergaard säuerlich und verzog das Gesicht, »aber Sie setzen meinen Mandanten unter Druck - ohne tatkräftige Beweise, möchte ich betonen - und das, obwohl er Ihnen selbstverständlich Rede und Antwort gestanden hat.«

»Mit solchen Argumenten kann ja jeder kommen«, murmelte Silke trotzig.

»Frau Petersen«, mahnte sie Koopmann streng.

»Ich bin nicht hier, um zu streiten«, sagte Behrens Anwalt versöhnlich und hob die Hände. »Mein Mandant erwog eine Unterlassungsklage als Möglichkeit, wahrscheinlich hätte diese aber vor Gericht keinen Bestand. Außerdem möchte niemand Ihre Ermittlungen durch ein sinnloses Verfahren unterbrechen.«

Er nahm seine Brille ab und putzte sie an einem Zipfel seines Hemdes, bevor er sie wieder auf seiner Nase zurechtrückte.

»Um zum Punkt zu kommen, wiederhole ich meine Frage: Haben Sie konkrete, feste Beweise gegen meinen Mandanten?«

Silke und Hans zögerten.

Etwas zu lange.

Koopmann hakte nach und seine Stirn verfinsterte sich: »Haben Sie gegen Herrn Behrens irgendetwas in der Hand oder nicht?«

»... Nein«, gab Silke kleinlaut murmelnd zu.

Der Anwalt schien belustigt. »Interessante Ermittlungsweise, Frau ... wie war der Name noch gleich?« Er sah zu Herrn Koopmann, der ergänzte:

»Petersen.«

»Petersen,« wiederholte Herr Søndergaard lächelnd. »Ich würde vorschlagen, dass Sie sich etwas zurückhalten - oder noch besser, an geltende Gesetze, denn das verlangen Sie von den Bürgern dieser Stadt ja auch.« Ohne seine Augen von ihnen abzuwenden, ließ er das Lächeln auf seinem Gesicht sterben und blitzte sie überheblich an.

»Lassen Sie meinen Mandanten in Ruhe und konzentrieren Sie sich auf Ihre Ermittlungen, ohne Kamikaze-Attacken gegen Personen zu fahren, die nichts mit Ihrem Fall zu tun haben! Denn wie Sie wissen, stirbt bei einem solchen Angriff nicht nur das Ziel ...«

Er ließ die Drohung im Raum stehen, bückte sich nach seiner Aktentasche und trank einen letzten Schluck Kaffee aus einer Tasse, die vor ihm auf Koopmanns Schreibtisch stand.

»Danke für Ihre Kooperation«, bedankte sich der Anwalt bei ihrem Vorgesetzten und verschwand ohne einen weiteren Ton aus dem Büro.

»Wie sollen wir den Fall sonst klären?«, fragte Silke verwundert, als sich die Tür hinter ihm geschlossen hatte.

Koopmanns Blick richtete sich erst auf Silke, dann auf Hans und wieder zurück. Seine Mimik war gnadenlos. Der Anwalt Herr Søndergaard musste ihm vor ihrer Ankunft schon beachtlich zugesetzt haben.

»Indem Sie es so machen, wie es Ihnen der Rechtsanwalt soeben geraten hat. Halten Sie sich an die Gesetze und Gepflogenheiten, Kommissare Petersen und Hansen. Seit wann dürfen Sie Personen einfach so in ein Verhör locken? Wir alle haben Glück, dass das nicht an die große Glocke gehängt wird.«

»Er hat zugestimmt, mit uns zureden«, gab Silke zu bedenken.

»Wusste er da bereits, dass es um eine Vernehmung ging und was Sie ihm vorwerfen?«, schoss Koopmann unbeeindruckt zurück. »Seit wie vielen Jahren machen Sie das schon, Frau Petersen? Das ist doch nicht Ihr erster Fall!«

Bevor Silke antworten konnte, richtete sich der Blick ihres Vorgesetzten auf Hans.

»Und Sie, Herr Hansen, von Ihnen erwarte ich ebenfalls Besseres! Zügeln Sie beide Ihre Pferde - keine Alleingänge mehr und von jetzt an: Arbeit nach dem Lehrbuch! Halten Sie sich von Herrn Behrens fern! Haben wir uns da verstanden?«

Die Kommissare nickten stumm.

Herr Koopmann seufzte, dann wedelte er mit

der Hand in der Luft. »So, und jetzt zurück zu dem anderen Thema: Wie macht sich mein Enkel - und wo ist er eigentlich?«

Kapitel 34

Dass Torge mit Magenproblemen zu Hause saß, hatte Herrn Koopmann den Rest gegeben. Morgen würde der Tag besser laufen müssen, so viel wusste Silke.

Es war spät.

Und nachdem sie und Hans zurück in ihr Büro gegangen waren, hatten sie ihre Sachen zusammengesucht und endlich Feierabend gemacht.

Gedankenverloren lenkte Silke nun ihr Auto am Parkplatz an der Exe vorbei und ließ diesen auf der rechten Seite hinter sich, als sie zum Citti Park weiterfuhr. Dort gab es eine große Frischetheke mit Wurst, Käse und Fisch - genau das Richtige nach diesem kargen Mittag mit Butterbrot.

Silke liebte Niklas - doch an manchen Tagen kam sie nicht umhin, sich zu fragen, wieso ihr Sohn mit 31 eigentlich noch zu Hause wohnte.

Andere Frauen in ihrem Alter waren nicht selten längst Großeltern. Und auch wenn sie sich in der momentanen Situation gar nicht vorstellen konnte, wie es wäre, eine Oma zu sein, sehnte sie sich manchmal nach dem Frieden eines geordneten und ganz normalen Lebens.

Sie seufzte schwer, das Geräusch in der Innenverkleidung des Wagens erstickend.

Vielleicht war der Tag heute einfach zu anstrengend gewesen, dass sie auf solche Gedanken kam. Und wer war sie, um ihren Sohn aus dem Haus zu zwingen? Eine Mutter liebte ihr Kind bedingungslos, egal wie lange es brauchte, um auf eigenen Füßen zu stehen.

Doch manchmal, ganz selten, fragte sich Silke, wie ihr Leben wohl verlaufen wäre, wenn Niklas wie geplant nach der Schule ausgezogen wäre. Hätte sie einen neuen Mann kennengelernt? Tat man das in ihrem Alter überhaupt noch?

Sie musste zugeben, ihre Form hatte in den letzten Jahren nachgelassen. Daran würde sich dringend etwas ändern müssen. Hatte sie nicht neulich erst einen Flyer eines neuen Fitnessstudios nur für Frauen aus dem Wochenblatt entsorgt?

Ihre Gedanken führten sie vom Hundertsten ins Tausendste und Silke lenkte den Wagen immer noch auf Autopilot, als ihr mit einem Mal bewusst wurde, dass sie abbiegen musste, um ins Parkhaus am Citti Park zu fahren.

Schnell setzte sie den Blinker und lenkte ihren Volkswagen Polo die große Rampe hinauf und ins Parkhaus, wo sie sich nahe an den Fahrstuhl stellte. Sie hätte auch draußen parken können, doch falls es wieder einmal überraschend regnen sollte, würde sie beim Einräumen nass werden.

Das Display im Armaturenbrett zeigte nun 17.56 Uhr und der Magen der Kommissarin hing in den Kniekehlen.

Man sollte niemals hungrig einkaufen.

Doch heute hatte sie keine andere Wahl.

Silke schwor sich, die Sache so schnell wie möglich hinter sich zu bringen. Zum Abendbrot würde sie einfach zwei Tiefkühlpizzen in den Ofen schieben.

Zügig schloss sie das Auto und begab sich in Richtung der Fahrstühle, die sie nach unten ins Erdgeschoss bringen würden.

Silke mochte den Citti Park. Sie genoss das moderne Ambiente und zu Weihnachten wurde stets ein haushoher Tannenbaum mit einer mechanischen Eisenbahn aufgebaut, die drumherum fuhr. Als Niklas noch kleiner war, hatten sie oft die winzige Miniaturlandschaft bewundert und der Weihnachtsmann-Figur zugejubelt, die in der Lok gesessen hatte.

Erinnerungen überkamen sie und sie musste lächeln, als die Fahrstuhltür aufging. Silke erkannte sich selbst in zwei Spiegeln, die links und rechts von einem Monitor mit Werbung angebracht waren. Erschrocken über den verhärmten Ausdruck in ihrem Gesicht und die gefühlt viel zu eng sitzende Kleidung, wandte sie ihnen nach dem Einsteigen den Rücken zu.

Sie würde ins Fitnessstudio gehen, das schwor sie sich in diesem Moment.

Als der Fahrstuhl im Erdgeschoss aufsetzte, lief sie zügig an den Läden vorbei, die mit ihren Schaufenstern lockten, und betrat kurz darauf bereits die große Markthalle. Eilig schnappte sie sich einen Korb und hängte ihn sich über den Unterarm.

Zwölf Gänge später hatte sie es immerhin bis zur Käsetheke geschafft und stellte fest, dass sie definitiv einen großen Einkaufswagen hätte nehmen sollen.

Na ja, nun musste es so gehen.

Wenigstens hielt das kleine Handkörbchen sie davon ab, ungefähr jedes dritte Produkt einzukaufen, auf das sie gerade Lust verspürte.

Silke umrundete zwei weitere Regale und packte noch eine Packung Wiener Würstchen in den Korb, während sie überlegte, ob sie am Wochenende eine Lasagne machen sollte. Sie entschied sich dafür, setzte sich in Bewegung, doch hinter dem nächsten Regal blieb sie plötzlich stehen.

Wie ein elektrischer Schlag traf sie die Erkenntnis, wer unweit von ihr einen prall gefüllten Einkaufswagen schob.

»Erik Behrens«, murmelte sie.

Sie wusste, dass sie ihm nach der Ansage des Anwalts und ihres Vorgesetzten nicht mehr zu nahe kommen durfte.

Und dennoch.

Irgendetwas in ihr entschied sich dazu, dieser Anweisung keine Folge zu leisten. Wieso ging jemand aus Kiel hier in Flensburg eine Wochenration an Essen einkaufen? Silke überlegte, wie lange ihr Gespräch her war, kam jedoch zu dem Schluss, dass selbst wenn der Mann noch Zeit auf dem Revier verbracht hätte, es keinen Sinn ergab, dass er sich um diese Uhrzeit weiterhin in der Stadt aufhielt. Sie blickte auf ihre Armbanduhr. Halb sechs.

Definitiv seltsam.

Vielleicht gab es dafür einen logischen Grund, aber Silke war zu neugierig, um die Sache auf sich beruhen zu lassen. Sie wartete, bis sich Herr Behrens mit seinem Einkaufswagen weiter bewegte und folgte ihm mit Abstand.

Zu ihrem Glück stoppte der Mann nur noch kurz an der Fleischtheke, bevor er sich auf den Weg zum Bezahlen machte. Suchend sah sich Herr Behrens nach einer freien Kasse um und packte dann schließlich seine Waren aufs Band.

Silke versteckte sich zwischen einigen aufgebauten Grills und Gartenpavillons, die direkt vor dem Bezahlbereich arrangiert worden waren.

Sie beobachtete, wie er seinen Einkauf einpackte und dann den Weg in Richtung Ausgang einschlug, bevor sie ihren eigenen Korb einfach vor den Kassen stehen ließ und ihm folgte.

Menschenmassen wälzten sich um diese Uhrzeit durch das Gebäude, was eine Verfolgung erschweren würde. Fast hätte sie ihn zwischendurch verloren, wenn sie ihn nicht im letzten Augenblick in der Spiegelung eines Schaufensters wiederentdeckt hätte.

Vorsichtig schlich Silke am Rande der Geschäfte entlang, bis Herr Behrens seinen Wagen um eine Ecke und von der Kommissarin aus nach rechts in Richtung Außenparkplatz schob.

Ächzend rannte sie ihm hinterher, sobald er außer Sicht war, und versteckte sich neben einer automatischen Schiebetür. Von dort aus konnte sie beobachten, wie der Mann zu einem grauen Jeep älterer Bauart ging und den Kofferraum öffnete.

Kieler Kennzeichen.

Im Geiste notierte sich Silke die Zahlen- und Nummernfolge.

Sie musste sich beeilen, wenn sie es rechtzeitig zu ihrem eigenen Auto im Parkhaus schaffen und Behrens damit auf den Parkflächen vor dem Center noch abfangen wollte.

Mit weit ausholenden Schritten jagte Silke zurück durch die Einkaufsmeile, wobei sie mehrfach Mall-Besucher anrempelte und sich wortreich entschuldigte, und sprang kurz darauf in einen ankommenden Fahrstuhl. Im ersten Stock stieg sie aus und rannte zu ihrem Polo, hinter dessen Steuer sie sich warf.

Ihre Reifen quietschten, als sie die Rampe der Parkhausausfahrt hinabschoss, über zwei Schwellen zur Verkehrsberuhigung holperte und in letzter Sekunde auf den Parkplatz vor dem Gebäude abbog.

Ein glücklicher Zufall bescherte ihr einen Stellplatz in der Nähe von Erik Behrens Jeep, wobei sie im Rückspiegel einen Blick auf den Mann erhaschte, wie dieser den nun leer geräumten Einkaufswagen zurückbrachte.

Atemlos strich sich Silke ihre verschwitzten Haare aus der Stirn.

Sie würde ihm folgen. Und sollte er Flensburg in Richtung Kiel verlassen, so wüsste sie, dass sie der Sache wenigstens nachgegangen war.

Kapitel 35

Ein paar Minuten schweigsamer Fahrt später konnte Silke ihren Augen kaum trauen. Sie war Behrens denselben Weg zurück gefolgt, den sie auch für die Hinfahrt gefahren war – vorbei am Parkplatz an der Exe und über die Süderhofenden bis hinunter zur Hafenspitze, wo sie schließlich vor der Brauerei links abbogen.

Soeben schlich Erik Behrens Wagen vor ihr die Toosbüystraße hoch. Anscheinend suchte der Mann nach einem Parkplatz.

Silke verringerte das Tempo und blieb schließlich weiter unten in zweiter Reihe stehen, wo sie beobachtete, wie Herr Behrens seinen grauen Jeep langsam in eine Parklücke hineindrängte.

Einige Fahrzeuge fuhren nun an der Kommissarin vorbei, was ihr Sichtfeld durch die Steigung der Straße und ihren Standplatz in zweiter Reihe zum Teil einschränkte. Silke verrenkte sich fast den Hals, während sie versuchte, den Mann im Blick zu behalten.

Und tatsächlich: Herr Behrens stieg aus, entnahm dem Auto drei prall gefüllte Einkaufstaschen und ging schnurstracks in dasselbe Gebäude hinein, das sie und Hans heute Vormittag besucht hatten.

Selbst wenn sie es sich einreden wollte - jeglicher Wunsch nach Zufall fühlte sich an wie eine Lüge.

Sie ahnte, wohin er unterwegs war.

Silkes Augen überflogen die Parkmöglichkeiten. Vor ihr schien sich nichts zu ergeben, außer einer Lücke, die viel zu schmal aussah. Kurz überlegte sie und versuchte, die Länge ihres Autos einzuschätzen, dann entschied sie, ihr Glück weiter oben zu versuchen. Vielleicht fand sich dort doch eine bessere Möglichkeit, ihren Polo abzustellen.

Die Kommissarin löste die Handbremse und gab Gas, was der Wagen mit einem Aufjaulen quittierte, bevor er sich schwerfällig am Hang in Gang setzte. Aber auch weiter oben standen die Autos dicht an dicht. »Also muss ich doch versuchen, mich in die Lücke unten reinzuquetschen« murmelte sie missmutig.

Frustriert stoppte die Kommissarin das Auto, legte den Rückwärtsgang ein, betätigte das Gaspedal und stieß ruckartig nach hinten.

Es knallte und der Polo kam abrupt zum Stehen.

In der Hektik hatte sie vergessen, in den Rückspiegel zu sehen.

Besiegt schloss Silke für einen Moment die Augen, bevor sie sie wieder öffnete und laut in den Innenraum des Wagens fluchte.

»Scheißeeee!«

Kaum war das Schimpfwort verhallt, sah sie, wie eine wütende Frau aus dem hinteren Fahrzeug ausstieg und in Richtung ihres Volkswagens stampfte.

»Haben Sie keine Augen im Kopf?«, schnauzte sie lauthals und deutete wie wild erst auf ihr Auto, dann auf Silkes. »Wir fahren in Deutschland auf der Straße vorwärts und nicht rückwärts!«

Die Kommissarin hörte das Gemecker hinter sich nur dumpf, aber deutlich genug. Entnervt beugte sie sich zum Handschuhfach und kramte ihre Versicherungskarte hervor, dann stieg sie aus.

»Sehen Sie sich den Schaden an!«, keifte die Frau direkt los, ohne eine Reaktion Silkes abzuwarten. Sie hatte kurze, blonde Haare, die in einem länger gewachsenen Seitenscheitel über ihre Augen gekämmt und mit viel Haarspray festgeklebt worden waren.

Ihr Gesicht war wutverzerrt.

Sie trug eine beigefarbene Hose und ein blau-weiß gestreiftes T-Shirt und hatte, genau wie Silke, einige Kilogramm zu viel auf den Hüften.

Auch die Kommissarin warf ihrerseits einen Blick auf den Schaden. Die Stoßstange des angefahrenen Kleinwagens hinter ihr war leicht eingedrückt und ihre eigene Heckschürze sah ähnlich lädiert aus.

Auch das noch.

»Bitte entschuldigen Sie«, sagte sie schließlich zerknirscht und versuchte, der Frau ihre Versicherungskarte in die Hand zu drücken. »Ich bin gerade furchtbar im Stress und habe gar keine Zeit …« Bei den letzten Worten sah sie sich bereits um, doch Herr Behrens war, zu ihrem Glück, vorerst nicht wieder aus dem Haus aufgetaucht.

»Ach so«, ätzte die Geschädigte und stellte sich ihr in den Weg. »Na dann: Schönen Tag noch!«

Ganz klar wünschte sie ihr den nicht.

»Ich verstehe Ihre Aufregung, ich wollte das nicht«, bemühte sich Silke um eine Verständigung. »Mir geht es ja ähnlich.« Wieder hielt sie der Frau ihre Versicherungskarte hin, auf der auch ihre persönliche Telefonnummer stand. »Hier haben Sie alles, was Sie brauchen - ich muss mich wirklich entschuldigen, ich bin in Eile. Bitte haben Sie Verständnis.«

Doch die Frau beachtete ihren Einwand nicht. Stattdessen kam sie so nahe an Silke heran, dass diese ihr billiges Parfum und einen leichten Schweißgeruch wahrnehmen konnte.

»Stellen Sie sich vor, was passiert wäre, wenn ich nicht sofort auf Ihre Rücklichter reagiert hätte!«, zeterte sie. »Dann würden wir wahrscheinlich nicht nur über Blechschaden reden!«

Silke winkte ab. Man konnte nicht mit jedem Menschen diskutieren. Manche wollten einfach nur ihren Frust herauslassen.

Wortlos drehte sie sich um und ging.

Als die Frau dies mitbekam, schrie sie ihr hinterher: »Hey, wo wollen Sie denn hin? Bleiben Sie stehen, oder ich rufe die Polizei!«

Doch Silke Petersen hatte genug gehört. »Nicht nötig, die Polizei ist bereits hier«, rief sie zurück, dann warf sie ihre Autotür zu und parkte den Wagen um.

Nach einer gewagten Drehung auf der Straße folgte Silke ihrem Verlauf hinunter in Richtung Förde und stellte den Polo auf einen gerade frei gewordenen Parkplatz vor der Brauerei, bevor sie wieder zurück eilte.

Die Zeit lief ihr davon. Hoffentlich kam Herr Behrens nicht gleich aus der Tür und erwischte sie dabei, wie sie ihm nachstellte.

»Was soll der Mist?«, trat die anklagende Stimme der Frau des verunfallten Wagens wieder in ihre Realität. Sie stand nun mitten auf der Straße und hielt den Verkehr auf. Als sie Silke herannahen sah, kam sie erbost auf dem Bürgersteig auf sie zu. Anscheinend war sie mit dem Ausgang ihrer Diskussion noch nicht zufrieden.

»Sie können nicht einfach -«

Silke hatte genug von dem Getue. Sie zückte ihren Ausweis und hielt ihn der Frau unter die Nase. »Petersen von der Kriminalpolizei«, knurrte sie. »Sie behindern laufende Ermittlungen.«

Der Mund der Frau formte sich zu einem O und sie gab ein leises Geräusch von sich, bevor ihr die Röte bis an die Ohren stieg und sie zurücktaumelte.

»Hören Sie«, sagte Silke versöhnlich. »Ich habe Ihnen alles an Daten gegeben, die Sie von mir brauchen. Entschuldigung noch einmal, ich habe nicht aufgepasst. Den Rest regelt die Versicherung.« Dann ließ sie die Frau stehen, die nun endlich klein beigab und wie angestochen zurück zu ihrem Wagen stakste, um sich hineinzusetzen und der Situation zu entfliehen.

Ihrem Lebenspartner würden heute Abend von dem Vorfall sicher die Ohren klingeln.

Wenige Augenblicke später stand Silke wieder vor dem Mietshaus, in dem Behrens verschwunden war. Zielsicher betätigte sie genau die Klingel, die ihr sicheren Einlass in den Flur gewähren würde.

Kapitel 36

Nicht einmal zehn Sekunden danach ertönte der Summer für die Türöffnung.

»Danke, Frau Christiansen«, sagte Silke, als sie das Objekt betrat und die alte Dame erneut aus ihrer Wohnungstür schaute. »Ich musste nur einmal in den Hausflur.«

»Kenne ich Sie von irgendwoher?«, fragte ihr Gegenüber misstrauisch und runzelte die Stirn. »Haben wir uns schon einmal gesehen?«

»Heute Morgen«, erklärte Silke und lächelte sie an. »Silke Petersen von der Kriminalpolizei.«

»Ach, die Polizei!« Das Gesicht der alten Frau verzog sich zu einem schwachen Lächeln. »Na, Sie können doch bestimmt eine Stärkung gebrauchen«, sagte sie und griff hinter ihre Tür, von wo aus sie eine Dose hervorzog. »Hier, nehmen Sie einen Keks.«

Die Kommissarin wurde ausweichend. »Uh ... ähm, ich bin furchtbar satt ... aber vielen Dank dennoch.« Silke lächelte breit und beeilte sich, nach dem Treppengeländer zu greifen.

»Wenn das so ist«, meinte die Alte achselzuckend und machte dann Anstalten, ihre Tür zu schließen.

Sobald die Kommissarin den obersten Absatz erreicht hatte, riss sie die Augen auf, als ihre Ohren von unten die Worte »Unfreundliches Balg« vernahmen und gleich darauf eine Tür ins Schloss fiel. Unwillkürlich schüttelte sie den Kopf, dann stieg sie weiter hinauf und überlegte, wie sie ihre nächsten Schritte angehen sollte.

Es war klar, dass ihre ungeplante Observation keine großen Wellen schlagen durfte. Dennoch bot sich in diesem Haus eine ungeahnte Möglichkeit, dem Tun des Mannes auf die Spur zu kommen.

Während sie ihre Optionen abwog, war sie am Treppenabsatz im ersten Stock angekommen, an dem auch Familie Larssons Wohnung lag.

Stimmen drangen heraus.

Silke horchte angestrengt, wobei sie das Gesicht verzog, doch dann erhellte sich ihre Miene, als sie Erik Behrens vernahm. Auch wenn nur wenig Zweifel daran bestanden hatte, war es eine Genugtuung zu wissen, dass der Mann wirklich in dieser Wohnung war. Anscheinend sprach er mit einer Frau.

Frau Larsson?

Auch Kinderstimmen drangen heraus, dazu wildes Fußgetrappel und Indianergeheul.

Die Kommissarin entschied sich, sich noch weiter zurückzuziehen. Leise ging sie an der Wohnungstür vorbei und schlich hinauf in den zweiten Stock, wo sie sich auf eine Treppenstufe setzte und lauschte.

Die Tür schien so dünn, dass Silke zumindest Bruchstücke der Gespräche erahnen konnte. Doch ihre Freude währte nur kurz, denn so sehr sie sich auch konzentrierte, sie konnte dem Ganzen keinen Sinn verleihen. Vage meinte sie, herauszuhören, dass man sich über das Wetter und die Lebensmittelpreise unterhielt. Den Stau auf der Autobahn. Wann der Wahnsinn endlich aufhörte.

Wahnsinn?

Plötzlich ging die Tür auf. Silke schrak zusammen und stemmte sich von der Treppe hoch.

»Das brauchen sie nicht«, sagte eine junge Frauenstimme unter ihr.

Die Kommissarin hielt den Atem an. Krampfhaft umklammerte sie das Treppengeländer.

»Nein, nein, das geht schon.«

Behrens Stimme.

»Es ist doch nur der Korb. Dann müssen Sie die schwere Wäsche nicht auch noch auf den Dachboden bringen.«

Silkes Herz schlug bis zum Halse, als sie bemerkte, dass jemand die Stufen hinaufkam.

Übereilt, jedoch bemüht, kein Geräusch zu machen, hastete sie ebenfalls nach oben, bis sie auf dem letzten Absatz den Dachboden erreichte. Zu ihrer Erleichterung war dieser nicht extra abgeschlossen. Es schien sich um eine unbewohnte Wohnung zu handeln, die nun als Wäscheplatz diente.

Hinter sich hörte sie, wie Herrn Behrens schwere Schritte langsam näherkamen.

Die Kommissarin überlegte nicht, sondern hastete in den ehemaligen Wohnungsflur des Dachbodens, wo sie an verrammelten Türen vorbeikam.

Nirgends waren Namensschilder angebracht.

Panisch probierte Silke alle aus, doch lediglich eine einzige Tür war unverschlossen. Sie konnte nur hoffen, dass es sich bei diesem Raum nicht um Larssons Dachboden handelte. Vorsichtig öffnete sie sie, schlüpfte hindurch und schloss sie lautlos hinter sich.

Als ihre Augen sich an das wenige Licht, das durch ein winziges Dachfenster fiel, gewöhnt hatten, erkannte sie zwei Wäscheständer und einen Stapel Umzugskartons in einer Ecke. Ein Spannbettlaken hing davor von einer Leine. Ohne eine wirkliche Alternative hetzte Silke hinter den Kartonstapel und hockte sich auf den Boden.

Die alte Dielung knarzte unheilvoll, als Erik Behrens mit dem Wäschekorb im Arm immer näher kam.

Nervös presste die Kommissarin den Daumen ihrer Hände tief in ihre Handflächen und wagte kaum, zu atmen.

Plötzlich erstarben die Schritte.

Silke biss sich auf die Lippe, als sich ein kühler Luftzug in den Raum drückte und die Tür sich öffnete.

Sie war geliefert.

Während die Kommissarin versuchte, sich so klein wie möglich zu machen, schlug etwas dumpf auf dem Boden auf. Dann fiel die Tür zu.

War Behrens nun mit ihr in diesem Dachbodenzimmer?

Für einen Moment blieb alles still.

Silke atmete hörbar aus, als die Schritte schließlich erneut auf dem Dielenboden erklangen und sich langsam von ihr und dem Zimmer entfernten. Mutig wagte sie einen Blick über die Kartons und erkannte den Wäschekorb.

Erik Behrens hatte ihn nur hineingestellt.

Silke schüttelte sich, als die Anspannung mit einem Schlag von ihr abfiel. Der blumige Geruch eines

Weichspülers erreichte ihre Nase. Sie wartete noch einen Moment, dann verließ sie das Dachzimmer auf leisen Sohlen. Unter sich hörte sie, wie Behrens sich soeben von der Frau verabschiedete.

»Das sollte erst einmal bis nächste Woche reichen«, sagte er und fügte an: »Falls nicht, rufen Sie einfach durch.«

»Es tut mir wirklich leid, dass Sie den langen Fahrtweg auf sich nehmen mussten, Herr Behrens«, antwortete ihm die junge Frauenstimme, die Silke schon bei ihrer Ankunft vernommen hatte. »Danke, dass Sie so schnell helfen konnten.«

»Ach, da nicht für. Ich war heute ohnehin schon einmal in Flensburg. Ich kenne die Strecke also ganz gut.« Seiner Stimme nach zu urteilen, lächelte er.

Angespannt hörte Silke zu.

»Erstmal«, sagte er jetzt. »Wir sehen uns.«

»Bis dahin, Herr Behrens.«

Dann vernahm Silke, wie eine Person den Abstieg begann. Leise eilte sie zurück in das Dachbodenzimmer, als unten die Eingangstür scheppernd ins Schloss fiel. Mit einem Ruck zog sie das Laken auf der Leine zur Seite und stellte sich auf die Zehenspitzen, um aus dem winzigen Dachfenster spähen zu können. Gerade noch rechtzeitig schaffte sie es, von oben Herrn Behrens zu erkennen, wie dieser sich in sein Auto fallen ließ und es startete. Sie wartete, bis es sich von seinem Parkplatz bewegte und wegfuhr, dann wandte sie sich um und ging die Treppe hinunter in den ersten Stock.

Das war ihre Chance.

Kapitel 37

Mit einem hohlen Knacken trafen Silkes Fingerknöchel auf das Holz der Wohnungstür. Kurz darauf schien sich dahinter jemand zu bewegen, bevor sich die Tür einen Spalt breit aufschob.

Eine junge Frau schaute heraus, sah Silke und öffnete die Tür ganz. »Oh, ich meinte doch, etwas gehört zu haben«, sagte sie und nickte zufrieden.

»Moin«, grüßte die Kommissarin und streckte ihr die Hand hin, die sie zögerlich ergriff. »Sie sind Frau Larsson?«

»Nein«, gab die junge Frau kopfschüttelnd zurück, trat hinaus in den Flur und lehnte die Tür hinter sich an. Sie konnte nicht älter als fünfundzwanzig sein, hatte schwarzes, glattes Haar und dunkle Augen. Auf ihrem T-Shirt war der Name einer Band abgedruckt und dazu trug sie einfache Jeans und zwei verschiedenfarbige Socken. Ihre Stimme wurde leiser und sie beugte sich verschwörerisch vor, während sie sprach: »Frau Larsson liegt in der Diako.«

»Was?«, schrie es in diesem Moment in Silkes Kopf, doch über die Lippen ging ihr nur ein sanftes: »Bitte?«

»Ja, seit vier Tagen«, sprach die junge Frau weiter und schien Silkes Irritation gar nicht zu bemerken. Traurig senkte sie den Kopf, bevor sich ihr Gesicht misstrausch verzog. »Sagen Sie, wer sind Sie noch gleich?«

Erschöpft warf Silke einen Blick über ihre Schulter und kramte dann in ihrer Hosentasche nach ihrem Ausweis, während sie erklärte: »Kommissarin Silke Petersen, Kriminalpolizei Flensburg.«

Stirnrunzelnd betrachtete die junge Frau die Karte mit dem Bundesadler, bevor sie sie zurückgab. Verwirrung stand ihr ins Gesicht geschrieben.

»Ich muss Ihnen leider ...« Silke stoppte sich, warf dann einen Blick auf die nur angelehnte Wohnungstür und beugte sich ebenfalls nach vorn, während sie ihren Satz flüsternd beendete. »... leider mitteilen, dass Herr Larsson gestern tot in einem Segelboot auf der Förde angetrieben worden ist.«

Ohne eine Reaktion zu zeigen, drehte sich die junge Frau zum Wohnungsflur und öffnete die Tür so weit, dass sie einem Schlüsselbrett neben der Tür einen Schlüssel entnehmen konnte, der an einem Kork-Schwimmer hing. »Ich bin kurz vor der Tür, Kinder«, rief sie hinein. »Macht keinen Blödsinn!«

Obwohl eine Rückmeldung darauf ausblieb, zog die Frau das Türblatt hinter sich ins Schloss.

»Ich ... wusste das schon«, gab sie schließlich zu. »Das hat mir ein Freund der Familie vorhin erzählt ... Erik Behrens. Das ... das ist sehr tragisch.« Sie strich sich eine Strähne ihres schwarzen Haares aus dem Gesicht. »Ich bin die Babysitterin, die er engagiert hat, bis ihre Mutter wieder für die Familie sorgen kann. Henrike Werthschneider.« Sie hielt Silke die Hand hin, die sie schüttelte. »Die Kinder denken, ihr Vater ist im Urlaub«, fügte sie leise an.

»Das ist schrecklich«, nickte Silke, suchte jedoch nach den richtigen Worten. »Ich ... ich wusste nicht, dass Frau Larsson im Krankenhaus liegt. Das ... das ist neu für die Ermittlungen.«

Was für eine Schietsituation dieser Fall doch war. Gefühlt tauchte an jeder Ecke eine neue Information auf, während die Ermittelnden im Dunkeln tappten.

Henrike Werthschneider atmete aus und sah sie einfühlsam an.

Manchen Menschen schien eine fürsorgliche Persönlichkeit einfach auf den Leib geschneidert zu sein, schoss es der Kommissarin ein.

»Es ist nicht alles so schlimm, wie es scheint«, ermutigte Henrike sie freundlich. »Die Kinder sind jetzt zehn und zwölfeinhalb. Ihr Vater hat sie beide streng erzogen und ... nun ja, ihm ist auch des Öfteren die Hand ausgerutscht.« Bei dem letzten Satz sah sie zu Boden, als schäme sie sich persönlich dafür, was den Kindern widerfahren war.

»So viel weiß ich. Die Trauer ist vielleicht nicht ganz so groß«, erklärte sie ihre Ausführung. »Ich kann Ihnen nicht sagen wie die Kinder die Nachricht aufnehmen werden, aber das muss ihnen ihre Mutter in Ruhe erklären, sobald sie wieder da ist - am besten mithilfe eines Psychologen.«

Silke nickte. »Weshalb liegt Frau Larsson denn im Krankenhaus, wenn ich fragen darf? Wissen Sie darüber etwas?«

Bevor sie antwortete, sah Henrike Werthschneider erst nach rechts und links, als erwarte sie, im Hausflur belauscht zu werden. Wenn man an Frau Christiansen von unten dachte, war das wahrscheinlich nicht einmal so weit hergeholt.

»Angeblich … wegen eines *Selbstmordversuchs*«, raunte sie schließlich und hob bedeutungsvoll die Brauen. »Sie hatte anscheinend einen Todeswunsch.«

»Selbstmord?«, hakte Silke nach, ertappte sich jedoch dabei, wie auch sie die Stimme gesenkt hielt.

»Nun ja …«, druckste die Frau herum. In ihr schien es zu kämpfen, wie weit sie der Kommissarin vertrauen und gleichzeitig aus dem persönlichen Leben ihres Arbeitgebers preisgeben durfte. Nach einigen Sekunden schien sie jedoch zu einer Entscheidung gelangt zu sein und trat noch näher an Silke heran.

»Es gab öfter einmal Streit«, erklärte sie leise. »Ich habe Frau Larsson ab und an unterstützt, wenn … nun, wenn es Krach zwischen den Eheleuten gab und sich jemand um die Kinder kümmern musste. Jetzt bin ich schon seit Dienstag Abend hier, weil Ole … also Herr Larsson meinte, er müsse gegen zehn überraschend noch zu einem dringenden Termin.« Sie nickte. »Ich werde aber von Herrn Behrens bezahlt.«

Silkes Irritation musste sich deutlich auf ihrem Gesicht abgezeichnet haben, denn Henrike Werthschneider lächelte.

»Von einem Dritten beauftragt zu werden, hat mich auch stutzig gemacht, aber gleichzeitig meine Neugier geweckt.« Erneut sah sie sich um, ob jemand zuhörte und legte dann eine Hand neben ihren Mund, bevor sie weitersprach. »Es ist eine komplizierte Situation … aber Herr Behrens hat ein Interesse daran, dass es Frau Larsson gut geht … auch damals schon. Familie Larsson hat mich selbst nie bezahlt.«

Der Kommissarin schwirrte der Kopf. Was verband Herrn Behrens mit dieser Familie - und noch wichtiger: Würde es eventuell sogar einen Mord rechtfertigen?

»In welcher Form?«, fragte sie, während sie mental versuchte, ein Puzzleteil nach dem anderen an die richtige Stelle zu setzen.

»Ich erzähle Ihnen das nur, weil ich Ihren Ausweis gesehen habe, aber plaudern Sie das bitte nicht unnötig aus«, bat Frau Werthschneider, bevor sie fortfuhr. Man spürte, dass sie sehr wohl die Aufmerksamkeit genoss, die diese Befragung mit sich brachte, sich jedoch gleichzeitig darüber schämte.

»Herr Behrens und Frau Larsson waren in Jugendjahren einmal ein Paar. Wohl auch für eine längere Zeit, wenn ich das richtig verstanden habe. Die Freundschaft hielt, die Liebe nicht.«

Silke nickte.

»Das war aber lange, bevor sich Lene und Ole kennengelernt haben und die Kinder kamen.« Sie bemerkte Silkes Blick und berichtigte sich: »Frau und Herr Larsson. Herr Behrens ist der Patenonkel von der kleinen Ida.« Sie lächelte. »Er hat mich so gesehen immer dann beauftragt, wenn durchgesickert ist, dass es zwischen den Eheleuten Larsson wieder einmal ... schwierig war.«

»Henrike!«, schallte es von hinter der Tür. »Henrike, wo bleibst du denn? Jonas hat mich - Auaa, nimm den Fuß dort runter -«

Unverständliches Geschrei folgte, dann helles Kinderlachen und Fußgetrappel.

Henrike Werthschneider schloss die Tür hinter sich

auf und rief durch den entstandenen Spalt: »Ja, ich bin gleich da. Es gibt bald Abendbrot, deckt bitte schon einmal den Tisch!« Als sie die Haustür wieder zufallen ließ, wandte sie sich erneut Silke zu, die unwillkürlich über das stöhnte, was sie erfahren hatte.

Das warf ein ganz neues Bild auf den Fall. Sie musste dringend mit Hans sprechen. Vielleicht würde sie ihn vom Auto aus anrufen, nahm sie sich vor.

»Kann ich Ihnen sonst noch weiterhelfen?«, fragte die junge Frau und hielt sich mit einer Hand am Türknauf fest, während sie sich mit der anderen durch die Haare fuhr.

»Herr Behrens sagte, er sei gut mit Herrn Larsson befreundet«, gab die Kommissarin nachdenklich zurück und erhob die Stimme, um es wie eine Frage klingen zu lassen.

»Das stimmt«, nickte Henrike, »aber die Freundschaft hängt, glaube ich, mit Lene ... also Frau Larsson zusammen.« Sie warf einen Blick hinter sich und hob entschuldigend eine Schulter. »Ich ... ich muss jetzt wirklich wieder rein.«

»Vielen Dank für Ihre Zeit«, sagte Silke freundlich und hielt Henrike Werthschneider die Hand hin. Ihr Händedruck war fest und trocken. »Aber eine Frage müssen Sie mir noch beantworten«, bat die Kommissarin, bevor sie losließ und sie eingehend musterte.

Die junge Frau zögerte, nickte jedoch und spielte nervös mit dem Korkschwimmer am Schlüsselbund.

»Ich weiß nicht, ob ich das vorhin richtig verstanden habe ... aber wieso haben Sie gesagt, Frau Larsson habe sich *angeblich* das Leben nehmen wollen?«

Kapitel 38

Sie hatten gestern gestritten. Schon wieder.

Und wahrscheinlich würden sie auch heute wegen desselben Themas aneinandergeraten. Lene wusste, dass sie eine Grenze überschritten hatte und tief in ihrem Inneren fühlte sie ein Gefühl in sich aufsteigen.

War es Reue?

Sie widmete sich dem Abwasch vor sich und tauchte die Hände erneut in die warme Seifenlauge.

Seitdem die Spülmaschine kaputt gegangen war, hatte sie jeden Tag mindestens einmal abwaschen müssen. Ole liebte Struktur und das dreckige Geschirr einfach länger liegenzulassen war keine Option für ihn. Alles musste seine Ordnung haben, nichts durfte sein System aus vollkommener Gleichmäßigkeit durchbrechen.

Nachdenklich griff Lene in das Spülbecken und wühlte darin herum, um auch das letzte Stück Besteck zu erwischen, als sie ein plötzlicher Schmerz durchzuckte. Eilig zog sie ihren Arm aus dem mit Schaum bedeckten Wasser und besah sich ihre Hand.

Zwei Finger hatten sich an einer Klinge geschnitten.

Wahrscheinlich das scharfe Brotmesser, überlegte sie und verzog das Gesicht, als das warme Spülmittel sich in der Wunde ausbreitete und sie zu brennen begann.

Mit zusammengebissenen Zähnen griff Lene nach einem Geschirrhandtuch, das an der Spüle hing und trocknete sich die noch nassen Hände ab, bevor sie eine Schublade links von sich öffnete.

Ordentlich aufgereiht und mit Beschriftungen versehen war hier eine Hausapotheke eingerichtet worden. Sie griff nach einer Packung Heftpflaster und löste zwei aus der Umverpackung, die sie sich mit Kraft auf die blutenden Wunden drückte.

Die Schnitte waren tief.

Deutlich tiefer, als sie zuerst vermutet hatte.

Schnell waren die Pflaster durchtränkt und die weißen Punkte, aus denen sonst die Gaze quoll, waren rot geworden.

Einen Fluch unterdrückend - denn Ole mochte es nicht, wenn sie fluchte - warf sie die vollgesaugten Pflaster in den Mülleimer und drückte sich Neue auf die Wunden. Ein Tropfen löste sich und fiel ins Spülbecken, wo er sich mit dem Seifenwasser vermischte und darin verschwand.

Vielleicht war sie wirklich zu weit gegangen. Aber es hatte einen Grund gehabt - ihr Sohn hatte doch nächste Woche Geburtstag. Ja, sie hatte auf eigene Faust Geld von ihrem Konto abgebucht, um ein Geschenk zu kaufen, das mit seinen Kosten deutlich über dem lag, was sie sonst ausgaben ... aber hatte sie nicht auch ein Recht, an das gemeinschaftliche Konto zu gehen? Sie arbeitete ja schließlich ebenso für ihren gemeinsamen Lebensunterhalt.

Doch Ole hatte es ihr verboten.

Und trotzdem. Lene kam nicht umhin, sich diese eine, entscheidende Frage zu stellen:

War so etwas normal?

Immer wieder kam ihr Kopf in letzter Zeit darauf zurück, so sehr sie sich auch bemühte, es nicht zu tun. Egal, was er tat oder wie er sich äußerte.

Sie kannte die Antwort auf diese Frage nicht mehr, als sie sich auf einen Stuhl in der Küche niederließ und in plötzlich heftiger Einsamkeit die Augen schloss.

Tränen fielen auf den Boden.

Das Blut bahnte sich aus dem Schnitt an ihren Fingern einen Weg an ihrer Hand entlang und folgte ebenfalls der Gravitation.

Plötzlich klopfte es an der Tür zur Küche. »Mama? Kann ich dir helfen?«

Ihr Sohn musste ihr Keuchen gehört haben, dachte sie. Noch verweint wischte sie sich mit der verletzten Hand unwirsch die Nässe aus dem Gesicht. Dann drehte sie sich zügig um, öffnete die Tür und blickte den Jungen lächelnd an.

Doch dieser schrak zurück, als Lene ihm versicherte, es sei alles in Ordnung - denn ihr Gesicht war durch die Wunde blutverschmiert.

Kapitel 39

Silke hatte ihren Einkaufskorb tatsächlich noch genauso vorgefunden, wie sie ihn verlassen hatte.

Nach dem Gespräch mit der Babysitterin war sie auf direktem Wege zurück zum Citti Park gefahren und hatte unterwegs versucht, Hans zu erreichen, dieser war jedoch nicht rangegangen. Nun schnappte sie sich ihren Korb vom Boden und war insgeheim froh, nichts Gefrorenes darin verstaut zu haben, bevor sie zur Kasse lief und ihn bezahlte.

Wenig später brauste sie bereits die Osttangente in Richtung Stadtteil Engelsby und damit ihrem zu Hause entgegen. Doch als sie das Auto ihres Ex-Mannes vor der Garage stehen sah, trat sie heftig auf die Bremse und presste die Hände auf das Lenkrad, um nicht vor Frust hineinzubeißen. Den Besuch hatte sie ja schon wieder vollkommen vergessen.

Ärgerlich stieg sie aus dem Polo und zerrte den Einkauf von der Rückbank, dann stellte sie ihn kurz entschlossen vor die Haustür und klingelte.

Niklas öffnete und sah gerade noch seine Mutter, wie diese wieder in ihr Auto stieg.

»Mama?«, rief der junge Mann und sah sie erstaunt an. »Wo willst du hin?«

»Ich hab noch etwas zu erledigen«, antwortete Silke durch die heruntergelassene Fahrerscheibe und legte den Rückwärtsgang ein, um von ihrer Einfahrt zu stoßen. »Du kannst Reiner nach Hause schicken, es wird länger dauern.«

»Aber -«, protestierte Niklas und lief ihr entgegen, als wolle er sie aufhalten. Dann erkannte er den Schaden am Heck des Polos, als seine Mutter parallel zu ihm am Haus vorbeifuhr. »Was ist denn mit dem Auto passiert?«, rief er ihr hinterher, doch Silke streckte nur noch die Hand aus dem Fenster und winkte ihm zu, während sie den nächsten Gang einlegte und davondüste in die Innenstadt.

Die Kommissarin parkte im Parkhaus des Diakonissenkrankenhauses, das hinter dem Gebäude in einer engen Seitenstraße, dem Marienhölzungsweg, lag. Alte, ehrwürdige Stadtvillen kennzeichneten das Bild der Häuser auf der Westlichen Höhe, dem Stadtteil Flensburgs, in dem auch das Krankenhaus gebaut worden war. Rumpelnd bahnte sich der Polo einen Weg über das Kopfsteinpflaster und Silke hoffte insgeheim, dass sich durch die Stöße nicht die angefahrene Heckschürze lösen würde.

Das konnte sie nämlich gerade noch gebrauchen.

Mittlerweile war es nach 20.00 Uhr und die Dämmerung begann, sich über die Stadt zu senken.

Auf dem Weg hierher war überall bereits die Straßenbeleuchtung angesprungen. Jetzt, Anfang Juli, hatte die Sonne zwar noch etwas Zeit, bis sie im Meer versank und die Nacht hereinbrach, doch hier in der Westlichen Höhe gab es massenweise uralten Baumbestand, deren riesenhafte und voll belaubte Kronen einen Großteil des restlichen Sonnenlichts schluckten.

Fluchend lenkte Silke den VW ins Parkhaus. Für alle, die ihr Fahrzeug den ganzen Tag stehen lassen wollten, waren die hiesigen Gebühren von fünf Euro pro vierundzwanzig Stunden fair bemessen. Leider plante Silke nicht, sich länger als dreißig Minuten dort aufzuhalten. Für diese Dauer ein stolzer Preis.

Die Evangelisch-Lutherische Diakonissenanstalt, die von Flensburgern und dem Träger selbst nur zu »Diako« abgekürzt wurde, befand sich direkt am Stadtpark, der an schönen Tagen zum Flanieren, Enten füttern und Kinder zum Spielen auf einem Spielplatz einlud. Zu dieser Stunde waren aber größtenteils nur noch verstreute Gruppen von Jugendlichen oder Menschen, die mit schnellen Schritten nach Hause eilten, unterwegs.

Die Kommissarin stellte den Wagen neben einem Parkhauspfeiler ab und beschleunigte ihren Gang, als sie durch den Eingang Marienhölzungsweg ins Krankenhaus trat.

Soweit sie wusste, fand in diesem Teil des verwinkelten Gebäudes auch die Wochenendsprechstunde der Stadt statt, während Notfälle an den Zentralen Einlass in der Nähe des Burgplatzes verwiesen wurden.

Nach dem Passieren der automatischen Schiebetüren wandte sich Silke nach links, wo sie bald auf ein Zimmer mit dem Schild »Anmeldung« stieß. Zweimal klopfte sie knackig an die geöffnete Tür, dann ging sie hinein und zog sofort ihren Ausweis aus der Hosentasche.

»Moin, mein Name ist Petersen von der Kriminalpolizei«, stellte sie sich vor und legte einen Ellbogen auf den winzigen Tresen, der nicht breiter als ein gewöhnliches Holzbrett war.

Eine gelangweilte Dame in ihrem Alter schaute ihr entgegen, warf einen Blick auf ihren Ausweis und schob dann einen Kaugummi von der einen in die andere Wange. »Moin«, brachte sie müde hervor und schloss an: »Wo wollen Sie denn hin?«

»Ich möchte zu einer gewissen Frau Larsson. Sie muss vor einigen Tagen eingeliefert worden sein - wegen eines Suizidversuchs?«

Die Frau an der Info nickte mürrisch.

»Sind Sie verwandt?«

»Nein ... aber ich ermittle in einem Mordfall und würde gern mit Frau Larsson sprechen.«

»Jetzt auch noch jemand mit Sonderwünschen«, murmelte die Rezeptionistin leise in der Hoffnung, die Kommissarin würde den Kommentar überhören, dann fügte sie lauter an: »Mal sehen, was der Computer dazu sagt.« Gefühlt endlos tippte sie auf der Tastatur herum, dann hob sie ihren Blick. »Ich rufe bei der Überwachungsstation an, da war sie zumindest bis gestern. Aber versprechen kann ich Ihnen nichts.«

Silke nahm das so hin.

Nachdem das Telefonat beendet war, quetschte sich die Frau hinter dem Tresen hervor und bedeutete der Kommissarin mit knapper Geste, ihr zu folgen. Silke bedankte sich durch zusammengebissene Zähne und folgte ihr von der Anmeldung wenige Schritte hinaus auf den Flur, wo sie nach links auf die Aufzugtüren zeigte.

»Sie fahren bis auf Station C3. Da melden Sie sich im Schwesternzimmer«, gab sie der Kriminalpolizistin eine vage Beschreibung und zusätzlich noch den knappen Rat, sich bei Problemen an den vielen Wegweisern zu orientieren. Ohne eine weitere Frage zuzulassen, drehte sie sich anschließend wortlos um und ließ Silke allein im Flur zurück.

Normalerweise hätte sie sich über ein solch pampiges Verhalten aufgeregt, doch sie hatte Besseres zu tun. Schnell ging sie zu den Fahrstühlen und drückte auf den Rufknopf.

In ihrem Kopf herrschte Chaos.

Herr Behrens und Frau Larsson waren früher ein Paar gewesen. Ole Larsson hingegen hatte vor Gewalt nicht zurückgeschreckt - und befand sich nun selbst in der Gerichtsmedizin in Kiel. Seine Frau lag im Koma im Krankenhaus.

Und ihr Jugendfreund Behrens kümmerte sich um die Kinder? Aus Selbstlosigkeit?

Silke schnaubte, als sich die Fahrstuhltüren öffneten und sie eintrat.

Das reimte sich alles noch nicht.

Sie fühlte sich, als würde sie sich tiefer und tiefer in einem Netz der Belanglosigkeiten verstricken, und dabei dem Mörder immer mehr Zeit verschaffen, seine Tat zu verschleiern.

Aber immerhin gab es begründete Hoffnung, dass sich das nach diesem Besuch ändern würde.

Kapitel 40

Silke betrachtete die Frau. Sie war, nach Angaben einer Schwester, die sie auf dieser Station bereits erwartet hatte, erst heute Mittag auf dieses Zimmer verlegt worden. Ihre Vitalfunktionen seien stabil, doch sie sei weiterhin ohne Bewusstsein.

Beim Anblick Frau Larssons war Silke erstaunt, dass sie überhaupt noch lebte.

Ihr Gesicht war dick bandagiert, die rechte Augenhöhle zugeschwollen und von lilafarbenen und blauen Blutergüssen übersäht. Ein Pflaster klebte auf dem linken Auge und hinderte es daran, sich zu öffnen.

Etwas Blut haftete noch an ihrem Mundwinkel, der ebenfalls angeschwollen und stellenweise aufgeplatzt war und durch die leicht geöffneten Lippen erkannte Silke einen abgebrochenen Schneidezahn.

Sie seufzte, dann zwang sie sich, ihren Blick von dem Gesicht der Frau abzuwenden, die ohne ihre Verletzungen zweifellos sehr hübsch aussehen musste.

Eine Hand lag auf der Bettdecke, an deren Zeigefinger ein Pulsoximeter angebracht war und ein Zugang führte von ihren Armvenen weg zu einer Kochsalzlösung, die neben ihr hing.

Im restlichen Krankenzimmer war nichts Auffälliges zu entdecken, was Aufschluss über Lene Larsson als Person gegeben hätte. Als Silke sich gerade um sich selbst drehte und einen Blumenstrauß, der auf dem Tisch stand, näher betrachten wollte, öffnete sich die Tür und ein Mann in weißem Kittel und einem Stethoskop um den Hals trat herein.

Er konnte nicht älter als zweiunddreißig sein, trug lange Haare, die er hinten zu einem Zopf gebunden hatte, und hatte braune, gütige Augen.

»Moin«, grüßte er sie leise und streckte Silke eine Hand hin. »Ich bin Doktor Jorgens. Man hat mir mitgeteilt, dass Sie von der Kriminalpolizei sind?«

Silke nickte. »Moin Herr Jorgens, Silke Petersen ist mein Name.« Lächelnd hielt sie dem Arzt ihren Ausweis hin, der ihn sich ansah und ihn dann ebenfalls nickend an sie zurückgab.

»Und was verdanke ich Ihren Besuch genau, Frau Petersen?«, fragte er anschließend, wobei er sie aufmerksam musterte.

»Ich bin hier, weil ich in einem Mordfall ermittle ... der den Mann von Frau Larsson betrifft.«

»Oh, na wenn das so ist ...« Sein Blick schweifte auf das Krankenbett, in dem seine Patientin noch immer reglos um ihr Erwachen kämpfte. Er räusperte sich, dann zeigte er auf zwei Stühle, die an einem Beistelltisch standen, und setzte sich gleich darauf.

Silke nahm seine Einladung an und ließ sich ebenfalls auf einem der Stühle nieder, bevor sie ein winziges Notizbuch und einen Kugelschreiber aus ihrer Jackentasche zog. Für Notfälle hatte sie so etwas immer parat und nicht zum ersten Mal war sie froh darüber.

»Ich nehme an, Sie wissen, wieso Frau Larsson hier ist und bislang noch nicht bei Bewusstsein?«, fragte er und wies mit einem Kopfnicken auf seine Patientin.

»Ein gescheiterter Suizid hatte man mir gesagt«, gab Silke zurück.

Der Arzt schnaubte kurz, bevor erneut die Maske der Professionalität über ihn fiel. »Das war kein Suizid. Wir haben Frau Larsson am Anfang der Woche am Abend gegen 20.00 Uhr in einem schlimmen Zustand von der Notaufnahme übernommen. Erst haben ihre Verletzungen kaum einen Sinn gemacht, doch dann haben wir immer mehr entdeckt. Von da an war uns schnell klar, dass wir es hier wohl mit einem extremen Fall häuslicher Gewalt zu tun hatten. Genaueres können wir erst sagen, wenn die Patientin aufwacht und sich hoffentlich an die Polizei wendet.« Er atmete durch und strich sich mit der einen Hand über den Handrücken der anderen. »Sie hat bis heute Mittag in der Überwachungsstation gelegen, damit wir sicher sein konnten, dass ihr Kreislauf stabil bleibt.«

»Was sind die Verletzungen?«, fragte Silke und notierte sich den Ablauf des Abends.

Er lächelte. »Ich will Sie jetzt nicht mit medizinischen Fachausdrücken quälen, Frau Petersen ... aber ich sage mal, jemand hat nicht nur mit den Fäusten auf sie eingeschlagen, sondern sie auch mit den Füßen traktiert. Ihr Kiefergelenk war ausgerenkt, es gibt zwei angebrochene Rippen, unzählige Blutergüsse und mehrere abgebrochene Zähne. Das rechte Handgelenk hat sie sich wahrscheinlich beim Fallen geprellt.«

Silke schluckte.

»Und da habe ich die inneren Verletzungen noch gar nicht aufgezählt.« Er sah sie an und bohrte seinen Blick geradezu in ihre Augen.

»Kann ich vielleicht den Bericht sehen?«, fragte Silke hoffnungsvoll und freute sich, als sie bemerkte, dass Doktor Jorgens bestens vorbereitet war. Aus der Brusttasche seines Kittels zog er ein gefaltetes Blatt Papier, das er ihr reichte.

Silke faltete es auf und überflog den Inhalt. Anamnese, Zeiträume, Diagnosen. »Darf ich den mitnehmen?«, fragte sie, bevor sie ihn beendet hatte.

Doch hier schienen ihre Möglichkeiten anscheinend an eine Grenze zu stoßen.

»Leider nicht, Frau Petersen ... Sie wissen ja, Datenschutz und so weiter ... da müsste ich erst -«

Silke winkte ab. »Kein Problem. Dann lese ich ihn einfach jetzt.«

»Ich kann Sie auch verständigen, sobald Frau Larsson aufwacht«, bot er mit einem entschuldigenden Lächeln an und Silke bedankte sich. Dann vertiefte sie sich für einen Augenblick in das Schreiben, bis ihr der Atem im Halse stecken blieb.

Sie erstarrte.

Las noch einmal nach.

Dann wieder.

Sichtbar nervös überreichte sie dem Arzt den Bericht, den dieser faltete und erneut in seiner Tasche verschwinden ließ.

Er musterte sie. »Sie sehen blass aus ... ist alles in Ordnung?«

Die Kommissarin strich sich die Haare aus dem Gesicht und blinzelte. »Ja, es geht schon ... Danke, der Bericht hat mich auf etwas aufmerksam gemacht, was mir vorher nicht bewusst gewesen war.« Sie zog die Stirn kraus, bemühte sich aber im nächsten Moment, zu lächeln.

Doktor Jorgens nickte, bevor er seinen Stuhl zurückschob und aufstand. »Gut, wenn Sie dann keine weiteren Fragen mehr haben, würde ich mich jetzt verabschieden und mich wieder in die Nachtschicht stürzen.«

Silke bedankte sich ein letztes Mal und hinterließ auch ihre Telefonnummer, bevor der Arzt den Raum verließ.

Nachdenklich stand die Kommissarin schließlich vor dem Bett und betrachtete noch einmal Lene Larsson. Wut stieg in ihr auf.

»Manche Menschen begreifen gar nicht, was sie anderen für ein Leid antun ... Ich wünsche Ihnen gute Besserung«, flüsterte sie, dann verließ sie die Krankenstation und ging zurück zum Parkhaus, wo sie schweigend das Parkticket auslöste und in ihr Auto stieg.

Es war nun schon 22.30 Uhr und nur noch wenige Fahrzeuge befanden sich auf den Straßen. Während ihres Besuchs musste es erneut geregnet haben, denn auf dem Asphalt hatten sich Pfützen gebildet, die ein dumpfes Geräusch unter dem Wagen verursachten, als Silke durch sie hindurchfuhr.

Grübelnd lenkte sie das Auto durch die Stadt anstatt auf die Umfahrung und erwachte erst wieder, als sie ihre eigene Einfahrt aus der Dunkelheit auftauchen sah.

Als sie zielgerichtet darauf zusteuerte, bemerkte sie,

dass Reiners Wagen bereits verschwunden war.

Gut so.

Sie wollte ihren Ex-Mann nicht sehen.

Zufrieden zog sie, als sie das Auto abgestellt hatte, den Schlüssel ab, blieb jedoch sitzen.

Nun auszusteigen kam ihr vor, als ließe sie den Täter auf freiem Fuß. Obwohl sie wusste, dass sie heute nichts mehr erreichen würde.

Ein später Spaziergänger lief hinter ihr mit einem Hund an der Leine auf dem Gehweg entlang.

Bei der Durchsicht der Patientenunterlagen war ihr der Name des Ansprechpartners für Frau Larsson aufgefallen. Es hatte sich nicht um ihren Mann gehandelt, sondern um eine andere Person.

Und diese kannte sie nur zu gut.

Kapitel 41

Langsam ließ sie ihre Finger durch das dunkle Wasser gleiten. Widerstandslos fügte es sich ihren Bewegungen, als etwas unter ihren Füßen zu vibrieren begann.

Sie hatte vergessen, warum sie hergekommen war.

Irgendwo an den Rändern ihres Bewusstseins verspotteten sie die Erinnerungen, von denen sie spürte, dass sie nicht mehr weit entfernt waren. Doch so sehr sie sich auch anstrengte, sie zu fassen ... es gelang ihr nicht.

Lene betrachtete ihre Hände, die unter Wasser seltsam weiß aussahen, und stellte fest, dass die Haut an ihren Fingerkuppen von der Feuchtigkeit aufgequollen war. Ihr Sichtfeld schien eingeschränkt.

Um ihre Optik zu schärfen, blinzelte sie vergeblich, nur um in einem Anflug von Frustration ihre Augen schließlich ganz zu schließen.

Eine Ewigkeit musste vergangen sein, bis sie sie wieder öffnete.

Ihr Umfeld hatte sich verändert.

Sie saß auf einem Bett in einem Zimmer. Vor ihr wedelten Vorhänge an einem Fenster im Wind.

Verwundert stand Lene auf und trat darauf zu, kämpfte sich durch die weißen Stoffbahnen, bis sie aus heraussehen konnte. Unerklärlicherweise befand sie sich inmitten einer Lichtung.

Nebel stieg zwischen den Bäumen auf und legte sich kühl auf ihre verschwitzte Haut. Im nächsten Moment fuhr die Angst durch ihre Glieder, als eine bekannte Stimme nach ihr verlangte.

»Lene!«

Langsam legte sie den Kopf in den Nacken. Anstatt der Zimmerdecke schwebte über ihr eine umgedrehte Imitation des Raumes, in dem sie sich soeben befand.

Sie erkannte Erik.

Zusammen mit einer anderen Version ihrer selbst.

»Es reicht!«, bedrohte sie ihr Ehemann. »Du bist Schuld, dass ich mir solche Gedanken mache, und dass ich nicht mehr schlafen kann! Du sollst nicht alleine auf die Straße gehen!«

»Ich war nur einkaufen, Erik ... einkaufen!«, beteuerte die Frau über ihr und wich einen Schritt zurück.

Doch er ignorierte ihren Einwand, kam stattdessen bedrohlich nahe und verlangte: »Gib mir deinen Hausschlüssel!«

»Erik beruhige dich«, bettelte die zweite Version ihrer selbst.

Sie bettelte auch noch, als sie der erste Faustschlag ihres Mannes traf.

Lene kniff die Augen zusammen, als der Nachhall des Flehens sie erreichte. Angstvoll schüttelte sie ihren Kopf, ließ sich auf den Boden fallen und zog ihre Gliedmaßen Schutz suchend an den Körper.

»Ich war doch nur einkaufen«, flüsterte sie immer wieder. »Du bist krank Erik! Dein Kontrollzwang kennt keine Grenzen ...«

Erneut schien der Fußboden unter ihr zu vibrieren und sie fühlte, dass ihre Beine einschliefen.

Fest presste sie sich die Hände auf die Ohren und kniff die Augen zusammen.

Noch fester.

Und endlich verschwanden die Schreie.

Als sie die Lider wieder öffnete, stand sie am Ufer eines Strands und blickte in die Ostsee.

Sanft kräuselten sich die Wellen zwischen den Zehen ihrer nackten Füße.

Plötzlich fühlte sie nichts mehr.

Vergessen war der Schmerz, vergessen die Angst.

Ruhevoll pochte das Herz in ihrer Brust und schickte Wellen aus Wärme bis in die letzte Faser ihres Körpers.

Alles war friedlich.

Sie lächelte.

Ein greller Lichtschein schob sich durch die Wolkendecke und traf erst auf das rechte, dann auf das linke Auge, bis beide gleichmäßig bestrahlt wurden. Sie verzog das Gesicht, wollte sich abwenden vom Licht, hinein in das besänftigende Rauschen des Meeres und die Ruhe, die sie gerade noch umfangen hatte, doch es gelang ihr nicht.

Das Licht wurde heller, gleißender.

Ein Raspeln drang an ihr Ohr. Heiser, rau.

Gleichmäßig.

Ein und aus. Es war ihr Atem, realisierte sie. Und mit jedem Luftzug rückte der Frieden um ihr Bewusstsein zurück, bis sie ihn nur noch an den Rändern dessen wahrnahm. Sehnlichst streckte sie die Hände aus, kniff die Augen zusammen und wollte nicht raus, wollte nicht aufstehen, so wie ein Kind, das sich wünschte, es könne noch fünf Minuten länger im Bett bleiben.

Doch das Gleißen, das sich nun über alles legte und bunte Schatten vor ihren Lidern entstehen ließ, war hart und unerbittlich. Erbarmungslos presste es sie hinein in ihren Körper, ihr Inneres und zum ersten Mal seit einer Ewigkeit kamen die Bilder und ihr wurde klar, dass es sich um Erinnerungen handelte.

Fäuste, die sie trafen.

Fußtritte in Magen, Rücken und Brust.

Der Schmerz ...

Lene riss die Augen auf. Sie wollte aufstehen, wegrennen, sicher war sie noch in seiner Gewalt, ganz bestimmt, sie musste fliehen, jetzt!

Die Helligkeit, die sich zuvor noch über ihre Augen gelegt und alles überstrahlt hatte, gab nach und machte Platz für einen verschwommenen Ausblick. Schleppend und unendlich träge löste dieser sich auf, als habe man ihr eine Brille aufgesetzt, und mehrere Gegenstände kamen in Sicht.

Ein helles Zimmer.

Blumen auf einem Tisch an der Wand.

Neben ihr stand ein Mann und Lene schrak zurück. Ihre Hand krallte sich in die Bettdecke und sie gab ein Wimmern von sich, das sie selbst schockierte. Als sie sich bewegte, kam ein neuer Schreck.

Alles tat ihr weh.

Ihre Rippen fühlten sich an, als seien sie auf das Doppelte geschwollen, der Unterkiefer pulsierte, und ihre Beine wirkten schwer wie Blei.

»Hallo, Frau Larsson«, sagte der Mann neben ihr

nun, und zwang sie damit, ihn anzusehen. Er steckte eine kleine, schwarze Taschenlampe in seinen Kittel und lächelte beruhigend.

Hektisch ließ sie den Blick durch den Raum schweifen, bis ihre Augen an der Tür hängen blieben. Doch er berührte mit seiner Hand die ihre.

»Sie brauchen keine Angst mehr zu haben, Frau Larsson. Sie sind jetzt in Sicherheit.«

Kapitel 42

Am nächsten Morgen lief Silke fast gegen die Tür im Flur, nachdem sie sich im Badezimmer schnell frisch gemacht hatte. Sie hatte die halbe Nacht nicht richtig schlafen können und sich unruhig von einer Seite auf die andere gewälzt. Dann endlich, gegen halb vier Uhr morgens, als der Zeitungsjunge bereits den Briefkasten füllte, hatte sie mit den Armen das Kopfkissen umschlungen und doch noch beide Augen zugekriegt.

Der Wecker, der sie kurz nach sechs Uhr aus dem Schlaf gerissen hatte, war mit einer gezielten Handbewegung der Kommissarin auf den Boden befördert worden. Zu ihrem Nachteil hatte er jedoch nicht aufgehört, zu klingeln.

Nun stand Silke wieder einmal vor der geöffneten Kühlschranktür und trank direkt aus der Tüte einen halben Liter Milch auf nüchternen Magen, während die kühle Luft aus dem Haushaltsgerät ungehindert entwich und ihr eine Gänsehaut bescherte. Sie atmete tief aus, als die Flüssigkeit sich den Weg durch ihren Körper bahnte. Zufrieden umklammerte sie die Verpackung und schlug die Kühlschranktür zu.

Dahinter stand jemand.

Silke schrie auf, erkannte in der Dämmerung keine Gesichtszüge und reagierte instinktiv.

Schwungvoll holte sie aus und warf dem Fremden die noch offene Milchverpackung direkt ins Gesicht.

Panisch drehte sie sich anschließend um und rannte zur Küchenschublade, aus der sie das Brotmesser zog, bevor sie den Lichtschalter an der Arbeitsplatte betätigte.

Der Raum wurde heller, die Umrisse erkennbar und dann registrierte sie Torge, der von Kopf bis Fuß mit tropfender Milch besudelt war und sich mit einer Hand die Stirn hielt.

»Was suchst du bei mir zu Hause?«, kreischte Silke aufgebracht und raffte den Bademantel, den sie sich über ihren Pyjama geworfen hatte, vor ihrer Brust zusammen. »Bist du total übergeschnappt?«

Torge stöhnte. »Mein Auge...«

»Sei zufrieden, dass ich nicht schon bewaffnet war! Was willst du hier?«

Noch immer zeichnete sich Schmerz auf dem Gesicht des Teenagers ab, als im Flur eine Tür aufschlug und ein sichtbar verschlafener Niklas in die Küche schlurfte.

»... Mama? Was hast du mit meinem Kumpel gemacht?«, fragte er benommen und hatte Mühe, die Lider offenzuhalten.

»Deinem Kumpel?«, schrie Silke nun aus voller Kehle. »Deinem *Kumpel*? Seid ihr bescheuert, mir am frühen Morgen aufzulauern? Weiß ich, dass du Besuch hast?« Anklagend zeigte sie mit dem Finger auf ihren Praktikanten. »Von dem da?«

»Setz dich am besten,« schlug Niklas seinem Freund vor, woraufhin Torge am Küchentisch Platz nahm.

Silkes Sohn griff in den Gefrierschrank und holte einen Eisbeutel heraus, den er kurzerhand dem Jüngeren reichte. Dann erklärte er seiner Mutter die Zusammenhänge.

»Wir haben die Nacht durchgezockt, nachdem mich Torge angeschrieben hat, dass er auch Videospiele im Internet spielen will, um damit Geld zu verdienen. Wir hatten mal darüber gesprochen, aber ich wusste nicht, dass er es so ernst meinte. Vielleicht gründen wir eine Firma.«

Silke überlegte für einen kurzen Augenblick, ebenfalls mit einem Gegenstand nach ihrem Sohn zu werfen, ließ diese Übersprunghandlung aber fallen, als sie merkte, dass sie immer noch das Brotmesser umklammerte.

»Sei zufrieden«, versuchte Niklas, sie zu beruhigen. »Wäre Torge nicht vorbeigekommen, dann wäre Papa definitiv noch länger da geblieben, als dir lieb gewesen wäre.«

»... Ihr macht mich krank«, murmelte Silke und trat an die Spüle, um einen Lappen zu holen, mit dem sie die verschüttete Milch wieder aufwischen konnte.

»Ich fühle mich auch krank«, klagte Torge. »Die ganze Nacht nicht geschlafen und dann wirft mir deine verrücktgewordene Mutter auch noch eine offene Milchpackung gegen den Kopf.«

Hinter Silkes Rücken bedeutete Niklas dem Teenager, ruhig zu sein. »Ja, ist nicht so gut gelaufen«, wiegelte er ab, dann wandte er sich anklagend an Silke: »Mama, du hättest doch gestern Abend wenigstens mal in mein Zimmer schauen können?«

»Da war kein Licht an!«, rechtfertigte sich die

Kommissarin, die sich nur mühsam konzentrieren konnte. »Ich habe gedacht, du schläfst.«

»Ach so ...«, murmelte Niklas und warf einen Blick zu Torge, der wiederum die Schultern zuckte. »Ja, wir hatten die Virtual Reality Brillen auf ... stimmt, dann leuchtet der Monitor ja nicht.«

»Meine Augen tut immer noch weh«, beschwerte sich Torge nun und rieb sich das Gesicht. »Ich glaube, ich esse erst einmal etwas und dann lege ich mich schlafen.« Er gähnte und streckte sich, dann machte er Anstalten aufzustehen.

»Heute ist ein Werktag! Das kannst du vergessen!«, schimpfte Silke aufgebracht und drückte den Jungen zurück auf seinen Stuhl. »Du kommst mit zur Arbeit - und wenn du dir Streichhölzer zwischen die Lider stecken musst, um wach zu bleiben!«

Niklas sog zischend die Luft ein. »Mit ... zur Arbeit?«

»Ja«, bestätigte Silke etwas zu laut, doch nicht ohne Genugtuung in der Stimme. »Das ist der Enkel von meinem Chef.«

»Oh«, gab ihr Sohn leise zurück. »Er ... ist jetzt auch in meinem Spiele Team ... also, seit gestern Abend jedenfalls.«

»Richtig«, schaltete sich Torge wieder ein und fügte trocken an: »Dann werden wir uns jetzt in Zukunft wohl noch öfter sehen, Frau Petersen.«

Wortlos verschwand Silke aus dem Raum, schloss sich im Badezimmer ein und schrie dort wie ein wildgewordener Bär gegen die Fliesenwand.

Kapitel 43

»Los jetzt«, mahnte Silke den Praktikanten, der ihr weit abgeschlagen hinterherschlurfte. Sie hatte den Jugendlichen noch etwas frühstücken lassen, aber zur Strafe den Kaffee bei sich zu Hause verweigert und ihn kurzerhand ins Auto verfrachtet. Dann waren sie beide zur Arbeit gefahren. Auf die Frage hin, ob seine Eltern wussten, wo er sich befand, hatte er keine klare Antwort gegeben.

In einem Stechschritt, den sie nur an den Tag legte, um den Kontrast zu seinem Schleichen zu verdeutlichen, passierten sie den letzten Abschnitt des Flures, bis ihr gemeinsames Büro in Sicht kam. Nun waren es nur noch wenige Meter.

»Frau Petersen...«, stöhnte Torge hinter ihr und stemmte sich mit einer Hand an der Wand ab. »Ich weiß nicht, ob ich den Tag so überstehe.«

»Das hättest du dir überlegen sollen, bevor du die ganze Nacht Videospiele auf Kosten meiner Stromrechnung gespielt hast! Beeile dich«, mahnte sie erbarmungslos und lief weiter, während der Jugendliche hinter ihr schon die dritte Pause innerhalb dieses einen Flures machte und sich zum wiederholten Male mit dem Rücken an die Wand lehnte.

Kommissar Hansen saß bereits in seinem Bürostuhl und begrüßte seine Kollegin überschwänglich, als diese die Tür öffnete. »Velkommen tilbage!«

»Nein Hans, kein Dänisch jetzt«, bat Silke und stellte ihre Tasche auf den Schreibtisch. »Wir haben andere Probleme. Hast du kurz ein Ohr?«

»Jo.«

Torge stieß zu ihnen ins Büro. »Moin Hans ... sag mal, bist du mit Auto hier?«, mischte er sich ein.

»Jo.«

»Ist es möglich, dass ich mich auf der Rücksitzbank ne Weile aufs Ohr haue?«

»Jetzt halt die Klappe, es ist Arbeitszeit«, bellte Silke und verdrehte die Augen.

»Meine Güte, was für eine entspannte Stimmung doch wieder im Raum hängt. Und ich bin mittenmang«, kommentierte Hans trocken.

In diesem Moment klingelte das Telefon. Silke streckte sich und nahm launisch ab: »Kriminalkommissarin Silke Petersen.«

Pause.

»Mmh.«

Hans lauschte gespannt, während Torge kurzerhand auf Silkes Stuhl Platz nahm und versuchte, die Augen offenzuhalten.

»Aha. Jo, das passt. Ich wollte Sie ohnehin anrufen.«

Wieder entstand eine Pause, in der Silke die Stirn runzelte.

»Würden Sie uns das auch schriftlich geben?« Sie nickte und sah auf die Uhr, die an der Wand hing.

»Gut, also in anderthalb Stunden.« Der Anrufer schien sich zu verabschieden und die Kommissarin tat es ihm gleich. »Gut, bis dahin, Herr Søndergaard.«

»Was wollte der denn?«, fragte Hans und lehnte sich halb drehend in seinem Stuhl zurück. Doch im selben Moment, in dem die Kommissarin ihren Mund zu einer Erläuterung öffnen wollte, klingelte das Telefon erneut.

»'Tschuldige Hans, ich erkläre es dir sofort. Ich nehme das schnell noch entgegen ... Kriminalkommissarin Silke Petersen - wieder am Apparat.«

Dann riss sie die Augen auf.

»Ist wach?«

Gespannt hörte sie dem Anrufer zu, während sie ungeduldig auf ihrer Lippe kaute.

»Gut. Und haben Sie schon etwas herausfinden können, wer sie so zugerichtet hat?«

Wieder lauschte sie, dann breitete sich auf ihrem Gesicht ein grimmiger Ausdruck aus.

»Das gibt uns Klarheit ... Nein, erst mal nicht. Ich danke. Ach, nicht dafür. Tschüss.«

Gefühlt um Jahre gealtert, doch mit einem Überschuss an plötzlichem Adrenalin, knallte Silke den Hörer zurück auf die Station und stemmte sich mit beiden Armen auf Hans Schreibtisch auf.

»Also Hans, der Erste war Alexander Søndergaard. Er meint, er würde uns gern noch in einer Sache über Herrn Behrens aufklären.«

Der Kommissar runzelte die Stirn. »Das ist doch sein Rechtsanwalt. Was will der uns denn helfen?«

Sie zuckte die Achseln. »Mir ist alles recht. Zweitens: Die Frau des Verstorbenen, Lene Larsson, liegt im Krankenhaus.« In knappen Worten erzählte sie ihrem Kollegen vom Verlauf des gestrigen Abends und was sie dabei herausgefunden hatte.

»Verstehe«, meinte Hans.

»Und das war gerade die Diako, die mich darüber aufgeklärt hat, dass Frau Larsson wach ist - und dass es ihr Mann gewesen war, der sie so zugerichtet hat.«

Hans legte den Kopf in den Nacken, als es an der Tür klopfte. Es war Frau Eisler, die Sekretärin ihres Vorgesetzten.

»Jedes Mal, wenn ich versuche, bei Ihnen anzurufen, ist besetzt!«, beschwerte sie sich pikiert und ein wenig außer Atem. »Sie müssen anscheinend mehr Telefonate als der Bundeskanzler führen, Frau Petersen.«

»Heute Morgen ist ziemlich was los«, gab Silke zu und fügte an: »Was gibt es denn?«

Mit großer Geste wischte sich Frau Eisler ihre Haare aus der Stirn, damit auch jeder sah, wie viel Stress sie hatte, bevor sie zur Seite trat und den Blick auf eine Person hinter sich freigab: »Das ist Frau Menke. Sie hat vor drei Tagen am Anleger in Sandwig etwas beobachtet, das eventuell von Interesse sein dürfte.«

Eine kleine, gut gekleidete Dame trat hervor und musterte interessiert die Inneneinrichtung des Büros. Ihr Blick schweifte erst über Hans und Silke, bis er schließlich an Torge hängen blieb, der soeben damit beschäftigt war, mit dem Locher ein Muster in einen Stapel Post-its zu fabrizieren.

Sie blinzelte, dann trat sie zielsicher auf Hans zu, der auf eine Sitzgelegenheit vor den Schreibtischen deutete.

»Bitte, setzen Sie sich. Kann ich Ihnen etwas anbieten? Wasser? Kaffee?«, fragte er, doch Frau Menke schüttelte nur den Kopf.

Sie trug ein weißes, glitzerndes Oberteil, dazu eine dunkelblaue Bundhose mit Bügelfalten und schwarze Riemenschuhe mit Absatz. Ihre grauen Haare waren mit einer Färbung zu einem schwarzbraunen Farbton gezwungen worden, doch man sah, dass der Ansatz bereits ein gutes Stück nachgewachsen war.

Silke nickte der Sekretärin zum Dank noch einmal zu, dann ging diese rückwärts aus dem Büro und zog die Tür hinter sich ins Schloss.

Frau Menke kam gleich zum Punkt.

Kapitel 44

»Ich habe aus der Zeitung erfahren, dass ein Segelboot angetrieben worden ist. Und auf dem Deck soll sich ein Toter befunden haben?«

»Jo, das stimmt«, bestätigte Hans.

Silke hatte sich auf ihre Schreibtischseite gesetzt und Torge den Locher aus der Hand genommen, woraufhin der Jugendliche einen Schmollmund gezogen und die Arme vor der Brust verschränkt hatte.

»Nun, ich glaube, dass ich vor drei Tagen dieses Boot am selben Steg gesehen habe, wo auch meines liegt.« Sie wedelte mit einer Hand, als wisse man schon, was sie meinte.

Hans Gesichtsausdruck veranlasste sie jedoch, anzufügen: »Sandwig, kurz vor Glücksburg. Ich habe abends schnell draußen eine geraucht, da ist mir diese Lampe aufgefallen. Hübsches Teil aus Buntglas, sie hing an einem Mast.« Sie nickte.

»Nicht lange danach ist dann jemand im Regen an mir vorbeigelaufen und in dieses Boot gestiegen. Natürlich habe ich ihn gegrüßt, doch er hat mich ignoriert. Muss ein Fremder gewesen sein. Genau wie das Schiff, das habe ich vorher auch noch nie gesehen. Aber ich habe mir nichts weiter dabei gedacht. Bis ich gestern das Flensburger Tageblatt durchgeblättert habe.« Sie hob die Schultern.

Silke legte den Kopf schief. »Und Sie sind sich sicher, dass es sich um die *Liberty* gehandelt haben könnte?«

»*Liberty* ...«, krächzte Frau Menke und hustete heiser. »Ich wusste bis jetzt nicht einmal, dass es so heißt. Im Dunkeln habe ich nur einen längeren Namen am Bug gesehen - und wenn ich ehrlich bin, war ich natürlich nicht allzu neugierig.« Sie zuckte die Achseln und kratzte sich an der Wange. »Warum auch? Ich hätte ja nicht erwartet, dass in diesem Boot Verbrecher sitzen! Wenn ich daran denke, wie dicht ich eigentlich in der Nähe war, wird mir jetzt noch schlecht.«

Die alte Frau sah aus dem Fenster, auf ihrem Gesicht der glasklare Wunsch nach einer Zigarette.

»Verbrecher?«, fragte Hans, dem der Plural ihrer Worte aufgefallen war. »Wie viele Menschen waren denn auf dem Schiff?«

Die Zeugin ließ die Luft aus den aufgeblasenen Wangen entweichen. »Wenn ich das sagen könnte ... Ich habe jedenfalls lautes Gelächter gehört.« Noch einmal schien sie zu überlegen, doch dann schüttelte sie den Kopf. »Also ohne mich jetzt festlegen zu wollen, der Regen war ja ganz schön laut ... vielleicht zwei Männer? Ob ein Dritter dabei war, kann ich nicht sagen.«

Als das letzte Wort verklungen war, hellte sich ihr Gesicht auf. Offenbar war ihr doch noch etwas eingefallen. »Aber ich habe definitiv keine Frauenstimme herausgehört! Eine Frau weiß, wie sich

Frauen unterhalten. Das an dem Abend war ganz sicher Männergehabe.«

»*Männergehabe*«, wiederholte Hans leise.

»Sie wissen, was ich meine«, sprach die Alte und gestikulierte. »Dieses maskuline, freundschaftliche Gekappel und Gesabbel, was entweder in gemeinsamem Lachen - oder in Tränen endet.«

»Aha ...«, ließ Hans verlauten und zog die Buchstaben dabei weit auseinander. Der Kommissar wusste nicht genau, was sie meinte, wollte sich jedoch auch nicht die Blöße geben. Gerade in einem Zeugengespräch war es wichtig, die Leute nicht in ihrem Redefluss zu unterbrechen. Dennoch war nicht jeder Mann gleich ein Draufgänger - aber er würde sich hüten, dies laut zuzugeben. Stattdessen wandte er sich wieder seinen Notizen zu.

»In Ordnung. Haben Sie noch etwas, das Sie uns über den Abend erzählen können?«

Frau Menke verneinte. »Im Grunde genommen nichts. Außer dass das Segelschiff meiner Meinung nach dort in Sandwig angelegt hatte. Ist eigentlich für Hinweise eine Belohnung oder so etwas ausgeschrieben?«

Bevor Hans antworten konnte, fiel ihm Torge vorlaut ins Wort: »Haben Sie Geldsorgen? Woher wissen wir, dass nicht Sie den Mann auf dem Boot umgebracht haben? Immerhin waren sie ja in der Nähe!«

»Torge!«, schimpfte Silke prompt und entschuldigte sich im gleichen Atemzug bei ihrer Zeugin. »Das ist unser Praktikant, der weiß noch nicht, was sich gehört.«

Frau Menke lachte krächzend. »Joo, in dem Alter waren wir ja alle mal. Aber jung und schön waren wir, ne?« Sie zwinkerte Hans zu.

Ausweichend nickte er.

»Vor 120 Jahren vielleicht …«, merkte Torge murmelnd an.

Silke schloss für einen Moment die Augen, dann vollführte sie eine Handbewegung, die allen Anwesenden klarmachte, dass es sich nicht lohnen würde, darauf einzugehen.

»Jo, alles gut. So einen habe ich zu Hause auch«, meinte Frau Menke lapidar. Sie warf einen Blick auf Torge und verzog amüsiert das Gesicht. »Frech und noch grün hinter den Ohren!«

»Der Apfel fällt nicht- ,« wollte Torge schon wieder anfangen, doch Silke unterbrach ihn barsch.

Ihre Geduld mit ihm war zum wiederholten Mal am Ende angekommen.

»Torge, jetzt sei leise!«, zischte sie. »Wir sind auf ehrliche Bürger angewiesen, die uns Hinweise geben! Wenn du dich nicht gleich benimmst, dann lasse ich mir mit Hans etwas Besonderes für dich einfallen!«

»Am besten, wir sprechen direkt mit Herrn Koopmann«, schlug Hans vor. »Dass der Junge zum Ordnungsamt kommt und Parktickets verteilt. Die brauchen Leute, die gern diskutieren.«

Frau Menke schmunzelte, dann ordnete sie ihre Handtasche und stand auf. »Machen Sie das mal. Ich wollte Sie die Sache mit dem Boot nur wissen lassen. Ich hoffe, das hilft Ihnen, den Fall aufzuklären. Und wenn es doch noch eine Belohnung für Hinweise gibt … sage ich nicht nein.« Sie lächelte zurückhaltend.

»Sicher«, sprach Silke mit mehr Zuversicht in der Stimme, als sie empfand, und begleitete die Zeugin zur Tür. »Die Kollegen an der Info nehmen womöglich Ihre Personalien auf, wenn Frau Eisler das noch nicht getan hat. Finden Sie den Weg hinaus?«

»Das wird schon klappen«, nickte die Alte freundlich und verabschiedete sich knapp von Silke und Hans. Torge ignorierte sie.

»Sprichst du zu Hause mit deinen Eltern auch so?«, fragte der Kommissar, als die Tür hinter der Zeugin zugefallen war.

Er hatte sich dem Jugendlichen zugewandt, der lässig auf seinem Stuhl hing und die Hände über die Lehne baumeln ließ.

»Hans, das kann ich dir leider nicht sagen«, gab er zurück. »Du weißt doch, Datenschutz und so.«

Er grinste frech.

»Es ist *Herr Kriminalkommissar Hansen* und nicht anders«, mahnte ihn die Polizistin streng, als sie sich zu ihrem eigenen Platz begab.

»Jaaaaaaa ... Silke«, stöhnte Torge und verdrehte die Augen, während er sich sein Basecap tiefer ins Gesicht zog.

»Ach weißt du was? Mach doch, was du willst«, sagte sie missmutig. »Du wirst schon sehen, wo du mit deiner Art im Leben landest.«

»Na ja, scheinbar komme ich damit überall rein. Gestern Abend zum Beispiel war ich ja bei dir zu Hause.«

Hans fiel der Kugelschreiber aus der Hand. Mit großen Augen sah er Silke an, die jedoch abwinkte.

»Es ist nicht so, wie du denkst«, stellte sie klar.

»Mein Sohn ist - angeblich - mit Torge befreundet.«

»*Angeblich befreundet*?«, wehrte sich der Teenager und zog eine Schnute. »Was soll das heißen? Ich und *Drachenlord* sind zwar kein Liebespaar, aber gut befreundet!«

»Das heißt nicht *Ich und Drachenlord*, sondern *Drachenlord und* -, ach egal«, brummte die Kommissarin müde.

»Morgen bringe ich einfach eine große Tüte Watte mit, Silke. Das stopfen wir uns beide in die Ohren, bis das Praktikum in 14 Tagen vorbei ist.«

»Ohh ... hat mein Opa die Sache schon verkürzt?«, feixte der Teenager.

Silke runzelte die Stirn. »Nö ... wieso?«, fragte sie.

»Er meinte, mindestens vier Wochen, bei guter Führung drei.«

Silke sah Hans an.

Hans schaute zurück.

Schließlich war es die Kommissarin, die als Erste sprach: »Ich geb mir die Kugel.«

»Das sind wirklich schlechte Neuigkeiten«, raunte Hans, bevor er auf seine Armbanduhr sah und aufstand. Er klatschte in die Hände.

»Gut, wir werden schon einmal runter gehen und Vernehmungsraum 1 vorbereiten. Ich bin gespannt, was Herr Søndergaard uns alles über seinen Mandanten beichten möchte.«

Kapitel 45

»Du bleibst hier.«

Silke hatte Torge erneut in den Nebenraum hinter den Einwegspiegel verfrachtet, von wo aus er das Geschehen beobachten konnte, während Hans mit Herrn Søndergaard in diesem Augenblick das Schriftliche klärte.

Nicht nur aufgrund der Rüge ihres Vorgesetzten - sondern insbesondere, weil dieser Mann, der nun etwas über ihren Hauptverdächtigen Erik Behrens aussagen wollte, von Beruf Rechtsanwalt war.

»Falls mir was auffällt, wie melde ich mich dann bei euch?«, fragte Torge und betrachtete interessiert ein winziges Schaltpult mit wenigen Knöpfen, das vor dem Spiegel aufgebaut war. Von dort aus konnte man Kameras, Tonaufnahmen, Licht und Klimaanlage steuern.

»Gar nicht«, gab Silke trocken zurück und wandte sich zur Tür. »Sieh zu und dann kannst du vielleicht noch etwas lernen.« Ohne eine Antwort abzuwarten, verließ die Kommissarin den Überwachungsraum und schloss ihn hinter sich ab.

Vor der Tür hielt sie inne.

Ihr Herz klopfte laut und unnachgiebig gegen ihren Brustkorb und ihre Hände waren schweißnass. Von außen sah man es ihr nicht an, aber im Inneren war sie gespannt wie eine Angelsehne.

Hans streckte den Kopf aus der Tür nebenan.

»Und - können wir?«

Silke nickte, atmete ein letztes Mal tief durch und folgte ihrem Kollegen schließlich in den Verhörraum.

»Also, ich muss ja gestehen, dass ich meinen Ohren heute Morgen kaum trauen konnte, als Sie angerufen haben«, begann sie das Gespräch, nachdem sie alle mit Getränken versorgt hatte und sich neben Hans und gegenüber von Herrn Søndergaard niederließ.

»Das verstehe ich«, erklärte der Anwalt und sah auf die Tischplatte vor sich, bevor er die beiden abwechselnd musterte. »Aber ich denke, Sie verstehen auch, dass ich nur ein Mensch bin. Mich würden Gewissensbisse klagen, wenn ich nicht wenigstens reinen Tisch mache.«

»Das klingt schon einmal gut«, meinte Hans unverbindlich und zückte einen Notizblock.

Silke musterte den Mann aufmerksam. »Und diese Gewissensbisse haben Sie jetzt nicht gegenüber Ihrem Klienten? Wenn das jemals ans Tageslicht kommt, ist Ihr Job Geschichte.«

Der Anwalt wartete geduldig und erwiderte ihren Blick ruhig. »Das habe ich mir auch überlegt ...«, sagte er schließlich langsam und ließ dabei die Kommissarin durch seine Brillengläser nicht aus den Augen. »Aber kommt das jemals ans Tageslicht?«

Hans wandte sich von seinem Notizblock ab und sah Silke an, während sein Blick die Verwirrung, die ihn umgab, deutlich transportierte. Wären sie beide unter sich gewesen, hätte er sicherlich gefragt, was seine Kollegin mit diesen Aussagen bei Søndergaard bezwecken wollte.

»Nein«, gab sie letztlich zu und beobachtete mit Genugtuung, wie sich der Anwalt ihr gegenüber entspannte. »Selbstverständlich werden wir vollste Verschwiegenheit bewahren. Sollte es zur Überführung von Herrn Behrens als Täter kommen, dann wird nichts auf Sie hinweisen.«

Er nickte.

»Dennoch laufen in diesem Raum automatisch Tonaufnahmen und mein Kollege Kommissar Hansen macht sich zusätzliche Notizen.«

»Gut«, sagte der Anwalt überheblich und öffnete die Knöpfe seines Jacketts.

»Dann erzählen Sie mal, was Ihnen auf dem Herzen liegt«, forderte Hans freundlich.

Ein letztes Mal schien Herr Søndergaard zu zögern und wich dabei den starren Blicken der beiden Polizisten aus, die ihn nicht aus den Augen ließen. Dann atmete er tief ein und hastete hervor:

»Herr Behrens hat mir gebeichtet, dass Ole Larsson bei ihm Schulden hatte. Und es schien keine geringe Summe zu sein.«

Der Kugelschreiber in Hans Hand schabte über das Papier, als er sich diesen Fakt notierte.

Silke hakte nach: »Um wie viel Geld handelte es sich denn? Hat er das auch gesagt?«

»Ich habe keine genaue Ziffer«, gab Herr Søndergaard zu, »aber so wie es sich angehört hat, müssen es knapp über 20.000 Euro gewesen sein.« Er nickte. »Seine Frau wusste nichts davon.«

»Uff«, keuchte Silke unwillkürlich und lehnte sich zurück.

»Das könnte ein Motiv sein«, gab Hans zu bedenken und kniff die Augen zusammen, während er seine Kollegin an- und gleichzeitig durch sie hindurchsah. Er schien zu einer Schlussfolgerung gekommen zu sein, denn gleich darauf drehte er sich zum Anwalt um. »Vielleicht hat er Sie gestern deswegen direkt zu unserem Vorgesetzten geschickt, Herr Søndergaard, damit wir nicht so schnell weiter ermitteln können. Dass Sie sich nun mit dieser Info unmittelbar an uns wenden, da können wir Ihnen nur dankbar sein.«

Silke klopfte auf den Tisch und ließ die rechte Hand durch ihre Haare wandern. »Das sind Neuigkeiten ... zumal Herr Behrens damit hinterm Berg gehalten hat.«

»Genauso wie er mit vielen anderen Dingen hinterm Berg gehalten hat«, gab Hans düster zurück und hob vielsagend die Augenbrauen.

»Ole Larsson hatte also finanzielle Probleme und hat sich dann an seinen Freund gewandt«, fasste Silke zusammen. »Sagen Sie, wie lange arbeiten Sie bereits für Herrn Behrens als Rechtsanwalt?«

Nachdenklich legte Herr Søndergaard eine Hand ans Kinn. »Vielleicht ein bisschen weniger als ein Jahrzehnt. Der Segelclub hatte immer mal Streit mit den anliegenden Nachbarn.« Belustigt hob er einen Mundwinkel. »Die Mitglieder feiern auch mal ganz gerne, müssen Sie wissen. Und das ziemlich laut.«

Silke erwiderte sein Lächeln nicht. »Sie erledigen demnach alle rechtlichen Anliegen, die den Verein betreffen?«

Herr Søndergaard nickte zwar, doch war ihm anzusehen, dass er nicht einschätzen konnte, welchen Weg Silke mit ihren Fragen verfolgte.

»Haben Sie im Laufe der Zeit eventuell auch einmal mit dem Verstorbenen Herrn Larsson zu tun gehabt? Ist Ihnen vielleicht irgendetwas an ihm aufgefallen? Zum Beispiel ... ein nervöses Wesen, erhöhte Reizbarkeit - oder so etwas in der Art?«

Der Anwalt lachte. »Ganz ehrlich? Ich habe mit dem Club mehr auf dem Blatt Papier zu tun, als dass ich dort vor Ort bin. Vieles lässt sich über den Briefkasten regeln.« Leger lehnte er sich vor und nahm einen Schluck aus seinem Wasserglas.

»Verstehe«, meinte Silke und diktierte Hans: »Herr Søndergaard hat nichts mit den Vereinsmitgliedern zu tun und kannte den verstorbenen Ole Larsson nicht.« Mit einem Blick auf den Anwalt fügte sie erklärend hinzu: »Damit auch alles seine Richtigkeit hat.«

»Jo, hab ich schon notiert«, entgegnete Hans und drückte auf das Ende des Kugelschreibers.

»Eine letzte Sache noch, bevor wir fertig sind«, begann Silke erneut und versuchte dabei, so wenig bedrohlich wie möglich auszusehen. »Ich war gestern Lene Larsson besuchen.«

Stille senkte sich zwischen ihnen wie die Klinge eines fallenden Schafotts. Dahin war die unverbindliche Stimmung, die gerade noch vorgeherrscht hatte.

»Als ich durch die Untersuchungspapiere gesehen habe, ist mir etwas ins Auge gefallen«, sprach sie weiter.

Hans wusste, was jetzt kam, und konnte seine Aufregung darüber kaum verbergen.

Der Rechtsanwalt jedoch rutschte auf seinem Stuhl nach vorne, während er fragte: »Und das wäre?«

»Wie kommt es, dass Ihr Name im Falle einer lebenswichtigen Entscheidung dort eingetragen ist?«

Blässe überzog Herrn Søndergaardens Gesicht, aber er sagte nichts.

»Spannend, wie klein die Welt doch manchmal ist, ne?«, sprach Hans ernst.

Ihr Gegenüber begann, zu schwitzen, lockerte seinen Schlips und sah sich unwillkürlich um.

»Sie können nirgendwo hin«, erklärte Silke ruhig, bevor sie den Druck erhöhte. »Ich frage noch einmal. Vielleicht gibt es ja eine logische Erklärung dafür … man weiß ja nie.«

»Okay okay«, gab der Anwalt schließlich nach. In einer Geste der Ergebenheit lehnte er sich zurück und hob beide Hände mit den Handflächen in Richtung der Kommissare.

»Ja … sie ist meine Schwester … aber das ist nur der Grund, warum ich das Schwein, das meinen Schwager umgebracht hat, endlich hinter Gittern sehen will!«

Kapitel 46

Bei den letzten Worten hatte er das Gesicht zu einer grimmigen Fratze verzogen und funkelte die beiden Kommissare an.

»Interessant«, sagte Silke übertrieben überrascht und drehte sich nickend zu ihrem Kollegen.

»Natürlich ein logischer Grund, uns so einen wichtigen Fakt zu verschweigen«, nahm dieser den Faden im gleichen Tonfall auf.

»Ich weiß, wie das jetzt aussieht«, rechtfertigte sich Herr Søndergaard und steckte die Hände in die Taschen seines Jacketts, bevor er auf seine Füße blickte. »Aber -«

»Ja?«, hakte Silke sofort ein, um einer ausgesponnenen Erklärung nicht allzu lange Zeit zu geben.

Ihre Taktik schien aufzugehen. Der Anwalt seufzte schwer und haderte sichtlich mit den Informationen, die er bis zu diesem Zeitpunkt offenbar zurückgehalten hatte.

»Ole wollte ... also mein Schwager wollte Zeit für sich haben. Nachdem ... nachdem das mit Lene war. Er hat die letzten Tage davon gesprochen, eine Auszeit genießen zu wollen. Sagte, er müsse sich, nach allem, was passiert sei, neu finden. Ich habe dann zu Bedenken gegeben, er könne seine Kinder nicht auch noch im Stich lassen. Aber mir kam es nicht vor, als hätte er mir wirklich zugehört. Er hat nur an sich gedacht.« Herr Søndergaard zog die Mundwinkel nach unten. »Wahrscheinlich ist er dann auf die Idee gekommen, eine Seereise wäre das Richtige. Ich habe den Mann ohnehin nie verstanden.«

»Wann haben Sie sich das letzte Mal mit Ole Larsson unterhalten?«, fragte Silke.

Der Rechtsanwalt zuckte die Achseln.

»Das ist keine Antwort«, forderte Hans nun.

Søndergaard stieß einen lauten Atemzug aus und sah nachdenklich an die Decke. »Das muss kurz vor seinem Verschwinden passiert sein.«

»Hat er Ihnen etwas davon erzählt, wo ihn seine Auszeit hinführen sollte?«, hakte Hans noch einmal ein, doch der Anwalt verneinte. »Und warum haben Sie ihn überhaupt gewähren lassen? Wenn mein Schwager Urlaub machen wollte, während meine Schwester im Krankenhaus leidet, würde ich mit diesem Kerl sicher kein Flensburger mehr trinken. Du, Silke?«, sagte Hans.

»Ich trinke zwar kein Bier, aber da muss ich meinem Kollegen wohl recht geben ...«, zischte die Kommissarin und verengte die Augen. »Oder was meinen Sie, Herr Søndergaard?«

Plötzlich sprang der Anwalt auf und tippte mit dem Zeigefinger auf den Tisch. »Ich hatte meine Probleme mit ihm! Das stimmt und es ist auch kein Geheimnis für Leute, die mich kennen!«, rief er aufgebracht. »Und dennoch: Ich wollte bestimmt nicht, dass ihm etwas passiert! Aber vielleicht sollte er seinen Tod finden, als er in Sandwig auf dieses Boot stieg!«, spuckte er durch zusammengebissene Zähne.

Wütend funkelte er die Kommissare an, dann drehte er sich auf dem Absatz und machte zwei große Schritte zur Tür.

»Oh ... also ist er tatsächlich in *Sandwig* auf seinen Mörder gestoßen ...«, überlegte Silke laut und legte dabei gespielt nachdenklich eine Hand ans Kinn.

Søndergaard erstarrte, die Finger über der Türklinke.

»So wie es uns schon eine Augenzeugin berichtet hat«, vervollständigte Hans und beobachtete den Anwalt mit Argusaugen.

»Woher wissen Sie denn davon?«, fragte Silke kühl.

»Ich ... ich habe nicht ... also -«, stolperte der Rechtsanwalt über sein eigenes Wort. Er drehte sich um und hob abwehrend die Arme. »Ich habe nicht gemeint -«

»Setzen Sie sich wieder hin«, ermahnte ihn der Kommissar streng und stand selber auf, um dem Mann notfalls dabei zu helfen, seinen Platz zu finden.

Alexander Søndergaard zögerte, dann ließ er sich erneut auf seinem Stuhl nieder. Trotzig verschränkte er die Arme vor der Brust.

Silke lehnte sich mit den Unterarmen auf die Tischkante, bevor sie ihrem Gegenüber tief in die Augen sah. Mit unbewegter Miene musterte sie Herrn Søndergaard, der ihren Blick erst erwiderte und ihm nach einer gefühlten Ewigkeit schließlich auswich.

»Warum haben Sie Ihren Schwager umgebracht?«, fragte sie leise.

»Ich habe überhaupt nichts -«, begann der Anwalt und fing an, sich gegen die Behauptung zu wehren, doch die Kommissarin unterbrach ihn barsch.

»Weil er Ihre Schwester krankenhausreif geschlagen hat? Haben Sie ihn deswegen auf das Boot gelockt?«

»Es hatte nichts damit zu tun ... aber ja, ich hasse ihn für das, was er Lene angetan hat! Sie hatte Angst, doch sie verschwieg es mir!«

Röte stieg in seine Wangen und er blinzelte hektisch. »Ole Larsson war ein narzisstischer, zwangsneurotischer, eifersüchtiger und kranker Mann! So jemand hätte ohnehin den Tod für seine Taten verdient!«

Der Anwalt hatte sich in Rage geredet, gestikulierte wild und spie den Kommissaren seine Worte regelrecht entgegen. Hinfort war die Fassade kühler Berechnung, die er bis dahin an den Tag gelegt hatte.

Schweiß stand auf seiner Stirn, als er Silke anstarrte. »Und dennoch war ich es nicht! Erik Behrens hat ihn umgebracht, da bin ich mir ganz sicher! Sehen Sie doch die erdrückende Beweislage!«

Kapitel 47

»Geben Sie es einfach zu ...«, versuchte es Hans in ruhigem Ton, als Herr Søndergaard aufgebracht seine Hände knetete und vor Wut schnaubte.

»Hier ist, was ich denke«, fasste schließlich Silke zusammen und unterbrach damit das kalte Schweigen, das sich nach Hans Worten ausgebreitet hatte. »Das Leben Ihrer Schwester wurde von Ihrem Schwager in einer unterwürfigen Ehe zerstört. Darunter hat auch die Beziehung zu Ihrer Schwester Lene gelitten. Da sie aber Ole Larsson liebte, war sie ihm ergeben, weswegen Sie, Herr Søndergaard, den Ehemann wenigstens bei Laune halten mussten, um überhaupt noch Kontakt zu Lene zu haben. Nun gipfelte die Ehe darin, dass Ihre Schwester von Ihrem Schwager zusammengeschlagen wurde und ins Krankenhaus eingeliefert werden musste - und das war der Punkt, an dem Sie begriffen haben, dass Sie Ole Larsson aus dem Weg räumen müssen.«

»Ich wollte ihn nicht ermorden!«, schrie der Rechtsanwalt die beiden Polizisten an und schlug mit der flachen Hand auf den Tisch.

»Sicher«, gab Hans ruhig zurück und setzte provokant hinzu: »Das kann man im Nachhinein immer gut behaupten.«

Stille senkte sich erneut zwischen ihnen.

Der Anwalt atmete laut und schaute abwechselnd auf die Tischkante und seine Hände, als hadere er mit sich. In seinem Inneren schien ein stummer Kampf seinen Höhepunkt zu finden.

Silke hoffte, dass die Wahrheit gewinnen würde. Gespannt beobachtete sie den Mann vor sich und versuchte, sich vorzustellen, ob er jemand anderen würde umbringen können.

»Ich ... ich wollte doch nur, dass er die Scheidung einreicht«, brach Søndergaard schließlich leise das Schweigen und blickte auf seine Füße.

Beide Polizisten sagten nichts.

»Ich habe ihn nicht getötet. Wirklich.« Er seufzte. »Ole wollte ... dieses miese Schwein ... nachdem er Lene fast ins Jenseits geprügelt hatte ... Er wollte Urlaub machen, um sich von dem nervlichen Stress zu erholen!« Bei den letzten Worten hatte seine Stimme schon einen bedrohlich gehässigen Ausdruck angenommen, doch nun schrie er die beiden förmlich an. »Der Arsch wollte *entspannen*, weil er meine Schwester *krankenhausreif* geschlagen hat? Das konnte nicht sein Ernst sein! Die armen Kinder, die in diesem Haushalt aufwachsen!«

Tränen stiegen in Alexander Søndergaards Augen, doch er blinzelte sie weg, während er sich auf die Lippe biss.

Silke beobachtete, wie er die Hände an den Seiten zu Fäusten ballte.

»Was ist dann passiert?«, fragte sie sanft und legte so viel Ruhe, wie es ihr möglich war, in ihre Stimme, um die Emotionen des Mannes wieder einzufangen. Sie musste ihn auf die Fakten fokussieren.

In ihrem Bauch jedoch kribbelte die Aufregung. Vielleicht saßen sie hier wirklich dem Mörder Larssons gegenüber.

In diesem Moment schüttelte Herr Søndergaard den Kopf und atmete tief durch. Seine Stimme zitterte.

»Ich ... habe ihn mit der *Liberty* abgeholt. Unter dem Deckmantel, dass wir die Sache schon hinbekommen und erst einmal ein paar Tage segeln gehen«, erklärte er, wobei seine Stimme mit jedem Wort fester wurde.

»Wie sind Sie an das Boot gekommen?«, fragte Hans dazwischen. »So, wie wir das verstanden haben, durften sich nur Mitglieder des Vereins das Schiff leihen.«

»Es gehört Erik Behrens. Ich war mit diesem Segelboot des Öfteren im Urlaub, dafür habe ich meine ... Dienste günstiger für den Verein angeboten.« Er zuckte die Achseln. »Wo kein Kläger, da kein Richter. Niemanden hat das gestört. Alle haben gewonnen.«

»Wie haben Sie eine Segeltour, die mitten in der Nacht beginnt, vor ihm gerechtfertigt? Hat er keinen Verdacht geschöpft?«, fragte Silke stirnrunzelnd. Ihr kam es etwas schwammig vor, dass man sich erst zu dieser späten Stunde verabredete - noch dazu im Regen - und alle dies als normal betrachteten.

Ruckartig hob Søndergaard den Kopf und sah sie mit schiefer gelegtem Gesicht und erhobenen Augenbrauen an, als sei sie begriffsstutzig. »Ole wäre zu jeder Stunde des Tages aufgebrochen, Hauptsache weg«, sagte er verächtlich. »Ich konnte die Liberty nur im Dunkeln entwenden - und mein Schwager war verzweifelt. Hätte ich ihn um 3.00 Uhr nachts für eine Tour aus dem Bett geholt - er wäre auch zu dieser Zeit einverstanden gewesen.«

»Was ist dann passiert?«, fragte Hans, der sich die letzten Sätze stichpunktartig notiert hatte.

»Ich habe die *Liberty* unangemeldet entwendet ... Eigentlich hätte sie ja auch bereits ein paar Stunden später wieder in Kiel angelegen sollen. Ich habe einen Schlüssel für den Verein, niemand hätte bemerkt, dass das Segelschiff in der Nacht auf See war, wenn ... wenn alles nach Plan verlaufen wäre.«

Erneut versank er in Schweigen. Dieses Mal jedoch kniff er dazu noch seine Augen zusammen. Die Geschehnisse auszusprechen schien schmerzhaft für den Mann zu sein.

»Erzählen Sie weiter«, bat Silke.

Der Anwalt stöhnte, als koste ihn die Erinnerung gleichzeitig viel Kraft und würde ihn dennoch von einer großen Last befreien. »Ich habe also meinen Schwager in Sandwig abgeholt, nachdem ich von Kiel aus mit dem Schiff bis kurz vor Flensburg gefahren bin. Mit Motorkraft. Ich bin nur ein passabler Segler. Und in der Dunkelheit ist alles noch einmal schwerer. Außerdem konnte ich mich nicht vom Wind abhängig machen.« Er räusperte sich, dann sah er sie nacheinander fest an.

»Ich hatte nicht vor, mit Ole in den Urlaub zu fahren. Darum ging es nie. Ich brauchte nur einen Ort, an dem er mir nicht entkommen konnte. Und eine Unterschrift.«

Kapitel 48

»Ich hatte die Scheidungspapiere dabei.«

Silkes Augen wurden groß.

»Ich wollte den Zustand meiner Schwester nutzen, um diese Ehe zu beenden«, erklärte Søndergaard knapp. »Im Gegensatz zu den meisten Lebensgemeinschaften hat mich Lene schon vor der Hochzeit in einer Betreuungsvollmacht angegeben, falls ihr etwas passiert beziehungsweise sie einmal nicht zurechnungsfähig ist. Anscheinend konnte sie damals noch klar denken - oder aber es war ihre Intuition, dass irgendetwas mit Ole nicht stimmte ... auch wenn die Liebe sie das Risiko eingehen ließ.«

»Was ist dann passiert?«

»Wir legten mit dem Boot ab«, sprach er weiter, »nachdem mein Schwager zu mir gestoßen war. Es ... es hat geregnet und die Wellen waren relativ hoch. Ursprünglich wollte ich mit ihm gleich ins offene Meer, aber in Anbetracht des Wetters wollte ich uns nicht ...«

Er stockte, bevor er weitersprach.

»... unnötig in Gefahr bringen«, beendete er den Satz lahm.

»Das ist eine seltsame Richtung für den Start einer Urlaubsreise«, verbalisierte Hans seine

Gedanken. »Weil Familie Larsson ja genau in Flensburg wohnt.«

»Richtig ... das hat Ole auch argwöhnisch gemacht. Aber ich habe mir dann gedacht, dass es vielleicht treffend wäre, wenn er die Silhouette der Stadt sieht, in der er das Leben seiner Familie zerstört hat, während er die Scheidungspapiere unterschreibt und sein eigenes Versagen akzeptiert. Und unter der Prämisse, dass wir bald in die andere Richtung drehen würden, hat er dem Ziel der Fahrt fürs Erste zugestimmt.«

Herr Søndergaard streckte sich und griff nach seinem Wasserglas, das er in einem Zug leerte.

»Kurz vor Flensburg habe ich ihn dann mit der Wahrheit über diese *Reise* konfrontiert«, gab er zu und sah Silke an. »Er hatte keine Wahl. Nun musste er mir zuhören.«

Erneut machte der Anwalt eine Pause und schien für einen Augenblick in Gedanken versunken zu sein.

Unwillkürlich fasste sich die Kommissarin an ihre Schläfe. Kopfschmerzen kündigten sich an. Die Tage waren mehr als anstrengend gewesen und die letzte Nacht hatte ihr Übriges dazu getan.

»Das hatte ihm sicher nicht gefallen«, sprach sie, als sie bemerkte, dass die Erzählung zu einem Stillstand gekommen war.

Herr Søndergaard schien so, als sei er durch Silkes verbalen Anstoß soeben erst aus seinen Gedanken erwacht. Freudlos lachte er auf, bevor er fortfuhr: »Gefallen? Ole ist ausgerastet. Hat mich angeschrien, was ich mich in sein Leben einmische. Er werde mir schon zeigen, was für ein Mann er sei und so weiter.«

Der Anwalt sackte in seinem Stuhl zusammen, wo er sich konzentriert einer Staubfluse widmete, die auf seinem rechten Hosenbein zum Erliegen gekommen war.

»Ich schrie zurück. Was hätte ich auch sonst machen sollen? Ich sagte ihm, dass es für ihn, nach allem, was passiert sei, keine andere Wahl mehr gäbe.«

Plötzlich legte Søndergaard die Hände auf den Tisch und rutschte an die vordere Kante seines Stuhls, während er die Kommissare achtsam musterte. »Ich wusste, dass meine Schwester vielleicht nicht der gleichen Meinung gewesen wäre. Aber wenn sie aufgewacht wäre, hätte ich sie vor vollendete Tatsachen gestellt und gehofft, sie würde dabei bleiben.« Erneut verzog er das Gesicht. »Sie hätte mir nach all dem, was passiert ist, hoffentlich recht gegeben. Die Kinder und Lene sollten in Sicherheit leben.«

Silke rutschte ebenfalls an die vordere Stuhlkante und umklammerte ihr Wasserglas. Hans neben ihr, das spürte sie, war nicht weniger aufgeregt.

Der Anwalt fuhr sich mit der Hand über die Stirn, bevor er beichtete, wie genau sich der Rest des verhängnisvollen Abends zugetragen hatte.

»Wir stritten also ...«, sprach er weiter, »dann holte Ole aus, um mir ins Gesicht zu schlagen, doch ich drehte mich zur Seite. Es regnete stark und das Boot schwankte und ...« wieder hielt er inne, als die Erinnerungen und die Bilder ihn einholten, und kniff verzweifelt die Augen zusammen.

»Ole ... Ole rutschte auf dem nassen Boden aus und schlug seitlich ... mit dem Kopf auf die Reling«, presste Herr Søndergaard schließlich mühsam hervor.

»Ich stand einen Moment still da, währenddessen der Regen alles durchnässte. Gleichzeitig habe ich mich darauf vorbereitet, dass mein Schwager jede Sekunde aufspringen würde, um auf mich einzuprügeln, aber ... aber ...«

Er schwieg.

»Aber?«, soufflierte Hans, als nichts mehr kam.

»Dieses Geräusch ... es wird mich mein Leben lang begleiten«, murmelte der Anwalt kaum hörbar, dann sah er den Kommissar an. Seine Augen schienen glasig. »Ole ... ist nicht mehr aufgestanden.«

Kapitel 49

»Ich habe mir nicht zu helfen gewusst«, stotterte Alexander Søndergaard und sah sie beide bittend an. »In einer Art Kurzschlussreaktion habe ich ihn also mit einem Ersatzsegel bedeckt und ihn damit auf den Fahrersitz gehievt ... dann habe ich mir die selbstaufblasende Notfallinsel über Bord geworfen und bin so an Land gepaddelt. Ich dachte ... ich wollte ... vielleicht hätte die Strömung das Boot mit aufs Meer genommen und dann ...«

Nervlich am Ende von seiner Geschichte schaute er auf den Fußboden vor sich. Er wirkte erleichtert, irgendwie. Und gleichzeitig um Jahre gealtert.

»Und der Hausmeister ... Herr Kruse. Waren Sie das auch, der ihn bedroht hat?«

Unglücklich nickte der Anwalt. »Ich habe Erik gesagt, er solle Herrn Kruse Bescheid geben, dass die Kühltruhe leckt. Und als er dann vorbeikam ...« Er verstummte.

Besiegt flüsterte der Anwalt schließlich: »Ich wollte das alles nicht ... lieber hätte ich ihn wegen Körperverletzung selbst vor Gericht gebracht.«

Nach diesem Geständnis musste Silke erst einmal durchatmen. Auch Hans schien es so zu gehen, denn er ließ seinen Kugelschreiber fallen und lehnte sich in seinem Stuhl zurück, wobei er die Lippen zusammenschob und an die Decke schaute.

Der Anwalt schniefte.

»Nun werden Sie stattdessen vor das Gericht geführt. Wenn nicht für Totschlag, dann für unterlassene Hilfeleistung. Wer weiß, ob Ole Larsson zu dem Zeitpunkt noch lebte, als Sie das Boot verließen«, konkludierte Hans nach einer Weile ruhig. Anschließend stand er auf und legte Alexander Søndergaard die Handschellen an.

Dieser ließ es ohne jeglichen Widerstand über sich ergehen und verließ mit dem Kommissar zusammen schweigsam den Raum.

Als die Tür sich hinter ihnen schloss, fiel in Silke mit einem Schlag die Anspannung ab.

Eine seltsame Mischung aus Erleichterung, Erschöpfung und Bestürzung erfasste sie, gepaart mit dem mittlerweile rasenden Kopfschmerz. Im Versuch, ihn zu betäuben, griff sie nach ihrem Wasserglas und stürzte den Inhalt in einem Zug hinunter. Ihr kam es vor, als seien Stunden vergangen, seit sie Herrn Søndergaard hier hereingeführt hatten, doch als sie auf ihre Armbanduhr sah, war es gerade einmal 40 Minuten später. Eine Weile blieb sie bewegungslos sitzen und wartete darauf, dass das Hämmern in ihren Schläfen nachließ, dann seufzte sie und stand ebenfalls auf.

Als sie den Nebenraum betrat, wollte sie gerade nachfragen, ob der Junge die fantastische Polizeiarbeit, die Hans und sie selbst hingelegt hatten, auch bemerkt und mitgeschrieben hatte - da erkannte sie, dass Torge Koopmann mit dem Kinn auf der Brust eingeschlafen war. Leise schnarchend hielt der Praktikant die Balance mit beiden Beinen auf dem Überwachungspult.

»Und das soll unsere Zukunft sein…«, flüsterte Silke fassungslos und rieb sich die Stirn. Kurz überlegte sie, ob sie den Jungen wecken sollte, entschied sich jedoch dagegen.

Stattdessen würde sie seinen Opa von den Neuigkeiten im Fall der *Liberty* in Kenntnis setzen.

Und vielleicht sollte sie diesen einmal persönlich zum Überwachungsraum begleiten, damit er sich selbst ein Bild davon machen konnte, wie gut sein Enkel hier eigentlich »arbeitete«.

Kapitel 50

Kräftig zog Silke die Hacke durch das Beet und griff beherzt in die Unkräuter, von deren Wurzeln sie die Erde schüttelte.

Es war Samstag und nach den anstrengenden letzten Tagen war sie froh gewesen um die Auszeit, die ihr der Garten bot. Aber als sie einen Blick über die überwucherten Beete und viel zu weit ausgetriebenen Sträucher hatte gleiten lassen, war die erste Euphorie so schnell verflogen, wie sie gekommen war.

Dass sie so lange keine Zeit gehabt hatte, sich um den Garten zu kümmern, sah man diesem auch an. Hätte sich noch eine Gruppe Affen hierhin verirrt, wäre er wahrscheinlich nicht mehr von einem Urwald zu unterscheiden gewesen.

Sie seufzte und fuhr fort, die Hacke auf den zugewachsenen Boden niederfahren zu lassen.

Sie war nicht bei der Sache.

Immer wieder drifteten ihre Gedanken zu dem gestrig abgeschlossenen Fall und dem anschließenden Gespräch mit Hans zurück, das sie nach der Festnahme Søndergaards in Koopmanns Büro geführt hatten.

»Also lassen Sie mich das noch einmal zusammenfassen«, sagte ihr Vorgesetzter und stützte den Kopf auf die Hände. »Herr Behrens hat ein Boot und verleiht das innerhalb seines Segelclubs. So weit so klar.«

Silke nickte.

»Und Herr Søndergaards Schwester Lene ist mit Herrn Ole Larsson verheiratet. Der sie aber in einer manipulativen Ehe unterdrückt und schließlich sogar handgreiflich wird.«

»Genau«, bestätigte Hans.

»Dann wird Lene Larsson von ihrem Ehemann Ole Larsson bewusstlos geprügelt und anschließend in die Diako eingeliefert. Herr Søndergaard bekommt vom Krankenhaus Bescheid, weil er die Betreuungsvollmacht hat, und nimmt die Sache mit seinem Schwager selbst in die Hand. Er lockt ihn abends unter falschem Vorwand auf ein Schiff, wo er ihm die Scheidungspapiere überreicht und ihn zwingt, sie zu unterschreiben.«

»Weil er den Zustand seiner Schwester ausnutzen will, um deren Leben zu ändern«, fügte Hans an.

Koopmann nickte. »Es kommt zum Handgemenge, wobei Ole Larsson stürzt und sich den Kopf aufschlägt. Er stirbt, Søndergaard gerät in Panik und flieht vom Ort des Geschehens.«

»Mit einer Rettungskapsel, die sich selbst aufbläst«, bestätigte Silke. »Laut den Kollegen vom Wasserschutz, die uns telefonisch informierten, wurde sie am Mittwochnachmittag von Fußgängern in der Nähe des Hundestrands in Solitüde gefunden.«

Ihr Vorgesetzter nickte, dann runzelte er die Brauen. »Und was hat Herr Behrens nun mit der Sache zu tun?«

»Erik Behrens«, erklärte Hans, »sollte den Mord von Alexander Søndergaard angehängt bekommen. Sodass der Anwalt seine Schwester beim Start in ihr neues Leben unterstützen kann, während jemand anderes die Strafe verbüßt, die eigentlich seine eigene wäre. Damit das auch glaubwürdig ist, hat er sogar den Hausmeister des Klubs unter Druck gesetzt, eine Falschaussage zu machen. Und weil Herr Søndergaard kein offizielles Mitglied des Klubs war, hat er dessen Stimme auch nicht erkannt.«

»Möglicherweise war da ebenfalls Eifersucht im Spiel«, überlegte Silke laut und sah aus dem Fenster, bevor sie ihre Aufmerksamkeit zurück auf das Gespräch lenkte. »Immerhin ist Behrens ein Jugendfreund seiner Schwester und hat sich in der Zeit, in der die Lene Larsson im Krankenhaus lag, um die Kinder gekümmert.«

»Jo, möglich ist das«, stimmte Hans zu. »Und wir haben ihn die ganze Zeit als Hauptverdächtigen geführt ...«

»Hans!«, zischte Silke, dann lächelte sie Koopmann entschuldigend an. »Jedenfalls ist Erik Behrens wirklich unschuldig. Und ... er sollte sich dringend einen neuen Anwalt suchen.«

Ihr Vorgesetzter nickte, dann wandte er seine Aufmerksamkeit einigen Papieren auf seinem Schreibtisch zu, die er zu einem Paket zusammenschob und auf die Tischplatte knallte. »Gute Arbeit, Frau Petersen, Herr Hansen.« Er wedelte mit einer

Hand in der Luft. »Dann erledigen Sie jetzt noch den restlichen Papierkram, während ich die Anklage gegen den Anwalt wegen Totschlags an seinem Schwager beim Staatsanwalt erhebe.« Er sah auf seine Armbanduhr. »Und dann ist ja auch bald schon wieder Wochenende.«

In einer Geste der Vorfreude rieb Hans seine Hände aneinander. »Und da fahre ich angeln!«

Koopmann blinzelte, dann teilte ein leises Lächeln seine Lippen und er sah Silke an.

»Und nun zu Ihnen, Frau Petersen …«

Silke stieg die Röte ins Gesicht, als sie sich an den Rest des Gesprächs erinnerte. Gedankenverloren zerhackte sie anstelle des Unkrauts den Rasen vor sich und schnaubte.

Natürlich war es um Torge gegangen.

Wie er sich mache, ob sie ihn sich als Polizeianwärter vorstellen könne und so weiter.

Und Silke hatte Herrn Koopmann reinen Wein wegen Niklas einschenken müssen, den dieser jedoch mit einer rügenden Ansprache über *falschaussagende Polizisten* und der *Verpflichtung gegenüber den Bürgern Deutschlands* schließlich hatte gehen lassen.

Erleichtert war sie danach aus dem Büro geflohen und wollte nach Torge sehen, doch als sie den Überwachungsraum geöffnet hatte, war der Junge - wieder einmal - verschwunden gewesen.

In der Hoffnung, er würde schon noch auftauchen, hatte Silke vor dem Papierkram rasch mit Doktor Jorgens aus der Diako telefoniert und einen Kollegen hingeschickt, der Lene Larssons Aussage aufnehmen und ihr vom Tod ihres Mannes berichten sollte.

Hoffentlich schaffte sie ihren Neuanfang.

Die Kommissarin wusste aus eigener Erfahrung, wie viele Steine alleinlebenden Frauen manchmal in den Weg gelegt wurden. Und außerdem ...

Die Hacke streifte an ihrem Knie entlang und Silke schrie auf, als sie wieder im Hier und Jetzt ankam.

Hinter ihr öffnete sich eine Tür.

»Mama?«, rief ihr Sohn und sein Ton veranlasste sie, sich umzudrehen.

Dicke Rauchschwaden quollen aus der geöffneten Terrassentür.

»Niklas!«, rief sie und rappelte sich auf. »Was ist passiert?«

»Mama? ... Mama, komm bloß«, drängte Niklas und seine Stimme hatte ein panisches Timbre angenommen. »Los Mama, nu komm!«

Silke sprang auf und rannte ihrem Sohn entgegen. »Jetzt sag, was ist passiert?«

»Ich -«

Hastig drehte er sich um und zeigte in den verqualmten Innenraum. »Ich habe die heiße Pfanne mit Öl vor Angst in die Spüle gehauen und Wasser darüberlaufen lassen. Alles hat gezischt und gespritzt! Ich glaube ... ich denke, dass ich vielleicht doch keine Nudeln kochen kann.«

»Für Nudeln nimmt man einen Topf, Niklas«, sagte Silke und musterte ihren Sohn irritiert. »Ohauaha, dass ich dir das auch noch erklären muss ...« Die Kommissarin atmete tief aus, dann schob sie ihren Sohn resolut beiseite und trat durch die Terrassentür in den Innenraum.

»Wenn jetzt alles dreckig geworden ist, dann hoffe ich für dich, dass du besser mit Allesreiniger und Lappen umgehen kannst, als mit der Pfanne.«

Kapitel 51

Epilog

»Was für eine Kinderparty das hier ist. Hoffentlich hast du mich nicht umsonst her geschleppt.«

»Keine Panik ... das ist die beste Gelegenheit, was dein Vorhaben angeht.«

»Und du bist dir sicher, dass es genau der Typ ist?«, fragte ein kahlköpfiger Mann um die vierzig und lehnte sich dabei an der Theke zu einem anderen im gleichen Alter, dessen Hosenbund gefährlich in sein Bauchfett drückte.

Der Zweite wischte sich die verschwitzten, fettigen Haare aus dem Gesicht und gab lässig zurück. »Zu einhundert Prozent ... Aber pass auf: Falls dich doch einer erwischt, kein Wort darüber, dass du die Info von mir hast.«

Der Kahlköpfige lächelte kurz und nickte, bevor er mit erhobenen Armen auf die Tanzfläche lief.

Die Musik in der Turnhalle dröhnte an diesem Abend und ließ den Brustkorb der Tanzenden vibrieren. Unzählige zuckende Leiber bewegten sich im gleichbleibenden Rhythmus, gleichmäßig beleuchtet von zahlreichen bunten Scheinwerfern an der Decke.

Ein Junge stand am Rand der Fläche und drehte leicht benommen seinen Drink in der Hand, als ihm ein Mädchen ins Auge fiel, das ihn über die Köpfe der Menge hinweg anlächelte. Er sah weg, sah wieder hin, doch sie lächelte noch immer. Wie weiße Diamanten blitzten ihre Zähne auf und in ihrem Blick glitzerte süße Verheißung.

Der Junge sah sich um, ob sie jemand anderen meinte. Sonst wurde er nie angelächelt. Schon gar nicht von einem so hübschen Mädchen.

Sie trug ein tief ausgeschnittenes Wasserfall-Shirt aus glänzendem Stoff und einen Minirock aus Jeans über gefühlt endlos langen Beinen.

Er schluckte. Niemand stand in seiner Nähe.

Zögerlich zeigte er auf seine Brust.

Und tatsächlich: Sie nickte.

Sein Herz machte einen Sprung, als ein dümmliches Grinsen über sein Gesicht kroch und er schamhaft den Blick senkte. Sie meinte wirklich ihn.

Sein Atem beschleunigte sich.

Er hob den Kopf und suchte sie erneut mit den Augen. Als er sie fand, bewegte sie ihren Zeigefinger in der Luft in einer greifenden Geste und forderte ihn auf, näher zu kommen. Sie stand am anderen Ende der Tanzfläche und wiegte sich leicht im Rhythmus der Musik, während ihre Augen ihn gefangen hielten.

Der Junge schluckte ein letztes Mal, dann exte er seinen Drink - ohne zu wissen, der wievielte es an diesem Abend war - und stellte das Glas auf einen Beistelltisch, um sich daraufhin durch die Masse der sich bewegenden Jugendlichen zu schieben. Mit erhobenen Händen drückte er sich mal hier, mal dort entlang, schlüpfte schwankend durch entstehende Spalten und zwängte sich mühsam zwischen ekstatischen Menschen hindurch, die ihm nur unwillig Platz zu machen schienen. An seinen Schritten merkte der Junge schnell, dass es anscheinend doch mehr Drinks gewesen waren, als er vermutet hätte. Aber gleichzeitig war er sich sicher, dass es für ein bisschen knutschen schon noch reichen würde.

Mit einem Mal wurde er angerempelt und stand plötzlich einem finster dreinblickenden Erwachsenen mit einer Glatze gegenüber, der ihn von oben bis unten musterte und an der Schulter packte.

Er wollte sich losreißen, doch der Griff des Kahlköpfigen hielt ihn an Ort und Stelle.

Eine Bierfahne schlug ihm entgegen.

»Bist du Torge Koopmann?«, rief der Mann in sein Ohr und zog ihn dabei so nahe an sich heran, dass der Junge den Schweiß riechen konnte.

»Ähh jooo ...«, lallte er und grinste. »Was kann‘ch für dich tun ... Bruder?«

Jetzt war es der Kahlköpfige, der grinste. »Ich habe draußen eine Überraschung für dich.«

Torge kniff die Augen zusammen. Der Boden schwankte unter seinen Füßen. »K-kenn‘ch dich?«

»Nicht direkt«, rief der Mann über die Musik hinweg in sein Ohr, »aber ich kenne jemanden, den du gut kennst.«

»Paul? Tina ... oder Niklas?«, fragte Torge brabbelnd. Mehr Freunde wollten ihm auf die Schnelle nicht einfallen.

»Keiner davon«, gab der Mann zurück und der Teenager bemerkte, dass er ihn durch die tanzende Menschenmenge mit sich zog. »Halt einfach die Klappe und komm mit, ich will dir was zeigen.«

Suchend sah Torge sich um, konnte jedoch das Mädchen nicht mehr entdecken, weswegen er eigentlich den Weg über die Tanzfläche gewählt hatte. Sehnsüchtig blickte er sich um, folgte dann aber doch schwankend dem Mann, während er konzentriert auf seine Füße sah, um nicht darüber zu stolpern.

Irgendwo in seinem Unterbewusstsein schrillte es, doch der Junge war zu betäubt vom Alkohol und außerdem neugierig, was der Typ wohl zu berichten hatte.

Eine breite Doppeltür kam in Sicht, über ihr ein grünes Schild für den Notausgang. Der Kahlköpfige öffnete sie und hielt sie ihm auf, wobei er eine spöttische Verbeugung andeutete.

Torge grinste erneut, machte einen Schritt und musste sich am Griff abstützen, um nicht zu fallen, während er aus der Tür torkelte.

Draußen empfing ihn Dunkelheit. Die frische Luft des Abends half, sein Gehirn ein Stück weit zu klären, sodass ihm das Laufen leichter fiel.

Es war die Abschlussparty eines Abiturjahrgangs, auf der er sich befand. Natürlich war Torge weder so alt, noch hatte er ein Abitur in Aussicht, aber er wusste stets, wo die guten Partys in Flensburg liefen. Fast immer schaffte er es, sich unter die Leute zu mischen. Wie der deutlich Ältere den Weg hineingefunden hatte, war ihm jedoch ein Rätsel.

Dieser lief in diesem Moment voraus und gestikulierte ihm hektisch, zu folgen.

Wieder meldete sich sein Unterbewusstsein und erneut tat Torge es ab. Was sollte schon passieren? Das hier war Flensburg, nicht Los Angeles. Wahrscheinlich wollte er ihm nur ein bisschen Gras anbieten.

Er blinzelte, als sie in einen Durchgang zwischen zwei Schulgebäuden traten und der Mann dort stehen blieb. Auch Torge hielt an und diesmal hörte er auf die Warnungen in seinem Kopf. Unsicher machte er einen Schritt rückwärts.

Mit einer Geschwindigkeit, die er dem Kahlköpfigen nicht zugetraut hätte, war dieser bei ihm und drückte ihn brutal mit dem Unterarm gegen die Hauswand.

Torge röchelte und griff nach dem Arm, doch dieser war so fest wie eine Schraubzwinge.

»Du arbeitest mit Silke Petersen zusammen?«, knurrte der Kahlköpfige, jegliches Lächeln aus seiner Stimme verschwunden.

»W-weeen?«, lallte Torge.

Eine schnelle Bewegung, dann fühlte er eine Faust in seinem Bauch.

Er keuchte und würgte, als der Alkohol sich seinen Weg durch seine Speiseröhre bahnte. Sterne tanzten vor seinen Augen.

»Silke Petersen!«, wiederholte der Kahlköpfige ungeduldig drängend.

»Ja ... Jaa ... ich mach ein Praktikum«, stöhnte der Junge, bemüht, seine Drinks bei sich zu behalten.

Immer noch presste ihn der viel größere Mann an die Wand. Torge erkannte ein Tattoo auf seinem Handrücken, doch es war zu dunkel, um das Motiv auszumachen.

»Gut ...«, knurrte der Kahlköpfige. »Du und ich, wir sind ab jetzt beste Freunde ... und du weißt, was beste Freunde füreinander tun?«

»Keine ... keine Aaaahnung ...«, röchelte Torge.

»Sie helfen einander«, erklärte ihm der Ältere. »Die dumme Petersen ist dafür verantwortlich, dass meine Liebe des Lebens tot ist!«

»Uff«, entfuhr es Torge, während er mit aller Kraft versuchte, sich aus dem Griff zu lösen, der ihn unbarmherzig gegen die Wand drückte. Hilfesuchend ging sein Blick über die Schulter seines Peinigers, doch der Junge konnte niemanden entdecken, der ihn hätte befreien können.

»Hast du eine Freundin?«, fragte der Kahlköpfige nun.

»Nein ... nein, ich w-wohne noch bei ... bei meinen Eltern«, keuchte Torge.

Sein Hals war rau und er spürte bei jedem Wort, wie das Gemisch aus aufsteigender Magensäure und halb verdautem Alkohol seinen Kehlkopf verätzt hatte.

»Du warst aber schon bei Petersen zu Hause, hat mir ein Vögelchen gezwitschert ... und ich möchte der Alten auch gern einmal einen Besuch abstatten.«

»Unbemerkt«, fügte er hinzu, als Torge nicht reagierte. »Als Freund hilfst du mir doch, oder?«

Geräuschvoll zog der Junge einen Batzen Speichel im Mund zusammen und starrte den Mann wagemutig an. »Was ... was, wenn nicht?«

Im nächsten Augenblick presste sich der kalte Lauf einer Pistole gegen Torges rechte Schläfe.

Der Druck an seinem Hals verschärfte sich.

Blitze zuckten vor seinen Augen.

»Okay ... oookay«, lenkte er ein und holte einen rasselnden Atemzug, während er ergeben die Lider schloss.

»Ein Sterbenswörtchen zu irgendjemanden darüber und ich puste dich und deine Eltern um? *Kapiert*?«, drohte der Kahlköpfige zischend und Torge spürte, wie der Lauf noch ein letztes Mal gegen seine Haut drückte, bevor er verschwand.

»Ja ... verstanden«, krächzte er. »I-ich krieg kaum Luft ...«

»So wird es auch Petersen ergehen«, knurrte der Mann und sah Torge finster an.

Mordlust glitzerte in seinen Augen.

»Der Alten wird es noch leidtun, was sie damals angerichtet hat. Sie hat mein Leben zerstört. Und nun ...« drohte er, bevor er mit der Waffe in der Hand dicht neben Torges Kopf auf die Wand schlug.

»Nun werde ich ihr Leben zerstören!«

Gleich weiterlesen:
NICHT AUF SYLT: Band 2 – Dünenjagd
Kommissare Petersen & Hansen
https://www.amazon.de/dp/B0BDVXKRFP

über die Autoren:

Sven und Marlen, Jahrgang ab 1987, schreiben schon, seit sie einen Stift halten können. Mit ihrer satirischen Urban-Fantasy Reihe rund um den Brausesee konnten sie sich bereits einen Namen und viele Fans machen.

Der Krimi: »MUTTERERDE« ist der erste Detektivroman einer Reihe rund um die Privatdetektive Reichert & Winter, die mit Scharfsinn und Verstand so manch kniffliges Lügengeflecht aufdecken.

Eine weitere humorvolle Cosy-Krimi Reihe beginnt mit »WAS FÜR EIN SCHEISSTAG« und Kommissar Norbert Hübner, der mit Herz und Witz in Fälle hineinstolpert, die eigentlich eine Nummer zu groß für ihn sind.

Letztlich begeben sich die Autoren mit der NICHT AUF SYLT zurück in die ehemalige Heimat Flensburg und lassen die Kommissare Petersen und Hansen mit norddeutschem Charme ermitteln.

Die Autoren sind verheiratet und leben mit ihrem Kind und vielen Haustieren im schönen Brandenburg.

Wenn dir das Buch gefallen hat, dann freuen wir uns sehr über eine positive Rezension.

Danke für's Lesen!
Dein Autorenduo Svarlen Edhor

ISBN 978-3-7565-3054-0

www.epubli.com

Printed in Poland
by Amazon Fulfillment
Poland Sp. z o.o., Wrocław

52875524R00166